U0114174

PHOTO
RECORD
ON THE ANTI-JAPANESE
WAR BY AIR FORCE

血色长空
空军抗战与抗日胜利纪实

曾景忠 王东方 章文灿 唐学锋 编著

团结出版社

图书在版编目（ＣＩＰ）数据

血色长空：空军抗战与抗日胜利纪实/曾景忠、王东方等编著.
北京：团结出版社，2005.9（2021.9 重印）
ISBN 978-7-80214-021-9

Ⅰ．①血… Ⅱ．曾… Ⅲ．空军－抗日战争－史料－中国 Ⅳ.E296.54
中国版本图书馆 CIP 数据核字(2005)第 091685 号

出　　版：团结出版社
　　　　　（北京市东城区东皇城根南街 84 号　邮编：100006）
电　　话：（010）65228880　65244790　（出版社）
　　　　　（010）65238766　85113874　65133603（发行部）
　　　　　（010）65133603（邮购）
网　　址：http://www.tjpress.com
E-mail：zb65244790@vip.163.com
　　　　　tjcbsfxb@163.com（发行部邮购）
经　　销：全国新华书店
印　　装：三河市东方印刷有限公司

开　　本：170mm×240mm　16 开
印　　张：25.5
字　　数：388 千字
版　　次：2005 年 9 月　　第 1 版
印　　次：2021 年 9 月　　第 4 次印刷

书　　号：978-7-80214-021-9
定　　价：88.00 元

目录

（一）历史图片档案

（二）空军的历程

再版前言

　　本书是记述抗日战争中，中美空军联合抗战的事实和相关背景的历史书，既通俗又严肃。

　　说它通俗，是因为它主要由213页当时清晰的黑白或彩色照片，及其简要说明构成。说它严肃，是因为它保留了八九份重要历史文件的清晰照片和全文。例如："天皇投降诏书"彩照；密苏里舰上的降书和译文；开罗会议公告中、英文原件；战争结束前拟定的"中美英苏占领日本"的绝密文件照片。每一份文件的照片都能看清全部原文。

　　说它有价值是因为它记录了"珍珠港突袭"前，御前会议上，日本海军大臣永野修身所说："不攻美国，亡国；攻击美国，也可能亡国；但这样有翻身的志气。"本书中很多照片在中美有关文献保管机构，都是难以获得的珍贵资料。

　　本书出版以来，得到了中国大陆、台湾和美国有关方面的认可与赞同。（见P214-215）这次再版，除丰富文字外，还增加了二十多幅重要照片。其中除当年美军空投日本的《开罗宣言》日文版原件照片（可读）外，我们还从《戴笠与抗战史料》和当年美军在敌占区战斗的海军领导人梅乐斯少将的回忆录中，各选出少数与空军抗战有关的照片，以丰富史实。

　　总之，出版此书，有助于广大读者和专家了解抗日战争中某些重要的和被忽视的事实。而遗忘这些，则是伟大民族的悲剧。

作者之一，抗战见证人：章文灿（生于1935年）

再版修订说明

感谢热心读者对本书的关注和指正，感谢团结出版社根据市场需求重印此书。趁这次团结出版社增印此书的机会，我们对本书进行了一些修订工作：图片部分，章文灿先生对图片说明做了 14 处补充修改，并新增添图片 21 幅；文字记述部分，我进行的修订工作，有以下几个方面：

一、改正原先记述中发现的错误，包含日期、地名、史实和文字标点等。

二、增删调整部分内容：1. 调整了第五章第三节—第七节之内容和段落，更动顺序，重新分节，相应改换标题。2. 第五章开头重新改写，删去了一些表达不准确的内容。3. 充实了部分内容，主要是有关空军抗战准备、抗战时期空军指挥和"驼峰运输"等节。

三、增添两则研究性资料，供读者参考：1. 国民政府空军建设大事记；2. 抗战时期空军指挥系统序列。

书中可能仍存在差错不当之处，敬请读者不吝指教。

曾景忠　2021 年 7 月 28 日

序一

自飞机成为战场上的一种武器之后，旧的战争游戏规则与秩序就被打破了。

战争，不再有前方和后方之分。

战争，不再有作战人员和非作战人员之分。

全面抗战爆发初期，日寇叫嚣：三个月内要灭亡中国。为此，日寇在侵华战争期间，制定了一项惨无人道的"政略攻击"计划，即以空中打击为手段，破坏我方的政治、经济中心城市，并直接空袭我不设防城市平民，以造成我国国民的极大恐慌，从而挫败我国人民的抗战意志。1937年9月14日，日寇空军对空袭南京的部队下达命令："轰炸无须直击目标，以使敌人恐怖为着眼点。"19日，日寇空军出动77架次，开始了从空中对南京的大屠杀。以后，日寇便在中国战场上全面开展这种"政略攻击"，并大量使用国际上禁用的毒气弹（日本是日内瓦关于禁止使用毒气弹议定书的签字国，但它却无视两个国际法规——《关于禁止使用毒气弹等议定书》和《关于空战的规则》中第22条禁止轰炸非作战人员的明确规定）。

但中国人民并没有屈服于日寇的狂轰滥炸，反而激发了对日寇的同仇敌忾。不少热血男儿纷纷投效当时的中国空军（全国出现了"空军热"），在空中与强敌搏杀。用他们的鲜血染红了祖国的长空，并开创了除正面战争和敌后游击战场外的抗日第三战场——空中战场。

抗战中的中国空中战场，有如下特点：

1．空中战场的范围较宽广，不仅仅局限于中国大陆上空，还包括东南亚、太平洋和日本本土。严格地说，抗战中的中国空中战场是以中国大陆上空为主战场的远东战场。

2．空中战场的抗日主力军是中、苏、美空军。除中国空军始终是抗击日寇的主力军外，在1937年全面抗战爆发后至1940年初，苏联正规军以中国空军志愿队的名义，先后派出两千人、累计近千架各型飞机与中国空军联合对敌作战。1941年8月1日，中国空军美国志愿队（飞虎队）正式成立，以陈纳德为首的美国飞行员逐渐成为中国空中战场的主力。太平洋战争爆发后，飞虎队归队，后被扩编为美国空军第十四航空队，美国空军以中国大陆的飞机场为基地，从1943年后开始了对日寇的大反攻，很快取得中国上空的制空权，并配合太平洋上的航空母舰和夺回的海岛机场，从两个方向开始了对日本本土的打击，迫使日本投降，取得彻底胜利。

3．空中战场的存在，有力地支持了中国的抗战，成为世界反法西斯战场不可分割的一部分。"八一四"首次空战击落了三架敌机，中国空军远征日本投下百万"纸弹"和袭击台湾敌空军基地，武汉大空战、兰州大空战等历次空中大捷，粉碎了日寇空军不可战胜的神话，给在艰苦环境中坚持抗战的中国人民以极大的鼓舞和信心。数千中外勇士以生命的代价，开辟了驼峰运输线，使国际援华物资源源不断地运入中国。此外，飞虎队和中美空军在空中战场的英勇作战，迫使日寇不得不将其空中力量的四分之一至三分之一保留在中国战场，并保护其交通运输线，从而为其他战场（特别是太平洋战场）减轻了压力。

4．中国空军作战是相当英勇的，他们中有首次击落日机的高志航，有驾机勇撞敌舰的沈崇诲，有跳伞后不愿被俘受辱而杀身成仁的阎海文，有在空中勇撞敌机与敌机同归于尽的陈怀民……周恩来曾这样评价当时的中国空军："我国的空军，确是个新的神鹰队伍。正因为他们历史短而没有坏的传统，所以民族意识特别浓厚，而能建树了如此多的伟大战绩，这更增加了我们的敬意！"

本书的四位作者本互不相识，各自有着不同的工作和经历，且不全在一个城市工作，是共同的志向和热血将他们联系在一起，完成了这部《血色长空——空军抗战与抗日胜利纪实》专著。因此在此书的编写过程中，虽然大家也有不少的争论，但有一点原则是相同的，即尊重历史，让事实说话，尽可能全面地、详实地让这段历史重现。

本书有如下特点：

1．以丰富的图片资料为主，图文并茂，并有不少的珍贵照片，如蒋介石、宋美龄与中国空军及作战等相关图片，均是首次在国内刊出。

2．公正、客观地叙述抗战期间各国对我空中战场的支持。特别是苏联空军志愿队从援华到撤走的背景和历程，最终得出结论：国与国之间没有永久的朋友，也没有永久的敌人，国家民族的利益才是高于一切的。只有自身强大起来，才能真正立足于这个世界！

3．以生动的史实论证了科技在战争中的重要作用。随着战争的进展，盟国总是以高速、远程、大载弹量的飞机甚至幽灵似的飞机，以及远程和机载雷达，以及引导炸弹和凝固汽油弹，以及火焰喷射器和解（密）码机器、密码技术等等的新发展和强大的生产力，使我方总是远胜于德、日、意。这些事实，都表明战争就是"打科技"、"打生产力"、"打资源"。

4．重点揭示了日寇投降的过程及祸首，特别是解读日本天皇投降诏书中的内容，从中我们可以看到当今日本军国主义仍然不死心的源头。至今日本的少数政客，还在国际事务中，采取对过去不负责任的态度，不肯为那段曾经给亚洲人民带来灾难的历史认罪。从而提醒人们不要忘记这段历史，要时刻警惕像日本的甲级战犯、军国主义分子永野修身号召的"再起，三起——"。

5．有不少观点较为新颖，如提出南京大屠杀最早的时间是1937年9月19日，是来自空中而不是地面；将美空军从太平洋上的及航空母舰的和在中国大陆上的基地，以及东南亚战场共同纳入远东中国空中战场(中国—东南亚—太平洋）一个战场等。

6．大量展示了爱国华侨对中国空军抗战的支持和贡献。

由于本书编著者的水平、能力及视野有限，本书错误之处，还望读者指正。

唐学锋、王东方

2005年8月9日

序二

　　一位先贤告诉我们，统治者的思想，就是国民中占统治地位的思想。60多年前，日本的国策就是扩张、侵略。因此日本的统治者，凭借着他们的陆海空军事力量对中国的绝对优势，就敢于在七七事变后的谈判中，威胁中国军事代表何应钦，叫中国撤军？！

　　还是这类统治者，他们表面上十分精明，实质上并不聪明。他们凭借着他们的现役海空力量，数倍于美国当时的海空力量，便以"保卫生命线，赶走白种人"为借口，对美国发动突然袭击，要"一举制服美国"（日本海军首脑、甲级战犯永野修身语）。

　　他们故意忘记了，在国家幅员、人力上，日本对中国的绝对劣势；也忘记了，在国力、资源上，与美国相较也处于绝对劣势。他们更不可能理解，在科技发展潜力上，他们的体制与美国相比，有致命的弱点。所以，当他们在珍珠港得手后不到半年，再次偷袭中途岛时，就因美国已开始使用计算机（是IBM公司的ENIAC的原型机）破译了日本海军的JN25密码（共五万多个五位码，再加乱码组成的密码），导致四艘航空母舰被击沉。此后盟国的新飞机、新武器和新技术源源不断，再加上其他因素，因此日本的彻底失败是必然的。幸亏天皇"明智"，在灭亡前宣布投降，否则将如美、中、英三国警告的那样：日本"必将迅速毁灭"。

今天很多日本人都已忘记了这段历史。但正如一位哲人所说"一个忘记历史的民族，是没有希望的民族"。愿今后日本的领导人深思！

章文灿

2005 年 8 月 9 日

序三

在中日战争中，与中国空军相比，日本海军和陆军航空队的实力居绝对优势。但幼弱的中国空军，却取得了辉煌的战绩，特别是在战争初期。这充分表现了中国空军战士的战斗意志坚强，爱国意识强烈，空战技术精湛。许多优秀的空军英烈，为抗击日本帝国主义的侵略，为保卫中华民族的生存，献出了他们年轻而宝贵的生命。他们的英名，将永远镌刻在中国历史的史册上，熠熠生辉。他们的崇高精神，将永远活在中国人民的心中。

在中国艰苦卓绝的抗日战争中，中国空军有一段时间得到苏联空军的援助。战争后期，中国空军取得美国空军的援助和合作，夺得了制空权。苏联空军志愿队和美国空军与中国空军并肩抗日，其中许多人英勇牺牲，中国人民也永志不忘他们的英雄业绩。

在纪念中国抗日战争胜利六十周年之际，王东方同志邀约我撰写中国空军抗日的史迹，拙稿草成后，王东方、章文灿同志做了编辑加工，并与他们编选的图片合编成书，唐学峰同志对有的章节做了较多的增补。在此我谨向他们表示谢意。对于内容结构上的变动，由于现在时间急促，我已来不及全文统阅改动。由于多人合作，书中格调、文字乃至提法有不协调处，敬请读者见谅；书中错漏不当之处，敬请读者指正。

曾景忠

2005 年 8 月 10 日

档案

历史图片

一 历史图片档案

　　三千万中国同胞的牺牲换来了这神圣的一刻！1945年9月9日9点9分，日本国的代表冈村宁次等，向中国的代表何应钦，俯首躬身双手递上降书。这是我国著名的军旅画家陈坚，查阅了大量档案后，费时16年，用史诗式的画笔，准确地再现了这一伟大时刻的全景。画中的每一个细节，如各种人物的穿戴；执勤的新六军将士的臂章、行军包和手持的武器；七名日军将领中，谁的靴子上没有马刺，以及中日双方翻译的穿着、记者的照相机和桌子边蓝白红三色的装饰布，这些都不能有任何杜撰。原画的尺寸是6.0米×2.2米。2004年10月，在全国展出时，此画获得国家金奖。

　　下面就让我们从这些珍贵的历史图片中，重温中华民族为争得这一神圣时刻，曾经走过了怎样坚苦卓绝的艰辛历程。

　　本书收录的图片以空军抗日为主，同时也收录了抗战期间具有重大历史意义和产生过重要影响的事件、文献、会议、人物等的重要图片。

降書

一、日本帝國政府及日本帝國大本營已向聯合國最高統帥無條件投降

二、聯合國最高統帥第一號命令規定「在中華民國（東三省除外）台灣與越南北緯十六度以北地區內之日本全部陸海空軍與輔助部隊向蔣委員長投降」

三、吾等在上述區域內之全部日本陸海空軍與輔助部隊之將領願率領所屬部隊向蔣委員長無條件投降

四、本官當立即命令所有上第二欵所述區域內之全部日本陸海空軍各級指揮官及其所屬部隊與所控制之部隊向蔣委員長特派受降代表中國戰區中國陸軍總司令何應欽上將及何應欽上將指定之各地區受降主官投降

五、投降之全部日本陸海空軍立即停止敵對行動暫留原地待命所有武器彈藥裝具器材補給品情報資料地圖文獻檔案及其他一切資產等當暫時保管所有航空器及飛行場一切設備艦艇船舶車輛碼頭工廠倉庫及一切建築物以及現在上第二欵所述地區內日本陸海空軍或其控制之部隊所有或所控制之軍用或民用財產均應保持完整全部聽候蔣委員長及何應欽上將所指定之部隊長及政府機關代表接收

六、上第二欵所述區域內日本陸海空軍所俘聯合國戰俘及拘留之人民立予釋放並保護送至指定地點

七、自此以後所有上第二欵所述區域內之日本陸海空軍當即服從蔣委員長之節制並接受蔣委員長及其代表何應欽上將所頒發之命令

八、本官對本降書所列各欵及蔣委員長與其代表何應欽上將所頒發之命令當立即對各級軍官及士兵轉達遵照上第二欵所述地區之所有日本軍官佐士兵均須負有完全履行此項命令之責

九、投降之日本陸海空軍中任何人員對於本降書所列命令及蔣委員長與其代表何應欽上將嗣後所授之命令倘有未能履行或遲延情事各級負責官長及違犯命令者願受懲罰

奉日本帝國政府及日本帝國大本營命簽字人中國派遣軍總司令陸軍大將 岡村寧次 [印]

昭和二十年（公曆一九四五年）九月九日午前九時分簽字於中華民國南京

代表中華民國美利堅合眾國大不列顛聯合王國蘇維埃社會主義共和國聯邦並為對日本作戰之其他聯合國之利益接受本降書於中華民國三十四年（公曆一九四五年）九月九日午前九時分在中華民國南京

中國戰區最高統帥特級上將蔣中正特派代表中國陸軍總司令陸軍一級上將 何應欽 [印]

日本国向中国无条件投降的降书。

4

这是 1945 年 8 月 14 日傍晚，报道日本无条件投降的美国《哈里斯电讯报》的号外。大标题是《战争结束了！盟军接受日本鬼投降！》下边的小字是：725 架 B-29 在日本投下大约 6000 吨燃烧弹（凝固汽油弹）。另外一张是 1945 年 8 月 15 日中国的《大公报》。除报道日本投降外，也报道了 800 架巨型飞机轰炸日本的消息。

　　日本向同盟国无条件投降的签字仪式，于1945年9月2日上午，在群集于东京湾内的美国太平洋舰队的旗舰——战列舰"密苏里号"上举行。

　　就中国来说，由日本主动出击，而挑起的中日两个民族的生死较量，经过八年苦战，最终是弱者——中国胜利了，因为这个弱者得道多助；从世界来看，由德日主动出击而挑起的第二次世界大战，是由弱变强转败为胜的同盟国胜利了。真是天理昭昭，一点也不含糊啊！日本在销毁重要罪证档案后，派出了政军代表团11人，以重光葵（就是因一·二八在上海侵华而被炸成瘸子的原日本公使）和梅津美治郎为首，来签降书。不知此时这几位做何感想？见证者只看到他们签字时，手在发抖。半年后，此二人被捕。一个死在狱中。

　　9时，同盟国的代表麦克阿瑟将军，宣布同盟国接受日本国投降仪式开始，并发表演说。通过向全球的广播，他宣告：二次世界大战，以同盟国家的彻底胜利而结束。他命令日本代表签署降书。

　　下页是重光葵正在签降书时的"千古留影"。

代表各盟国的将领们，按美、中、英、苏、法、荷、澳、比的顺序站成一排，见证日本投降签字，在场观礼的将军不下几十个。

　　观礼的将军们，平时文质彬彬，而此刻却一个个咬牙切齿、分外眼红。其中有在集中营被虐待、饿得骨瘦如柴的美国将军文瑞特，有曾在新加坡向日本递降表的英国将军伯希法，但缺了美国援华空军领袖陈纳德。因此麦克阿瑟问："陈纳德在哪里？！"

　　受降的将军们中，前排左二是中国国家代表徐永昌。

　　上图是梅津美治郎奉命在签降书。

　　中国国家代表的排位和签字，在盟国的排序中，均列第二。一身笔挺军服的军令部部长徐永昌上将（右）在签字（上图）。

英国将军伯希法和美国将军文瑞特，在观看同盟国
的代表麦克阿瑟签字。

盟军最高司令官麦克阿瑟的五颗将星，团团围住了日本太阳旗，
这是日本投降时美国《时代周刊》的一期封面。

　　来自各条战舰和各航空队观看这一历史场景的广大官兵站满了
整个军舰。

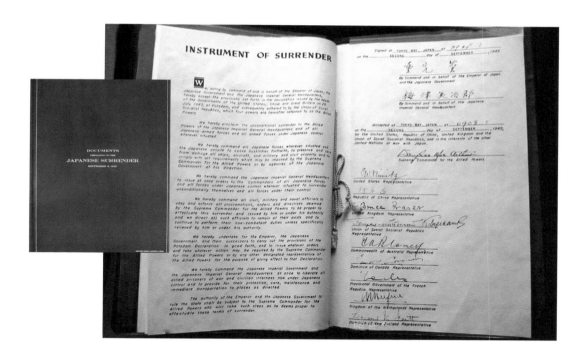

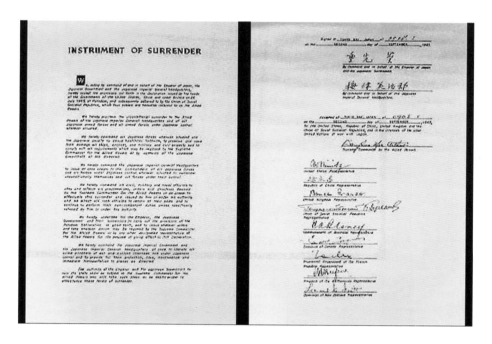

　　这是日本向同盟国投降的降书，原件藏在美国。这张照片是美国西点军校博物馆的藏品。

　　这是 1945 年 8 月 15 日，日本天皇向他的臣民宣告的日本国向同盟国投降的诏书原件。这个历史文件，没有封面，没有名称，也无投降二字。

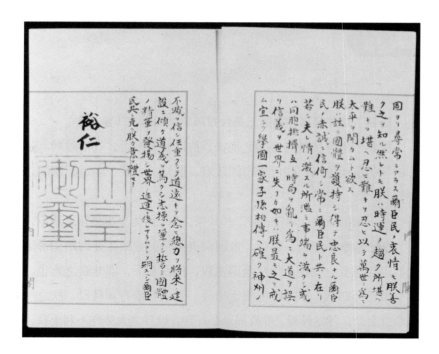

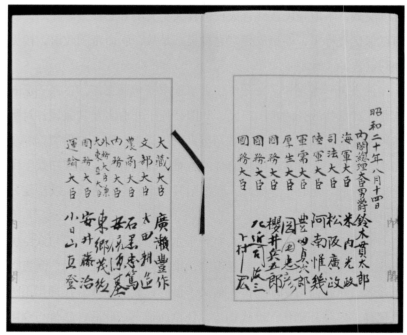

　　这个文件有日本天皇裕仁和全体内阁大臣的签名和天皇御玺。日本国称它为"终战诏书"。（全文译文16页）

日皇下达并亲自广播的无条件投降诏书的译文（全文）：

朕鉴于世界情势与帝国之现状，欲以非常措置，收拾时局。兹告尔等忠良臣民曰：朕已命帝国政府，通知美、英、中、苏四国，接受其共同宣言。

夫谋帝国臣民之康宁，偕万邦共荣之乐，此为皇祖皇宗之遗范，亦为朕之拳拳不忘者。曩者，帝国向美英两国宣战，亦为期望帝国之自存与东亚之安定。排斥他国主权，侵占领土，固非朕之志也。然交战已历四载，朕之陆海将士勇战，朕之百僚有司精励，朕之一亿众庶奉公，各尽最善。惟战局未必好转，世界之大势亦不利于我。加之敌使用残虐炸弹，频频杀伤无辜，残害所及，诚不可测。且若继续交战，不但我民族终告灭亡，且人类文明亦必被毁。如斯，朕何以保亿兆赤子，谢皇族皇宗之神灵。是故，朕命帝国政府，接受共同宣言。

朕及大日本帝国，向始终协助解放东亚的诸盟国，不得不深表遗憾。对那些战死的帝国臣民，和因公死于非命者及其家属；对那些因战受伤，和家业蒙受灾难乃至丧失生计者，朕五内俱裂，深感痛心。今后，大日本帝国所必经的苦难，非比寻常。朕深知众臣民之忠心耿耿。然时运之所趋，朕欲耐其难耐，忍其难忍，以望能开万世之太平。

朕于兹尚能护卫国体，实有赖于尔等忠良之臣民，朕与众臣民同在。若夫为感情所激，妄滋事端，排挤同胞，扰乱时局，而迈入歧途者，对朕而言，即为丧失信义于世界，最应警戒。我神州不灭之精神，应子孙确信，世代相传，任重而道远。此后，朕誓与众臣民一道，倾力于未来建设，巩固道义之节操，且誓将发扬国体之精华，勿后于世界之潮流。望尔等臣民善体朕意。

裕仁（签名盖玺印）昭和二十年8月14日（1945年8月14日）

　　这是 1945 年 8 月 14 日，日本天皇和各部大臣签署并由天皇亲自广播的"终战诏书"（即无条件投降诏书），原件藏日本内阁。

　　值得注意的是，日本从向盟国投降的那一瞬间开始，即对其发动的侵略战争进行辩解，回避战争责任。笔者吃惊地发现：依照文中的说法，发动战争竟是"为期望帝国之自存与东亚之安定。排斥他国主权，侵占领土，固非朕之志也"。文中盛赞"将士勇战"，"百僚有司精励"，"众庶奉公"。一句话，官兵臣民都是最棒的，且都尽了力。只是世界大势不利于己，加之已禁不起轰炸，（此时已挨了几十万吨炸弹，外加两颗原子弹）担心继续打下去会导致民族灭亡，才不得不下此诏书。总之，通篇是无罪辩解，以及对时运不济的无奈和遗憾，并无丝毫悔罪反省之意。文中连"投降"二字都避而不用。怪不得，最近美国一位史学家 H·比克斯，写了一本500 多页的专著，书名叫《真相》，将裕仁作为一名特别的战争领导人而进行重新评价。

侵略行为来源于国家领导层的思潮。对外侵略和扩张，是日本在二次世界大战战败前七八十年来的国策主流。从甲午战争到《田中奏折》，从"九一八"侵华到"大东亚共荣圈"；从日俄战争到"对美国致命一击，把敌人赶尽杀绝"（东条英机演讲的原话），都是这个国策的体现。所以无论是"恃武以逞"还是"以文会友"，目的都只有一个：统治和掠夺其他国家民族。过去我国积弱，自然成了他们继朝鲜之后的下一个猎物。

　　日本侵华头目，数目多多，随便挑选谁都是祸首。限于本书主题，我们只能挑出热衷于空中攻击即与空军相关（二战中日美两国的空军尚未形成独立兵种，都归属于海军和陆军）的重要人物略述一二。

　　他叫东条英机，中国人几乎都知道他。他是东京审判时七个被处以绞刑的甲级战犯之首。此人历任日本首相兼陆军大臣，是陆军航空兵的总监。疯狂和残忍是他的特征，蛊惑日本民众去狂热送死是他的专长。他外号"剃头匠"，以残杀中国人著称。战败后自知罪孽深重，自杀未遂，终被制裁。右图为东条英机在远东军事法庭上接受审判的实况。

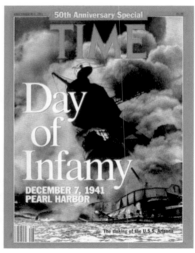

　　海军大将山本五十六是日本海军的顶梁柱，也是发展海军航空兵的倡导者，他主张先发制人，力主以空军偷袭珍珠港，并坐镇指挥。1943 年 4 月 16 日，在中国破译其行动密电之后，遭美空军伏击，其座机在坠落之前，他已被击毙。

　　1941 年 11 月 26 日，美国认定日美谈判已告破裂。因为，日本要美国承认它在中国的统治地位；美国要日本接受中国主权独立、门户开放、机会均等、自由竞争（美国认为谁也竞争不过它）。于是双方妥协不成。根据当时日本军令部作战课课长服部卓四郎的战后著作记载，美国军部命令夏威夷军事当局："美国勿先动手，先让日本动手。"

　　右图是 1991 年 12 月 2 日，美国《时代周刊》，以《臭名昭著的日子》为主题，发行的珍珠港事变 50 周年纪念刊封面。

  "不战必定亡国，战也许也亡国。不战之亡丧失国魂；战至一兵一卒最后亡国，我们的子孙可以再起、三起！……"这是战争狂徒永野修身大将，在 1941 年 9 月 6 日御前决策会议上的讲话（最后日本天皇决定"对美、英、荷开战"）。此人是日本海军的灵魂人物。正是他，疯狂扩展海军和空军；谋划和下达密令偷袭珍珠港。此前，他在上海一手制造了一·二八事件，从海陆空三路进军，杀死了我三万多同胞，并使六十万人流离失所。他最后以甲级战犯被捕，但病死狱中，和松冈洋右一样，逃脱了正义制裁。你看图中，在他身后的战舰，被绘成一个武装到牙齿的狂徒，这真是入木三分！

此人叫岛田繁太郎，是日本侵华海军总司令，东条英机的密友。
是推行侵华战争的核心人物。1944 年他主持海军，6 月下旬，他的
海军及航空兵，在马里亚纳群岛附近的海空大决战中被击溃（航母
3 艘被击沉、4 艘重创，73 艘战舰被打掉一半，参战的 439 架飞机被
击落了 395 架。就是在这次战役中，美国首先使用了两种新式武器：
马克 -12（Mark-12）型雷达和引导炸弹，以及新近常用的喷火枪
炮——火焰喷射器）。于是，美军首次占领了日本的门户塞班岛。图中，
他的身后是一艘正在沉没的日本军舰，这象征着日本海空军走向灭
亡（东条英机内阁也因此倒台）。此人后来在东京审判中，被远东
军事法庭定为甲级战犯，判处终身监禁。

此人名叫松冈洋右。他手执礼帽手套，外表文质彬彬，内心却野蛮刻毒，诡计多端。此人抗战前，是掠夺我国东三省的主谋之一，担任过日本南满铁道株式会社总裁；是他，首创了臭名昭著的"大东亚共荣圈"。日本侵华战争期间，他担任日本外相，靠他的撺掇，建起了德意日三个轴心国的同盟；还是他，用计谋拉拢苏联，订立了"苏日中立条约"，从此切断了抗战中苏联对我国的销售军火和借贷。还是他，想和美国也订一个"美日中立条约"，但遭到断然拒绝。日本投降后，他被列为甲级战犯。但他很幸运，审判前几天他因病吓，在监狱一命呜呼，躲过了正义的制裁。你看这张照片，把他这么一个文人，放在日本国军旗的前面，他的作用，确实不亚于那些军国主义刽子手。

　　1937 年 7 月 7 日，驻北平郊外的日军，亡我之心不死，再一次挑起事端，袭击宛平城。我守军吉星文团长率部奋起反抗，拉开了七七全面抗日的序幕。7 月 19 日，日本军头喜多诚一在谈判中威胁何应钦说："待日军撤出后，中国军队始撤出华北，局势必定恶化。"

　　7 月 28 日 15 点，日本国下达对北平的总攻令。8 月 12 日，中国自沉 35 艘船舰（共 6 万多吨），封锁江阴长江。8 月 13 日，中国军队根据陈诚主导制定的抗日总战略，为使主战场开辟在河流如网的江南，以不利于机械化程度比自己高得多的日军，顺势在上海实施反击，淞沪抗战爆发。

　　1937 年 10 月 22 日，宋美龄去上海前线劳军。日机低飞扫射，车翻受伤，断肋骨数根，当场昏迷。1938 年 1 月 3 日，蒋介石宋美龄的照片，又一次刊登在美国《时代周刊》的封面上。

　　1936 年后，宋美龄出任航空委员会秘书长，实际主管空军及其建设。"八一三"后，她经常与空军将领们研究作战计划等各种问题。你看，她身上总戴着空军军徽。

　　1938 年 3 月以后，宋美龄邀集邓颖超等各党派女士，共同领导"战时儿童保育会"和稍后的"全国妇女指导委员会"，收养了三万多名难童，还救助了不少伤员。同时她还多次用英语进行国际广播，向全世界宣传中国人民的英勇抗战，以争取国外的理解和帮助。所以有人称她为"国际播音员"。

　　重庆市曾家岩德安里 103 号（上图），是抗战前期宋美龄办公和处理空军事宜的地方。它正好在旧国民政府后面。后院的女子雕塑表明宋美龄颇有情趣。

　　1938 年武汉大空战之际，5 月 16 日美国《生活周刊》封面上的
中国少年新兵，这张照片委婉地反映了中国抗战的决心和悲壮情景。

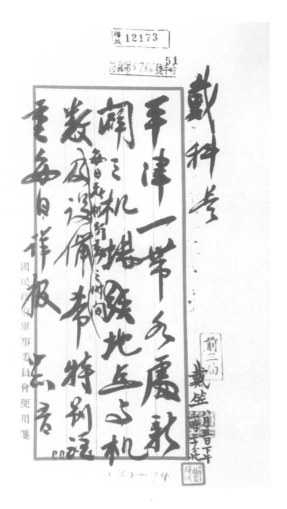

1937 年调查报告

七七事变，蒋介石命令戴笠每日详报平津新机场及敌机行动。

戴笠向蒋介石密报"沪战击毁敌机近四十架"

　　珍珠港事变爆发后，1941年12月23日中英美三国军事会议在
重庆召开，宋美龄任机要翻译。1942年1月1日，中美英苏等26国，
签订同盟条约。2日，蒋介石出任中国战区最高统帅。这是宋美龄陪
伴蒋介石在就任书上签字的情景。

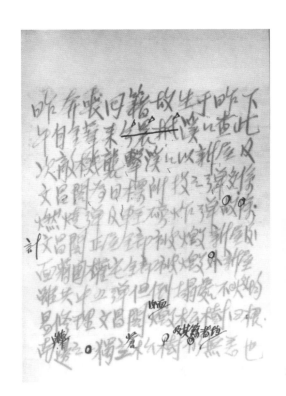

此次敵機除投彈外並曾使用機關槍掃射。故傷亡頗多。至昨日止傷亡者遺一亡人傷者二十九人不至有生命之憂。據此查看彈爆着炸之跡附順傷亡者均受傷之部位如當時均能隱伏地上則除壓斃燒死者外均無傷亡也。此傷缺乏防空常識所致耳溪口現為汽車路之終點。

1939年12月16日，戴笠报告溪口被炸

TIME

THE WEEKLY NEWSMAGAZINE

CHINA'S T. V. SOONG

The road to recovery is up the sharp sides of mountains.

(Foreign News)

　　抗战中宋美龄的兄长宋子文，实际上长期负责与美国财界和总
统等方面的联络。重要的和机要的事情，他经办不少。宋美龄病倒后，
他曾出任航空委员会秘书长。他的全部私人文件，已入藏美国斯坦
福大学胡佛研究所，但并未完全公开。

抗日战争期间，宋美龄为了争取美国援华做了大量的工作。1943年2-6月，她亲自访问美国，受到国家元首般的礼遇，也受到全美人民的举国欢迎。她应邀举行了多次讲演，她的讲演生动、庄重，以致半个世纪以后，美国总统乔治·布什还公开致信称赞和感谢；她和罗斯福总统一同举行的答记者问，也充满了智慧和机锋。她使中国的抗战获得了美国上下的理解和援助。她本人也被美国10所大学授予了名誉博士学位，学位之多仅次于大名鼎鼎的胡适（32个博士学位）。

左图：1943年3月1日，在美国巡回演讲过程中，她又上了《时代周刊》的封面。

右图：1943年3月3日，宋美龄在纽约麦迪逊广场讲演。

　　左图：这是宋美龄带到美国的抗战宣传画之一。画上的说明已改用英文，意思是中国首要的是战斗（原文是抗战到底），美国援华会号召都来加入抗战基金会。

　　中图：这是宋美龄带到美国的另一张抗战宣传画，说明文是："这位是中国人，他是你的朋友，他在为自由而战斗。"

　　右图：这是美国的宣传画，大意是："大家都来扔炸弹，砸烂那个自称'太阳之子'的家伙！"

60 年代美国发行的纪念陈纳德将军的邮票。

　　此人叫陈纳德，二战前默默无闻，不过是个美国空军上尉。由于他对空战的认识独具慧眼，远远超出同时代的人，故不被其上下同僚所理解，因此退役。1937 年来到中国，后来领导在中国的美国空军（飞虎队），共击毁日机 2600 架，为我国抗战建了奇功。因此，成为美国家喻户晓的民族英雄，也为海峡两岸的中国人民所敬仰。所以在他去世后，在美国和中国台北、芷江、昆明以及成都等地，都有纪念他和飞虎队的展览馆或者记功碑。抗战胜利后的 1947 年圣诞节，他再次来华迎娶了他的患难知己——一位中国女记者，后来大名鼎鼎的陈香梅。

美国空军博物馆展出的 P-40 战斗机

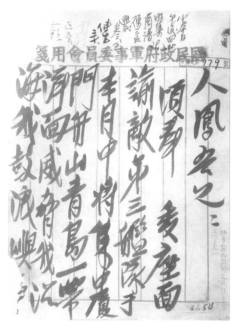
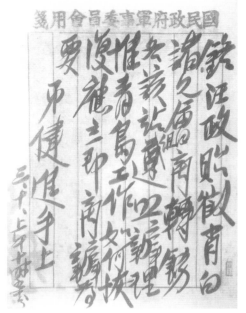

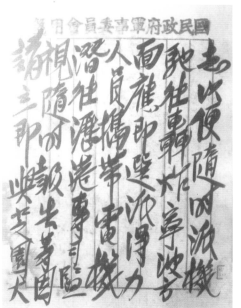

戴笠电毛人凤，速派人监视日本第三舰队并请空军司令张廷孟派飞机轰炸青岛、宁波、舟山（1940年3月10日）。

　　宋美龄为荣誉队长的飞虎队，使日本空军闻风丧胆。飞虎队前期使用的主要机型是 P-40 型战机，速度 560 公里／小时。其性能优于当时日本最好的"零式"战斗机。1942 年 7 月飞虎队回归美军建制。1943 年后，它和中国空军都有了性能更优越的 P-51 型战机（速度 765 公里／小时），这为取得战争的胜利，提供了良好的物质条件。

　　下图是飞虎队王牌飞行员奥尔德。1942 年 7 月 4 日，飞虎队回归美军建制，此时他是 17 个王牌飞行员之一。在这张摄于 1942 年春的照片上，他的飞机机身上的 18 个红点，代表那时他已击落敌机 18 架。到 7 月 4 日，他共计击落敌机 35 架。1945 年 1 月 16 日，他带领 16 架 P-51 型野马式战机，低飞（66 米）偷袭上海，全队击毁敌机 73 架，自己无一损失。

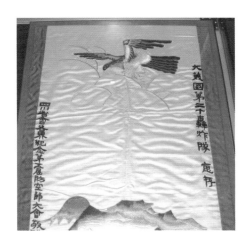

锦旗

1941–1945 年中美空军联合抗日。这三幅锦旗，是当时中国空军司令王叔铭及四川民众赠送给飞虎队及归队于美国航空队伍的。锦旗上的 AVG，是 American Volunteer Group 的缩写，Flying Tigers 即飞虎队，它是 AVG 绰号。

1944 年，由野马式驱逐机护航的轰炸机队，是日军的致命克星。

P-51 型战机。

1943 年后用于实战的 P-51 型野马式战机速度为 765 公里 / 小时，是当时全球最快的飞机。当时中国空军和第十四航空队前后共有 300 多架。

野马 P-51 服役后，日本的零式飞机经常被击落。这是 1943 年在海南岛被击落的零式战机残骸。

　　这是抗战后期盟国的 P-61 型夜间战斗机。它是当时最先进的战斗机之一，诨名"黑寡妇"（一种毒蜘蛛）。速度为 600 公里／小时，不算最快，但它有双机身，大功率、低噪声，机身全黑，并在机头内安装了刚刚发明的机载探测雷达（日本没有）。于是它成了夜战之王。

　　这是抗战后期驻扎在成都的P—61型夜间战斗机。共有两个中队，昼伏夜出。它集战斗、轰炸及侦察于一体，对侵华日军构成极大的威胁。

　　上图：这是战争后期，美国生产的 B-29 型轰炸机，正式名称是"超级空中堡垒"。它的载弹量为 10 吨，航速每小时 644 公里，航程 6500 公里。每架 15 万美元，是当时最大最先进的轰炸机。二战中，共生产了 2132 架，专门用来轰炸日本。1944 年 5 月，进驻中国成都，前后共 100 多架。1945 年，改驻马利亚纳群岛等地，这不仅减少了所需炸弹及汽油的运输困难，且轰炸范围能涵盖全日本。（轰炸日本详情页见第 131 页）

　　下图：飞行中的 B-29 轰炸机特写。

这是停在机场的 B-29 型轰炸机和它携带的炸弹。

　　这是投放第一颗原子弹的飞机——B-29型超级空中堡垒"恩诺拉·盖伊"号的挂弹仓,它又大又复杂。此机现在美国华盛顿史密斯博物馆展出。

　　1942年2月5日到21日，蒋介石、宋美龄访问印度，以争取印度与中国共同抗日，支持印度追求独立运动的努力（印度独立后，中国首任大使罗家伦还代为设计了印度国旗）并协调印、英关系。期间会见了印度领袖圣雄甘地和国大党的领导人尼赫鲁等，并由宋美龄用英语广播宣读了《中国政府告印度人民书》。4月5日到9日，二人再飞印度，视察了驻印中国军队，并和英方首脑协调作战方略。

　　这是埃及首都开罗附近的米纳饭店（Mena House Hotel）今日的情景，豪华的前厅走廊和富丽的大厅，以及后面的游泳池，把这个昔日的宫廷，打扮得美轮美奂。1943年12月22-26日，美中英三国首脑，在这里举行了三巨头开罗会议。会议除商讨联合对日作战计划外，还发布了著名的《开罗宣言》（见第112—113页）。它规定把日本侵占中国的领土如东北、台湾、澎湖列岛等归还中国；把日本从它用武力攫取的所有土地上驱逐出去；使朝鲜自由独立；坚持要日本无条件投降。饭店至今还保留着那时开会房间的布置，以供人们参观。

　　1943 年 11 月 22-26 日，美中英三国首脑，罗斯福、蒋介石、
丘吉尔，在开罗举行最高级会议。这是中国人第一次以大国身份，
走上世界政治舞台。事实上，在珍珠港事变以前，中国的各党派团
结一致，实施了艰苦卓绝的独立抗日。中国人民流血牺牲、英勇不
屈的事实，奠定了中国成为世界反法西斯同盟国四强之一的基础。
1941 年 12 月 8 日珍珠港事变以后，12 月 22 日中国首先建议组成同
盟国。建议被美、英、苏等 26 个国家所接受，1942 年 1 月 1 日，签
订同盟条约。这些，成为胜利后的中国必将成为联合国安全理事会
常任理事国的根据，因为联合国是由同盟国主持建立的。

　　这是我们找到的 1943 年 11 月开罗会议时唯一一张彩照。会议期间，三国首脑就许多重大问题进行了磋商，其中也涉及如何对待日本天皇体制问题。四十多年后，宋美龄在谈到开罗会议时讲道：在一次没有随员的会上，丘吉尔首相"激昂倡言，建议以正式联合公报，惩罚日本天皇并废除天皇政体。罗斯福总统频频点头，而且也借着'身体语言'表示同意"。但中国首脑则从体谅民族感情出发，予以坚决反对，"此议才终于作罢"。

「カイロ宣言」

蔣介石主席、ルーズベルト大統領、チャーチル首相の歴史的な会議が二年前挙行のカイロで行はれ昭和十八年十二月一日附を以って所謂カイロ宣言を公にした。その一部は次の通りである。

列席軍事全権使節は楽るべき對日本軍事作戦に關し完全に意見の一致を見た。三聯合國は暴虐なる敵に對し陸海空の三方面より不断の圧力をもたらすべく妖意を表明した。この圧力は既に逐次増加しつつある。

我々三聯合國の戦爭目的は日本の侵略を義を抑制懲罰するにある。我々は利得や領土擴張を望むものではない。我々大正四年第一次世界大戦の初期に日本が占領した太平洋諸島を日本より、刻奪し且本より獲得した満洲、臺灣、澎湖諸島等を反那共和國に返還せんとするものである。其他暴力と野望により獲得した他のすべての領土のうら日本を追放せんとするものである。

"台独"分子及日本反华派，急力否认开罗会议。但是，现存的 1943 年由空军投到台湾促降的《开罗会议宣言》日文本，揭穿了他们的谎言。

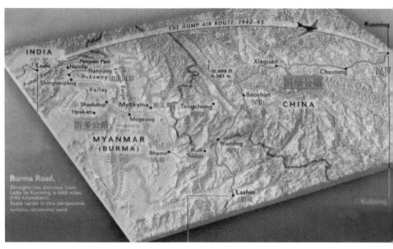

　　左图是史迪威，他是二战中，根据同盟关系，由美国派到中国战区协同指挥作战的参谋长。他勤于任事，支持中国人民的抗日。他看重中国共产党这支抗日力量，看不起大多数国民政府的将领和官员，尤其是蒋介石。因此与蒋介石斗来斗去，最终于1944年10月被蒋逼走。1946年10月去世。

　　一本在美国再版了12次的史迪威的权威传记中记载：史迪威讲话总是十分刻薄，例如他应邀参加在美旗舰密苏里号上日本向同盟国投降的观礼时曾说："除了尼米兹（美国代表）和徐永昌（中国代表）外，其余的（代表）都是乌合之众。"

　　右图是滇缅公路和雷多公路（史迪威公路）及驼峰航线的示意图。

　　此人叫麦克阿瑟，是二战中美国的太平洋战区司令。日本在偷袭珍珠港的同时，还对美英在太平洋地区的各同盟国发起攻击，战争打得十分顺手。进攻新加坡的当天就击沉了英国两艘战列舰——威尔士亲王号和却敌号，并很快打下新加坡、中国香港、南亚和东南亚各国。也给了在美国盟邦菲律宾驻扎的麦克阿瑟一个措手不及，进攻当天就炸毁美 P-40 战机 307 架，B-17 轰炸机 25 架。据说他只剩一条军舰，只身败走澳洲。但他说了一句名言："我一定要回来。"

　　三年后，凭着与日军的残酷拼杀，美军逐岛夺回了太平洋上的所有地盘，他又回到了菲律宾。他和宋美龄、陈纳德一样，极为重视空军在克敌制胜方面的作用，提倡对日本本土猛烈轰炸。图片的背景，就是一组 B-29 轰炸机群，其重磅炸弹如铁拳般，砸在东条英机（日本首相）的光头上。这样，再加上各同盟国特别是中国在陆地对日本的反攻，这就对日本构成了致命打击。作为盟军最高统帅的他主持了日本向同盟国投降签字仪式。根据投降条款规定，日本天皇内阁及日本政府都必须服从他的指令。

　　此人叫魏德迈，抗战后期接任了史迪威的职务，任盟军中国战区参谋长。他帮助中国抗战，做过有益的工作。此人处事圆滑，态度平和，战后受命调查过国共纷争，并不明显袒护国民党。但据蒋介石的秘书周洪涛在回忆录中讲，是魏德迈建议蒋介石放弃上海，固守台湾。蒋介石在落魄之时，得此知音，立即派了保密局局长郑介民，赴美密商一切。不过大家对他在战后担任的真实角色不甚了了，他写过一本著名的《魏德迈报告（Wedemeyer Reports）》，此是后话。

　　上图是1944年，驻成都的中美空军联队执行轰炸任务后，愉快归来。但有不少人是执行任务后，再也没有回来。1944年8月30日，一架第十四航空队的B-24飞机（机号40783），执行轰炸任务返航时坠毁。1996年，在广西兴安猫儿山（桂林市北70公里）中，乡亲们发现了此机残骸（见下左图）。

　　下右图：在昆明市郊屹立着纪念二战中的美国飞行员的纪念碑。"驼峰飞行纪念碑"墓碑由原中国国防部长张爱萍题写。

　　1997 年 1 月 17 日，在北京机场，举行了中国政府代表向美国政府代表移交 1944 年 8 月 30 日在广西猫儿山遇难的 40783 号 B-24 轰炸机机组人员遗骸的交接仪式。

这是收藏在美国俄亥俄州代顿市美国空军博物馆的一个纪念碑，碑文是：“此碑用以纪念在二次世界大战中，中印缅战区飞越喜马拉雅山的美国和盟军（中国）将士们。”

　　这是重庆解放纪念碑，以前它叫"抗战胜利记功碑"。抗战时期叫"精神堡垒"，它是1941年12月30日建成的四方形炮楼样的建筑，原高7丈7尺（中国旧的度量单位1尺=0.333米），以纪念七七事变。

　　塔下封存有重要的抗日纪念品，包括罗斯福给重庆市民的表彰信（锦旗）。

　　这是抗战中建于湖南衡阳南岳山的忠烈祠。它位于香炉峰下，是中国大陆纪念抗日阵亡将士的大型陵园之一，规模宏大、气势雄伟。

　　跨入大门，是一形如五颗直指蓝天的炮弹的纪念碑，象征着汉、满、蒙、回、藏等各民族共同抗日。碑基础的正面有"七七"两个大字。

　　陵园仿南京中山陵格局建成。它坐南朝北，石阶分9层，共276级，据说是为了纪念第九和第六战区阵亡的276位中高级军官而专门安排的。四周的山头上，共有13座大型烈士陵墓。其中最大的一座坟中，安葬了原国民党第三十七军第十师在湘北阵亡的2728名将士。当年，日寇南侵，最终湘西一役，中日双方共出动兵力50余万，日军兵锋推至雪峰山天险，结果大败。这次会战日本人自己说，"日军成了案板上的肥肉"。八年间，若不是长眠于地下的民族英烈舍生忘死，浴血奋战，民族、国家绝无幸存之理。

忠烈祠建成后，先后遭日军两次大破坏。新中国成立前后都对它进行了比较完善的修复和保护。1997 年被国务院批准为全国重点文物保护单位。经多年整修，逐步恢复了旧观。殿内供奉的 37 位英烈，其中有 15 名功在千秋的殉国大将，如张自忠、唐淮源、李家钰、陈安宝等，在 1949 年以后被追封为"革命烈士"，可慰抗战英灵于九泉。

七七纪念碑铭文：

"寇犯卢沟，火波轩起，捐躯卫国，忠勇将士，正气浩然，彪炳青史，汉族复兴，永湔国耻。"

　　抗战期间，各地华侨心系祖国，除大量捐资捐物之外，还有很多回国从军。其中参加飞虎队的亦不在少数。此外，在欧美等国直接从军，以及在南洋组织队伍进行抵抗者，也为数不少。这个纪念碑是纪念中国义勇军在马来半岛的抗日英烈的。它建于马六甲市郊，1946年建成，碑文题字为："忠贞足式（意即忠贞精神足可为典范）"，蒋中正题。

这是南京航空烈士公墓，牌坊正面的挽联：

捍国卫长空，伟绩光照青史册；

凯旋埋烈骨，丰碑美妍黄花岗。

背面横批：精忠报国。

挽联：英名万古传飞将；正气千秋壮国魂。

公墓中，除航空烈士纪念碑主碑外，还有 30 块副碑，分别用中英俄三国文字刻有 3305 位烈士之名。其中中国烈士 870 名，美国烈士 2197 名，苏联烈士 236 名，韩国烈士 2 名。

1936年宋美龄出任中国航空委员会秘书长。

根据当时中国自卫和发展的需要，宋美龄认识到空军的重要性。因此，她不遗余力地参与空军的建设。宋美龄是个容易晕机的人，但她意识到要有高水准的空军，就不能假手他人。于是，在没有合适人选的情况下，只受过文学和社会科学教育的宋美龄，便把许多时间花在了阅读有关航空理论、飞机设计和比较各种飞机零件优劣的技术刊物上。她亲自和外商洽谈，订购了价值2000万美元的产品，用于空军建设。她实际上是早期中国空军建设的一位重要负责人。这是她对中国抗战的贡献之一。

上图是她头戴空军军帽与蒋介石等视察机场的情景。

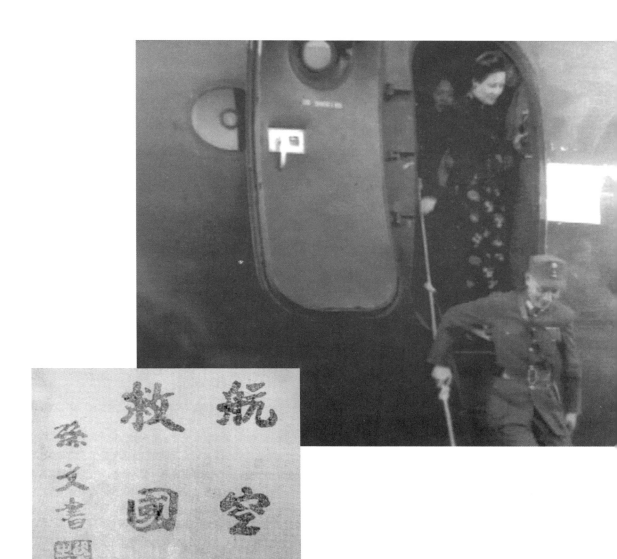

　　宋美龄与蒋介石结婚后的 10 年内，也就是抗战前 10 年中，除参与视察各地、参与与新旧军阀谈判、推行"新生活运动"以外，推行孙中山先生倡导的"航空救国"活动也是其主要工作之一，因此宋美龄成了蒋介石的"贤内助"。

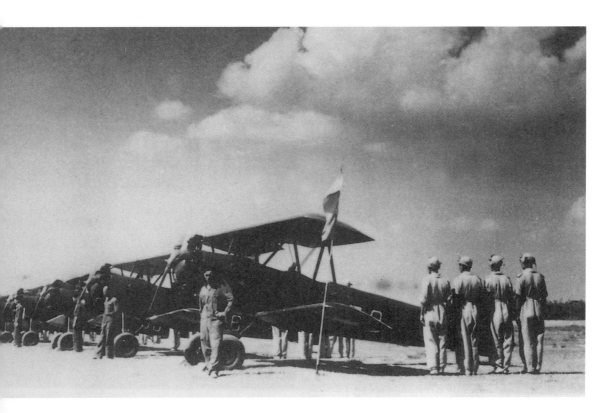

　　发展空军是抗战前国防建设的重点之一，上图是 1936 年 10 月
31 日，国民政府发起献机祝寿运动，从美国购买的 68 架霍克式飞机。

　　抗战前中国空军的飞机，多半是意大利和德国产老式双翼飞机，
只有少量美国飞机。

　　下左图为：抗战时期的中国空军总司令周至柔。

　　下右图为：中国空军副总司令毛邦初。

1936年，蒋介石视察笕桥航空学校。

上图：杭州笕桥中央航空学校。

1937年七七抗战爆发以后，中国空军打得英勇，8月14日空军首战，高志航、李桂丹率27架飞机主动出击，击毁敌机3架，自己无损失，后来"八一四"被定为空军节；8月15日，又击落35架；8月16日，又击落8架。三天共击落日机46架，日军大为震惊。8月17日，刘粹刚、阎海文率44架霍克式飞机与日军拼杀，阎机不幸中弹，跳伞后用手枪杀敌数人，再行自尽。日人敬其忠勇，厚葬并立"支那勇士之墓"。但经三个月战斗，中国空军的飞机也几乎损失殆尽。为抗日英勇献身的高志航、阎海文、刘粹刚、李桂丹、沈崇诲等人，海峡两岸都视之为烈士。

　　此前的 1937 年 5 月，宋美龄聘请了长相酷似"老鹰"，又充满剽悍之气的老飞行员，美国空军退役上尉军官陈纳德，来到中国任中国空军总教官、总顾问。此人，二战前就首创"空中优势"理论，但不为当时的同僚所理解。来中国后，陈纳德尽心竭力，参与中国空军的训练与作战，参与指挥上海、南京和武汉的对日空战。后来组建并主管飞虎队和美国在华空军，直到抗日战争的胜利前夕（1945年 8 月 1 日卸任）。

　　经八年抗战证实：这一聘请是"伯乐识马"。因为，陈纳德将一支由 250 个人和 100 架飞机组成的航空队，发展为拥有 20 万人和1000 多架飞机、战无不胜、彪炳青史的铁军。1990 年美国进行了一次民意测验，谁是美国人心目中二战期间的欧洲及亚洲英雄？结果，五星上将艾森豪威尔和陈纳德将军分享了这项荣誉。

伊尔-15型飞机

霍克-3型飞机速度为每小时387公里。

伊尔-16型飞机

马丁飞机

苏联空军英雄库里申科。

　　20世纪以来，日俄（日苏）之间关系不好。因此，抗战初期苏联乐意支持中国，通过谈判，订立三批合同，共贷售给中国924架飞机。其中，驱逐机：伊尔-15型252架，时速365公里，每架3.3万美元；伊尔-16型时速420公里，每架4万美元；轰炸机SB-2型时速400公里，每架11万美元。伊尔-16型是当时比较先进的飞机。此外，还有不少战略物资和两千人以苏联空军志愿队的名义来我国助战（我国用钨砂等作交换，见后文）。其中，库里申科是最有名的空战英雄（1939年10月14日在四川殉难）。这组照片是中国早期使用的苏联伊尔-15型（双翼）和伊尔-16型飞机，以及美国霍克型和马丁型飞机的照片。

上图：1937 年 8 月 14 日，中国空军与日本航空队激战于沪杭上空，这是中国空军出击当天从航机中拍到的机群照片。

下图：中国空军英雄出击前，在飞机前留影。

空军英雄高志航

空军英雄沈崇诲

援华的苏联飞行员

上图：1937 年 8 月，淞沪空战中被击落的日机残骸。

空军英雄阎海文

空军英雄李桂丹

空军英雄刘粹刚

华侨飞行员们

上左图：1937年8月14日停泊在黄浦江中的日本第三舰队旗舰出云号。

上右图：1937年8月15日中国空军正在攻击日本军舰。

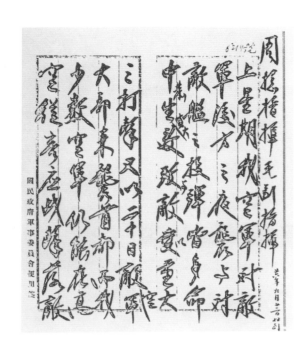

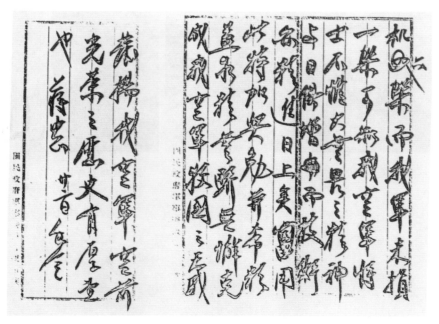

1937 年 9 月 22 日，蒋介石致函空军前敌总指挥周至柔，对空军的战绩进行表扬。这是原函的照片。

上图：1938 年 4 月，蒋介石、宋美龄视察汉口空军基地。

下左图：这是出征日本本土前蒋介石对机组人员讲话。

下右图：这是出征日本的轰炸机。

上图：1938年5月19日，中国空军飞行员徐焕升、佟彦博等飞临日本，投了500公斤的印刷品，希望唤醒日人。这是返航后何应钦、孔祥熙接见参与纸弹轰炸日本的空军将士。

下左图：参战苏联志愿队人员。

下右图：1938年在武汉上空击落日本飞机的部分中国飞行员。

上图：1939 年 2 月，日机两次空袭兰州，中国空军升空拦截，共击落 15 架日机。这是兰州市民庆祝胜利的照片。

日本侵华海军最高将领大角岑生（下右图）于 1941 年 2 月 5 日在从广州飞海南岛的风雨中，从伶仃洋折返时，被我第四战区第三游击区袁造等人用密集重机枪击落于中山县，同机六个将官一并丧命。游击队缴获了日本的南进计划文件并予以揭露，这是中国的一大胜利。下中图是机枪手攻击其飞机的照片，下左图是飞机残骸。

轰炸东京

1942 年 4 月 18 日，美军航空母舰大黄蜂号上的 16 架 B-25B 型轰炸机，各带 2000 磅炸弹，在距日本 450 海里的海上起飞，傍晚轰炸了东京及横滨一带的几座城市。空袭使日本钢铁公司等几十家工厂 90 幢建筑被毁，300 人伤亡；空袭东京成功，"这次空袭行动震撼了帝国大本营的核心"。

当按计划完成任务后，这些轰炸机应在浙江衢州等地降落，然后就在中国参加抗日战争，加入陈纳德的"飞虎队"，再轰炸日本航空队的台湾新竹基地。然而由于飞到中国时燃料殆尽，再加上黑夜的降临，B-25 又提前到达，中国机场人员未启动导引讯号和跑道火炬，杜立特中校下令全体飞行员弃机跳伞。

杜立特在自传中说，他原以为全数飞机损失，会受军法审判。但罗斯福、蒋介石都授予杜立特与组员最高的军事勋章。而未启动导引讯号的杨惠敏（就是 1937 年给上海四行仓库 800 战士献国旗的女学生）则受审，但是被判无罪（对外说她丢了电影明星胡蝶的行李！）。

此时，日本除杀害落在日本的飞行员外，为了报复中国人掩护美国飞行员的行为，屠杀了大约 25 万平民，还大量使用细菌武器。另外也对共产党领导的抗日根据地发动了实行惨无人道的三光政策的大扫荡。

　　陈纳德自到中国以后，即倾全力协助中国抗战，并几次返回美国，为中国争取战略物资援助。他与宋子文一道，奔走于美国政府各部，且直接向罗斯福总统陈情，起到良好的作用。这是他刚来华时的证件照片。

　　在第一次会见宋美龄后，陈纳德对宋美龄的见识、智慧和仪态都敬佩不已，并在当天的日记中称宋美龄"美丽大方，是我永远的公主"。

陈纳德和蒋介石夫妇。

抗战初期，宋美龄为组织空军抗战，投入了很大的精力。据说她认得中国空军的每一架飞机、每一个飞行员。空战激烈时，她多次进行战前动员，为将士鼓劲并迎接他们归来。

炸不垮的重庆

　　上图：这是日本保存的一张1939年5月3日的"五三重庆大轰炸"的照片。机头下方重庆清晰可见。

　　下图：这是1939年"五三轰炸"重庆时从汉口起飞的日本机队和一个轰炸机组人员。1940年5月28日，日本32架轰炸机轰炸成都，一架国军双翼飞机奋起搏斗，后安然返航。

　　抗战伊始，中国空军虽然打得英勇，此后一段时间，中国虽也得到苏联在空军方面的支持，但是因为在飞机的数量与质量上，均不及日本（中国仅有 100 多架，日本侵华就有 700 架，飞机性能日机较佳），中苏将士虽奋勇作战，但制空权还是渐渐落入日军之手。

　　重庆是战时陪都，因而成为日军轰炸的首选目标。日本要想打垮中国，必须打垮重庆。从 1938 年 2 月 18 日到 1943 年 8 月 23 日，日本陆海军航空部队，进行了为期五年半的战略轰炸，史称"重庆大轰炸"。据统计，日本空袭重庆共 218 次，出动飞机 9513 架次，投弹 21593 枚，炸死市民 11889 人、伤 14100 人，炸毁房屋 17608 幢，有 30 所学校曾被轰炸。但是，重庆没有屈服，中国没有屈服。重庆大轰炸背后是英勇不屈的"重庆精神"。

　　下图：中国军人正在用高射机枪扫射来犯日机。

　　特别凶狠的是 1939-1941 这三年，日本对重庆、成都、桂林等城市，实施狂轰滥炸。日本天皇还下令：可以直接攻击平民。1939年的"五三"和"五四"重庆大轰炸，是他们对中国人民实施的人类有史以来的最惨烈的空中大屠杀。上图是数不清的罹难同胞，下图是进行抢救的现场。

按照日本陆海军航空队《中央协定》的方针，日本空军在"航空进攻作战"时，"特别要捕捉，消灭敌最高统帅"（按：指蒋介石）。图为宋美龄走在遭到空袭后瓦砾成堆的重庆街头。

1939年5月5日英国路透社自重庆报道称：昨夜今晨，蒋委员长夫妇同往灾区巡视。委员长昨命市内一切公私车辆，一律供疏散人员之用。今晨各车辆奉命集中于指定地点，由蒋夫人指挥疏散妇孺。

美国传记作家埃米莉－哈恩（项美丽）记述了其中的经过：……整个晚上，蒋夫人马不停蹄地四处奔走，监督救难的工作。直到5月5日中午过后，她才有时间照料她自己的孤儿。因为夫人和委员长自己的座车已被用来运送伤患（一对老夫妇拒绝进入座车，直到他们确信这不是冒犯为止。就算如此，他们还是坚持在入车之前叩了三个头）。夫人只得带了几个随从，乘坐卡车办事。

天空破晓，一队由六千名儿童组成的队伍被送往乡间，城外数里的一处地方是他们的暂栖之地。他们在清晨五点到达之后，吃住立刻成了问题。

在路上，（蒋夫人）他们遇见了那支由孤儿组成的队伍。……蒋夫人下令停止所有用来疏散重庆市民的卡车及私家车。这些车正要空车回城里去，而蒋夫人则命令他们回来载孩子。她站在路中，手中挥舞着旗子，召唤驶来的车子。车内的人一听要载孩子往往立刻掉头就走，而不知和他讲话的就是蒋夫人。这也难怪，因为此时的夫人满脸尘垢，全身衣裳不再整齐，连她的侍从副官都被派去为孩子们张罗吃的了……

　　目睹轰炸后的惨相，蒋介石称"是我有生以来第一次见到的惨绝人寰的惨案"。他还从现场救护时发现：市民蒙难"虽惨不忍睹，可民众毫无怨言"。他感慨壮言："中华民族的正气，自古以来，都是在遭受异族侵略时迸发出来的。任何残忍暴行都不能使之屈服。"

　　上图是学生们在警报发出后，立刻从课堂有序地跑步进入防空洞。

上图：当时重庆防空能力薄弱，击落日本飞机不多。这张照片是被击落的轰炸机中的杀人犯，照相馆主人拍成这张照片后，广为发送。

下图：当时在重庆击落的敌机。

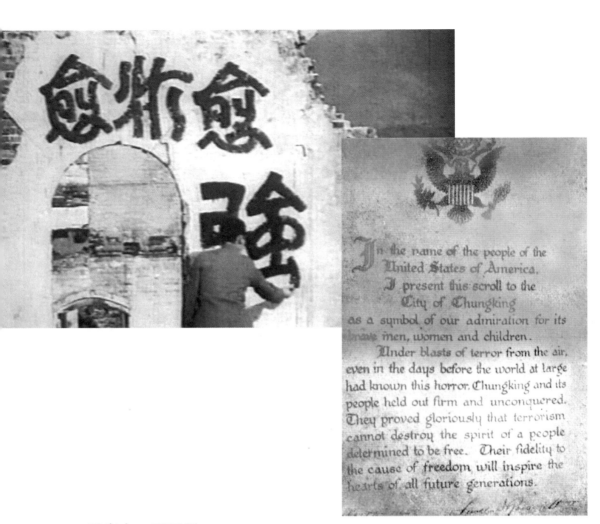

重庆人，不屈服

　　右图为美国总统罗斯福给炸不垮的重庆市民的赠词。全文如下：

　　我谨以美国人民的名义，向重庆市赠送这一书卷，以表达我们对英勇的重庆市民男女老幼的赞美之情，在空袭的恐怖中，甚至在这种恐怖尚未为全世界知悉的日子里，重庆市及其人民，一直表现出沉着和不可征服的气概，你们的这种表现，自豪地证明了，恐怖手段，绝不能摧折决心为自由而战斗的人民的意志，你们对自由事业的忠贞不渝，必将激起未来一代又一代人的勇气。

罗斯福（签名）1944 年 5 月 17 日

　　1939年后的苏联，逐渐向德国靠拢。在瓜分波兰之后，又感到苏德联手尚不可峙，还需要拉拢日本。尽管各有所图，1941年4月13日，苏联又与日本订立了《苏日中立条约》。左图为斯大林与日本外长松冈洋右签约时留影。根据此约，1942年苏联秘密扣押了降落于苏联的美国飞行员五人。

苏日中立条约
（1941 年 4 月 13 日于莫斯科）

苏联最高苏维埃主席团和日本皇帝陛下，基于加强两国间和平和友好关系的愿望，决定签订一个中立条约，并为此目的指派代表如下：

苏联最高苏维埃主席团；
人民委员会主席兼人民外交委员维·米·莫洛托夫；
日本皇帝陛下；
外务相松冈洋右；驻苏联特命全权大使建川美次中将；
上述代表相互校阅全权证书，认为妥善后，协议如下：

第一条
缔约双方保证维持他们之间和平和友好关系，并相互尊重缔约另一方的领土完整和不可侵犯。

第二条
如果缔约一方成为第三者的一国或几国的战争对象时，缔约另一方在整个冲突过程中将保持中立。

第三条
本条约自缔约双方批准之日起生效，有效期为五年。如缔约任何一方在期满前一年未通知废止本条约时，则本条约应视为自动延长五年。

第四条
本条约须经迅速批准，批准书也应尽速在东京互换。

本条约由上述代表签字盖章以资证明，共两份，以俄文和日文写成。

1941 年 4 月 13 日，即昭和 16 年 4 月 13 日订于莫斯科。

声　明

按照 1941 年 4 月 13 日苏联和日本所签订的中立条约的精神，并为了保证两国间的和平和友好发展的利益，苏联政府和日本政府庄严地声明苏联保证尊重满洲国的领土完整和不可侵犯，日本保证尊重蒙古人民共和国的领土完整和不可侵犯。

1941 年 4 月 13 日于莫斯科
（译自英国国际关系研究所编苏联对外政策文件 3 册 486—487 页英文本）

左图：《苏日中立条约》全文的图片。

条约公开出卖中国：苏联保证尊重"满洲国"、日本尊重"蒙古人民共和国"的领土完整和不可侵犯（中国政府当即声明：该条约对中国绝对无效）。为遵守条约规定的中立地位，此后苏联断绝了对华的一切借贷。后来，1943 年同盟国元首举行开罗会议，苏联因此也不能参加。据称 1945 年 4 月，苏联曾通知日本：1946 年 4 月后条约不再续签。但两国外交关系，一直保持到日本乞降前一天。

右图：斯大林破格送客的情景。

苏日签约后，斯大林破格亲送松冈洋右到车站，并亲切拥抱，导致国际列车晚点开行。图中右起：斯大林、莫罗托夫、建川美次及松冈洋右。此后，日本就抽调关东军，加重对华之打击。

　　鉴于中国所处的险恶形势，根据中美两国 1940 年已达成的秘密协议，即同意对华实施《租借法案》（先提供军火，以后付款）并紧急贷款之后，罗斯福于 1941 年 3 月 15 日发表演说："亿万中国苦难人民，在抵抗割裂其国家的奋斗中，已表现出非常的意志，中国应当获得我们的援助。"4 月 15 日，罗斯福又签署密令，让 200 多人脱去军服，以伪造的各种平民身份，由陈纳德带领，于 7 月 10 日，秘密乘荷兰客轮，越太平洋经仰光来华助战。对此，日本在广播中威胁："此船到不了中国。"为防止日本人在途中暗算，罗斯福下令由巡洋舰盐湖城号及安普敦号秘密护航。

　　此外，罗斯福还下令：用美国军舰运送给中国的军火武器，包括年初赊购的 200 架（先运 100 架）寇蒂斯 P-40 飞机（苏德战争爆发后，美国也支援了苏联 195 架 P-40）。

　　左图：珍珠港遭日军偷袭后，罗斯福悲愤至极，臂戴黑纱，签署对日宣战令。

　　右图：美英首脑在大西洋的军舰上会面，制定了置敌于死地的《大西洋宪章》。

　　经过长期的努力，1942 年 3 月 21 日，宋子文终于为国民政府争得了抗战以来的最大一笔贷款：5 亿美元无息贷款，提供大量租借物资；同年 10 月 10 日，中华民国国庆日，英美两国都发表声明放弃根据不平等条约取得的在华特权（英国有所保留，不放弃香港、九龙）。总之极力帮助中国。同时，美国加大对陈纳德航空队的支持；帮助整编中国部分陆军，使之成为现代化的美式装备师。

　　这张照片就是贷款协定签字后，中英美三国财长与罗斯福的合影。站立右边第三人是中国财政部部长宋子文，中坐者是罗斯福（患有小儿麻痹症）。

　　上图：这是寇蒂斯P-40飞机，时速560公里／小时，是当时的先进战机。当时售价为每架3万多美元。

　　下图：1942年中国空军第四大队部分飞行员在P-40机群前的留影。

　　1941 年 8 月 1 日，"中国空军美国志愿航空队"成立。宋子文认为，志愿航空队对中国的作用，相当于如虎添翼，故称其为"飞虎队"。从此这个名字闻名遐迩。

　　飞虎队成立不久，就有大量中方飞行及地勤人员加入，又经常组成混合作战队伍，联合作战，经常大胜。

　　这是"第二歼击中队"，又称熊猫中队的飞行员照片。后排右三为皮特·赖特，曾于 2004 年与夫人访华。

　　飞虎队战机的机头上，通通绘成鲨鱼的血盆大口，这是陈纳德想到日本（大和）民族敬畏鲨鱼而设计的。飞虎队的图标，是由美国动画家瓦尔特·迪斯尼设计的，从胜利的"V"字中飞出一只威猛的老虎。

　　这是云南昆明西郊当年飞虎队的总部大楼近期的（上）和抗战中的（中）照片。

　　下图：今天昆明西郊飞虎队的总部大楼底部龙云题记的奠基石。

陈纳德对空军以战斗机主动出击，三机编队配合，高速、灵活地升高、俯冲作战的战术作了充分研究，并在飞虎队和归队后的美国特遣航空队，以及第十四航空队的作战中加以运用，屡创佳绩，自身损失很小，而击毁敌机很多。这三张照片，正是陈纳德与飞虎队的中美战友在昆明机场研究讨论作战技术的情景。

下图是 1942 年后的陈纳德准将。

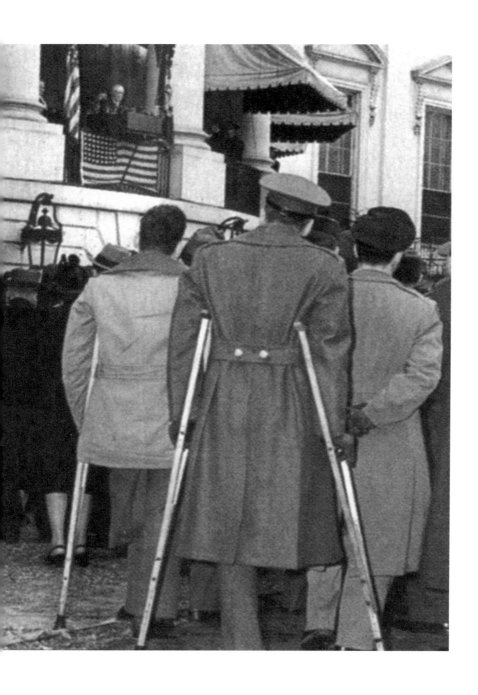

　　1941年12月7日，日本偷袭美国珍珠港，美国随即向日本宣战。
该图为当时罗斯福在白宫对民众发表演说的历史记录。

蒋介石、宋美龄视察飞虎队。

宋美龄虽有晕机的毛病，但她一生却与飞机结下了不解之缘。
抗战前和抗战中，从采购飞机、延聘外国飞行员和专家、研究空军
战术、参加战略会议都毫不懈怠，所以当时被誉为"中国空军之母"。

由于对飞虎队关怀备至，故当时又被视为飞虎队的"荣誉队长"。

　　宋美龄与美国空军第十四航空队（飞虎队的延续）官兵交谈。
从这幅图片上，可以清晰地看到宋美龄帽子上的飞鹰徽章。

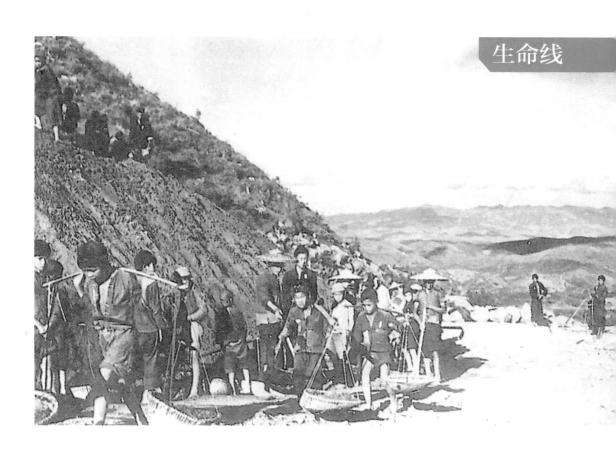

　　为了保证抗战军事战略物资输入中国，1937年12月开始，由30个县20万民工修筑了959公里的昆明至畹町公路（即滇缅路的中国段）。据当时龙陵县县长王锡光讲，随同命令下达的，还有一副闪着寒光的手铐，逾期未完工，请自戴手铐来昆明入狱。1938年5月，全线修通。这条80%穿越崇山峻岭，各国专家认定需三年才能完成的公路，连同其中的三座钢索桥（其中最著名的叫惠通桥），中国的劳苦大众，仅靠双手，在九个月内即将其建成了。当年10月，由宋子良押送的6000g'E军火，顺利由滇缅路运抵昆明。此事让美国总统罗斯福惊呆了，急派美国驻华大使约翰逊去查实后说："滇缅公路工程浩大，全赖沿途人民艰辛劳作，此种精神为全球任何民族所不及。"

　　为了节省汽油，在滇缅路的平坦地带，往往以人力组成运输队。
这是当年运输队的照片。

　　这就是抗战时滇缅公路上惠通桥的照片，它跨越怒江天险，由保山爱国华侨梁金山在抗战前出资建成。它原来只有3米宽，战时改造成5米宽，由每边各19根钢索（直径35毫米）吊起，能负重15吨，全长123米。它是滇缅路的要害。从1939年至1942年5月，日军为炸毁惠通桥等三座桥梁，出动过400多架次飞机进行轰炸，中国军民随炸随修，三年内总共只有十几天没有通车。

　　1942年5月4日，由于日军追击，西岸大量难民商人急拥过桥而堵塞，士兵命令将堵塞的一辆卡车推下江去，车主大哭大闹，不料有个士兵对他开了枪。

　　这一枪改写了历史，由于桥上难民中已混有多名便衣日军，他们以为已被发现，抽枪就打，桥头的中国守军这才发现了他们，立即通电炸桥。于是桥上的日军，连同守军、连同桥上的同胞都同归于尽。就此，日寇被挡在天险的西面，其装甲部队又时时遭飞虎队不断轰炸，再无法前进半步。直至两年后的1944年5月，中国军队反攻缅甸时，才主动重建此桥。1942年至1944年的运输，只有靠飞机了。这就是举世闻名的"驼峰运输"。

　　说来可怜，此前通过此路的总运输量仅为50万吨，而"驼峰运输"三年多竟达80多万吨，这相当于每天有100架运输机来往于国内和缅甸之间。

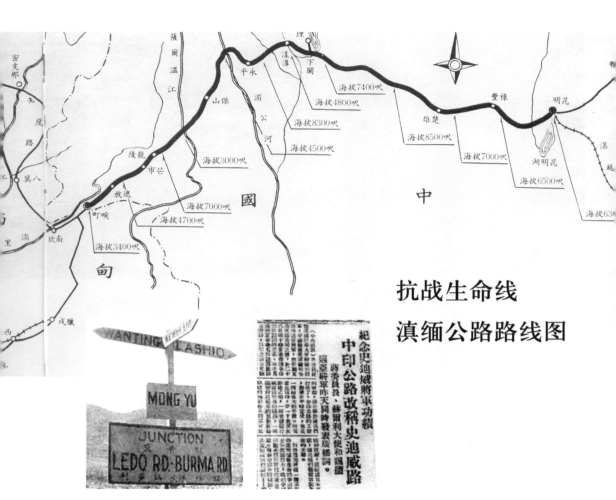

抗战生命线

滇缅公路路线图

上图：滇缅公路的昆明至畹町段，全长 959 公里，这是线路示意图。（注：因此图录制于海外版本，所以是繁体字，横排地名须自右至左读。）

下左图：著名的芒友路标。它在由中美共建的雷多公路（2.8 万美国人和 3.5 万中国工兵，挖土一千多万立方米，建桥 700 座）和滇缅公路的交点处，路标指南是腊戍，指北是畹町，指西是密支那。

下右图：为纪念史迪威将军功绩，中印公路（及与其平行的输油管）改为史迪威路。

　　上图：美国建设雷多公路的负责人皮克准将，在1945年1月12日全线通车后，率领113辆车于28日到达昆明，受到6万市民的欢迎。

　　下图：这是大批中国军队从雷多（Ledo）公路，开赴缅甸追击日寇的照片。

　　全国青年都准备为抗战贡献自己的力量。上图为云南西部女中学生接受军训的情形。

　　惠通桥被炸断后，从印度北方雷多等地至中国昆明等地的运输只有靠飞机了。由于飞机必须经过喜马拉雅山脉和横断山脉，这条航线必须飞得很高（6000—8000公尺），它的气象条件极其恶劣，时而风暴，时而低气压，所以它是世界上最为艰险的战略空运线。

　　这条空运线的正式名字叫驼峰航线，投入这条航线运输的飞机，都是美国当时的优质飞机，计有C-46、C-47、C-53和C-54等几种，载重量为3—10吨。1942年12月，美国陆军运输队印中联队正式成立，最初只有60架飞机，到1945年初扩展至630架。三年半之内，中美共投入约2000架飞机，中方的飞机只占5％。

　　上图：这是当时最大最优秀的 C-54 型飞机（时速 365 公里／小时）。

　　下图：这是 C-54 型飞机正在飞越驼峰航线。

C-47 型运输机与骡车运输同时上阵。

　　图中是在昆明附近失事的飞机，当时由于气象、军务等原因，失事是不可避免的。

　　在驼峰航线上飞行，由于气象险恶，坠机是家常便饭。据统计，三年多共有1579名飞行员（大多数是美国人）和468架飞机机毁人亡，长眠在这些峡谷之中。老飞行员说，晴天完全可以沿着山谷中战友坠机的铝碎片的反光来飞行，因此，此山谷又名"铝谷"，或称"死亡航线"。为了打败共同的敌人，中美两国的航空前辈们，还是坚定地以每天100架的频率运送战略物资，就这样，一直飞到抗战胜利。

　　在缅甸北部，由于地理情况复杂，原始森林周围经常出现暴风雨，在这种恶劣的气象下，飞机也经常出事。上图为中国航空公司的C-46型运输机迫降在芒町的田野，飞行员只得徒步几十公里返回基地。

　　面对前面就是死亡，在三年零五个月的时间里，美国飞行员们一直义无反顾地飞行在这条危险的航线上，运送80多万吨战略物资，仅航空油料就需消耗几百万吨，而这些物资运往印度加尔各答的行程中，还需逃避德军"狼群"潜艇的封锁和攻击，其消耗之大、运输之艰巨，无法用吨位来简单计算。

　　直到今天，那一千多名美国飞行员，仍长眠在这些荒无人烟、白雪皑皑的崇山峻岭之上。每当天气晴好、阳光灿烂的时节，从空中俯瞰，航线沿途那陡峭悬崖上的飞机残骸的银白色反光，仍然在为今天飞行在这条航线上的普通飞机导航。

　　1942 年 2 月 5-21 日，蒋介石、宋美龄访问印度，为的是争取印度与中国共同抗日，并支持印度追求独立运动的努力，协调印、英关系。他们会见印度领袖，并由宋美龄宣读《中国政府告印度人民书》。照片是蒋、宋会见印度圣雄甘地和国大党的领袖尼赫鲁时的情形。

　　上图：宋美龄身披莎丽与印度国大党领袖尼赫鲁和他的独生女儿英迪拉的合影。英迪拉后来连任印度总理。

　　下图：蒋介石、宋美龄参观泰戈尔国际大学。

蒋介石和宋美龄会见印度国大党领袖尼赫鲁和他的女儿的情景。

上图：1942年2月21日，在印度加尔各答电台，宋美龄亲自用英文播讲中国政府首脑的《告印度人民书》，呼吁印度人民参加反侵略战线。

下图：中缅印战场英方最高将领蒙巴顿勋爵。

宋美龄在缅甸与英美盟国将领会见。

1942年5月5-9日宋美龄和蒋介石再飞印度，视察中国军队和战场，宋美龄和蒋介石、史迪威（右）一道与英方中缅印战场最高将领蒙巴顿勋爵（左），商讨缅甸战局协调作战方略。所以1942年中国20万军队入缅作战，一方面为的是保持中国唯一的国际运输线的畅通，另一方面也是帮英国守住缅甸。但英方并不十分配合，导致中国军队初战失利，部分从野人山撤退的部队，处境悲惨，损失惨重。所幸撤至印度的部队则养精蓄锐，为后来取得反攻缅甸大捷，埋下了种子。

蒋介石听取中美联合作战简报后步出会场。

开罗会议时的米纳饭店。

1943年11月22—26日，美中英三国首脑罗斯福、蒋介石、丘吉尔，在开罗举行最高级会议。这是中国人第一次以大国身份，走上世界政治舞台。

开罗会议的主要议题是协调三国在印缅战场以及中国战场对日作战各自应尽的责任。会议中，罗斯福答应，中国军队向北缅反攻时英国将以海军、空军从南缅登陆反攻。但英国对英军在缅甸登陆总是东推西脱，老练的丘吉尔总想在亚洲"少播种，多收获"。英国的理由是欧洲战场吃紧，没有美国的帮忙英国也穷于应付。

　　开罗会议期间，丘吉尔第一次见到宋美龄，即说她非常出色，又富于魅力，还表示相见恨晚。但在涉及中英利益时，丘吉尔总是寸步不让。1943 年夏，英国也曾邀请宋美龄去国会演说，被婉拒。

　　罗斯福自抗战开始以来，一直同情中国，支持蒋介石及其政府，为把中国列入四强，费了不少力气。他还希望在战后扶持蒋介石的政府成为亚洲的新龙头。只是后来中美两国的形势，完全与他的想法背道而驰。

　　在开罗会议期间，宋美龄成了"三巨头"之外的第四巨头，罗斯福甚至说，我的所谓对蒋个人的印象，实际上全是他夫人用语言描绘的印象。两位说英语的首脑和一位说英语的夫人，代表着三个国家，自如地交谈起来，用不着任何翻译。

　　丘吉尔在回忆录中说："这是我第一次见到蒋介石。我对他的冷静、含蓄和敏捷的性格颇有印象，此刻是他的权力与名望臻至顶峰之际。在美国人的眼中他是世界最显赫的角色之一。他是'新亚洲'龙头。"丘吉尔说他与宋美龄曾有颇为愉快的对话，他说，可以看出她是一个非常特殊亦极有魅力的人。

　　紧张的会议之余，大家都抓紧时间，去看看文明古国埃及的大金字塔、狮身人面像和古寺庙，蒋介石和宋美龄也不例外。这时蒋介石表现得很有绅士风度，"女士优先，让夫人先上车"。他也确实应该好好照顾这位为国家做了大量工作的夫人。只有他，最清楚宋美龄的劳动强度有多大，尽管中国代表团的重要成员都能操英语，其中王宠惠、董显光、郭斌佳等人的英语水平都很高，但宋美龄嫌他们为蒋介石所做的口译不够好，"无法转述委员长思想的全部意义，常亲自重译蒋的声明和与对方的谈话"。蒋罗、蒋丘以及蒋和其他外国高级将领（如美方马歇尔、英方蒙巴顿）的对话，全由宋美龄一人口译兼阐释，工作极为辛苦。蒋介石在会议期间的日记上写道："今日夫人自11时往访罗斯福总统商谈经济问题以后，直至霍氏离去，在此10小时间几无一息之暇，且时时皆聚精会神，未能有一语之松弛，故至10时已疲乏不堪，从未见其有如此情状也。"

　　蒋介石、宋美龄等在开罗会议期间，参观埃及古城堡和寺庙时
的留影。

中美英三國領袖開羅會議公報 時在民國三十二年（一九四三年）十一月二十六日

羅斯福總統、蔣委員長、邱吉爾首相，偕同各該國軍事與外交顧問人員，在北非舉行會議，業已完畢，發表概括之聲明如下：

三國軍事方面人員，關於今後對日作戰計畫，已獲得一致意見，我三大盟國決心以不懈弛壓力，從海陸空軍方面，加諸殘暴之敵，此項壓力已經在增長之中。

我三大盟國此次進行戰爭之目的，在於制止及懲罰日本之侵略，三國決不為自己圖利，亦無擴展領土之意思。三國之宗旨，在剝奪日本自從一九一四年第一次世界大戰開始後，在太平洋上所奪得或佔領之一切島嶼，在使日本所竊取於中國之領土，例如東北四省、台灣、澎湖羣島等，歸還中華民國。其他日本以武力或貪慾所攫取之土地，亦務將日本驅逐出境。我三大盟國稔知朝鮮人民所受之奴隸待遇，決定在相當時期，使朝鮮自由與獨立。根據以上所定之各項目標，並與其他對日作戰之聯合國目標相一致，我三大盟國將堅忍進行其重大而長期之戰爭，以獲得日本之無條件投降。

这是当时中国政府保存的《开罗宣言》中文本原件的照片。

CONFIDENTIAL   CONFIDENTIAL   CONFIDENTIAL

HOLD FOR RELEASE   HOLD FOR RELEASE   HOLD FOR RELEASE

PLEASE SAFEGUARD AGAINST PREMATURE RELEASE OR PUBLICATION.

The following communique is for automatic release at
7:30 P.M., E.W.T., on Wednesday, December 1, 1943.

Extraordinary precautions must be taken to hold this com-
munication absolutely confidential and secret until the hour set
for automatic release.

No intimation can be given its contents nor shall its
contents be the subject of speculation or discussion on the part
of anybody receiving it, prior to the hour of release.

Radio commentators and news broadcasters are particularly
cautioned not to make the communication the subject of speculation
before the hour of release for publication.

STEPHEN EARLY
Secretary to the President

- - - - - - - - - - - -

President Roosevelt, Generalissimo Chiang Kai-Shek and
Prime Minister Churchill, together with their respective military
and diplomatic advisers, have completed a conference in North
Africa.

The following general statement was issued:

"The several military missions have agreed upon
future military operations against Japan. The Three
Great Allies expressed their resolve to bring unrelenting
pressure against their brutal enemies by sea, land and
air. This pressure is already rising.

"The Three Great Allies are fighting this war to
restrain and punish the aggression of Japan. They covet
no gain for themselves and have no thought of territorial
expansion. It is their purpose that Japan shall be
stripped of all the islands in the Pacific which she has
seized or occupied since the beginning of the First World
War in 1914, and that all the territories Japan has stolen
from the Chinese, such as Manchuria, Formosa, and The
Pescadores, shall be restored to the Republic of China.
Japan will also be expelled from all other territories
which she has taken by violence and greed. The aforesaid
Three Great Powers, mindful of the enslavement of the
people of Korea, are determined that in due course Korea
shall become free and independent.

"With these objects in view the Three Allies, in
harmony with those of the United Nations at war with
Japan, will continue to persevere in the serious and
prolonged operations necessary to procure the unconditional
surrender of Japan."

- - - - - -

740.0011 EUROPEAN WAR 1939/32623   PS/LH

JAN 19 1944

这是美国政府保存的《开罗宣言》英文本原件的照片。

121

　　上图是从中国多次出击的 40783 号 B-24 轰炸机全机组队员。
不幸的是，他们在 1944 年 8 月 30 日，胜利完成任务后再也没有回来。
1996 年在中国广西兴安猫儿山中，乡亲们发现了他们的遗骸。

B-24 "解放者"型轰炸机,起飞掠过 P-40 型 "复仇女神"号。

佩戴"血幅"的美国飞行员。飞虎队在美日开战后，于1942年7月4日，回归美国现役军人建制，改称美国陆军第十航空队，后改为第十四航空队。此前，即1942年1月29日，美国政府同意将陈纳德由来华后中国政府委任的上校晋升为美国的准将，并成为美国空军在华的最高代表。（见《中美关系白皮书》第397页）

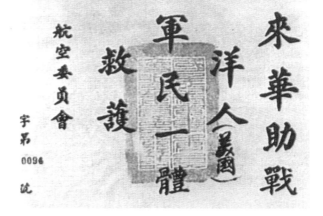

　　"血幅"是飞虎队成员缝在衣服上的救助指令。它由当时的中国政府颁发。

　　左图的血幅印有中英印缅泰五种文字，用于印、缅战区；右图的血幅只写中文，用于中国战区。

宋美龄在机场与飞虎队队员交谈。

　　陈纳德将军和飞虎队员们，受到了中国抗日军民的衷心爱戴，受到了对外国元首都不曾有过的最高礼遇。时任《中央日报》记者的陈香梅女士，衷心倾慕和追求抗日英雄陈纳德将军，与之结为异国伉俪。而"飞虎队"这一称谓，也是朴实无华的中国百姓对他们最爱用的昵称，他们也就干脆以"飞虎"作为引以为豪的队徽。中国人民的艰苦抗战，飞虎队和"转正"为第十四航空队的官兵，做出了卓越的贡献，也付出了巨大的牺牲。在重庆的南山镇，240多名美国阵亡官兵就埋骨于青山绿水之间。

飞虎队员和驻地的老百姓和睦相处，情深义重。

以下是飞虎队一次向民众捐款的原信：

敬启者：我谨代表十四航空队全体官佐士兵，敬赠小款，聊助救济贵战区忠勇将士和人民之用。

平民遭受灾难，粮食遭受损失，一家老小都离散，这都是战争所不可避免的事情。在战争中，被侵略的国家和人民都是非武装的战斗员。中国在这次长期抗战中能支持不败，都是依靠着这些伟大的民众。

这次洞庭湖作战的忠烈事迹，震动了全世界，所有同盟国家，莫不同声赞美。谨率全体官兵，奉献这点点捐款，聊代慰劳贵战区（司令长官：薛岳）共同作战的军民。（录自1944年3月16日《新华日报》）

　　上图：飞虎队员们认真研究作战技术。

　　下图：1944 年秋，美式装备的中国军队从印度进攻缅甸，滇西的中国军队由东向缅甸进攻，形成对日军的夹击态势。这张照片的左上角有一架 CG-10 型滑翔机，机头上的钢索隐约可见。滑翔机很轻，内可装一辆汽车或一门大炮，由 C-45 型等大型运输机拖带上天。当时在滇缅战场上这种飞机用得很多。

左图：中美军队在芒友会师

1944 年 11 月 11 日，中国远征军（X 部队）第十一集团军，在经过三个月的艰苦战斗，通过潜挖几百米的隧道，用 120 箱 3000 吨 TNT，炸掉了松山一个山顶和上面的几千名日军之后（由此形成一个近百米深的大坑，至今尚在），才全歼了滇西日本近万名守军，收复了我国最重要的边塞龙陵；另一方面，我驻印度的中美联军（Y 部队）由密支那和八莫向中国云南方向逐地争夺前进。1945 年 1 月 28 日东西两军终于在中缅边境芒友会师了，这是会师时升起两国国旗的照片。

右图：这是 1945 年抗战胜利后，美国将军斯特拉斯迈耶在医院看望中国情报人员何若梅的照片。1945 年 1 月她在敌占区上海附近，因成功援救四名美国飞行员而被捕，被拷打受伤，胜利后获释。当时美国驻华最高将领魏德迈也曾到医院看望过她，并颁赠了勋章。之后，她在无锡安度晚年。

中国和美国的士兵共同在缅甸作战。

1945 年，在中美军队缅甸取胜之后，中美空军将五万名战士，从缅甸空运湘西，参加"雪峰山会战"，获得大胜。

美国会议记录，此为空军历史上首次大规模空运。

　　这是 1944 年 6 月以前，对日本本土的一次轰炸。此前的轰炸，主要靠载弹较少的 B–25 和 B–24 型轰炸机。此图显示 B–25 低飞，投下带降落伞的炸弹，以便准确轰炸选定的目标，并使飞机有时间照相、撤离的情景。

上图：衡阳陆空一战中被日军杀害的军民同胞的遗骨（1944 年 6 月）。

下图：这位被俘的美国飞行员是罗伯特·希特中尉。1942 年 4 月 18 日，他随杜立特轰炸东京后，在中国境内降落时被俘。这是他被秘密押往日本时的照片。与他同时被俘的，共八名战友。三人被杀害，一人死于狱中，他和其余三人坐牢 40 个月，在日本投降后，侥幸活着回家。

此外，1945 年 5 月 17 日，残暴的日军竟然将美国飞行员施行活人解剖。

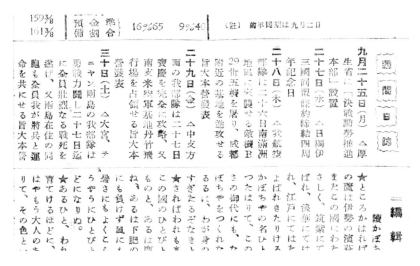

日本的战报《同盟世界周报》

报中方框中的记述，反映了 1944 年 9 月 28 日，从成都起飞的 35 架 B-29 超级空中堡垒，轰炸了位于伪满鞍山市的日本"昭和"钢厂的情形。此前 B-29 已多次轰炸了日占鞍山"昭和"钢铁厂。

超级空中堡垒轰炸日本军工基地八幡。

1944年6月15日下午，75架B-29型重轰炸机（当时称之为"超级空中堡垒"）从成都附近的四个"超级机场"起飞（广汉、邛崃、新津和彭山，那时成都附近有十几个机场，机场数为全球之冠），经七个多小时的长途（3000多公里）奔袭，轰炸了日本的八幡钢铁厂、军工厂，给日本人造成重大心理恐惧和打击。此时，中国军统局经密查，由少将特工何芝园及周震东主持，逮捕了由河内潜入成都，图谋破坏B-29基地的日谍吴冰（她是川岛芳子的助手，系国民党元老许崇智和日本艺妓的私生女）等多名间谍与汉奸。

此后半年，即至1945年1月15日，从成都起飞的B-29型重轰炸机对日本本土及占领区军事目标，共进行了3058架次轰炸（未计护航的战斗机），共投弹一万吨。

　　这是成都新津机场全景。图中可见到9架B-29型重轰炸机和搬动汽油的工作人员以及警卫战士。

　　从成都四个飞机场起飞（仅记录到1133架次，另1925架次的记录暂缺）：

1944年7.7	轰炸佐世保	B-29	14架
7.29	轰炸鞍山钢厂	B-29	72架
8.10	轰炸八幡	B-29	24架
8.20	轰炸八幡钢厂	B-29	88架
8.24	炸断黄河铁桥	B-25	3架
9.8	轰炸东北	B-29	108架
9.26	轰炸东北	B-29	100架
9.28	轰炸鞍山钢厂	B-29	35架
10.16	轰炸日本	B-29	232架
10.14	轰炸台湾	B-29	104架
10.25	轰炸日本大村	B-29	78架
11.12	轰炸日本	B-29	29架
11.21	轰炸日本	B-29	61架
12.8	轰炸鞍山钢厂	B-29	108架
12.18	轰炸武汉	B-29	77架

　　1944 年 6 月 15—16 日从成都几个机场起飞的大量 B-29 飞机，长途奔袭日本，是空军史上第一次壮举，并载入美国国会史册。

　　1944 年 8 月 20 日，88 架 B-29 重型轰炸机，再次从成都起飞，对八幡实施猛烈轰炸。两张图片都是这次轰炸的记录。

　　特种部队由美国海军在敌后进行培训后，进行破坏、杀敌和收集情报，也为我轰炸机提供正确的轰炸目标。

　　上图是通信天线。下图是战前准备和出发突袭。图片选自《另类战争》。

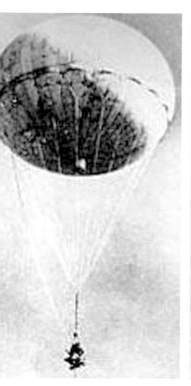

左图：作为日本被炸的回应，从 1944 年 11 月到 1945 年 4 月，日本放飞了 9000 个由小学生用纸糊的气球（如左图），每个挂 10 公斤炸弹。放飞 40 小时后，有近 1000 个气球炸弹到达美国。据记载，炸死了一名妇女和四个小孩。绝大多数炸弹因受潮未能爆炸。

右图：1945 年 5 月以后，日本的防空能力已十分薄弱。B-29 型空中堡垒可以对东京实施白天轰炸。此刻"弹如雨下"已不再是夸张性的比喻，而是实景素描了。

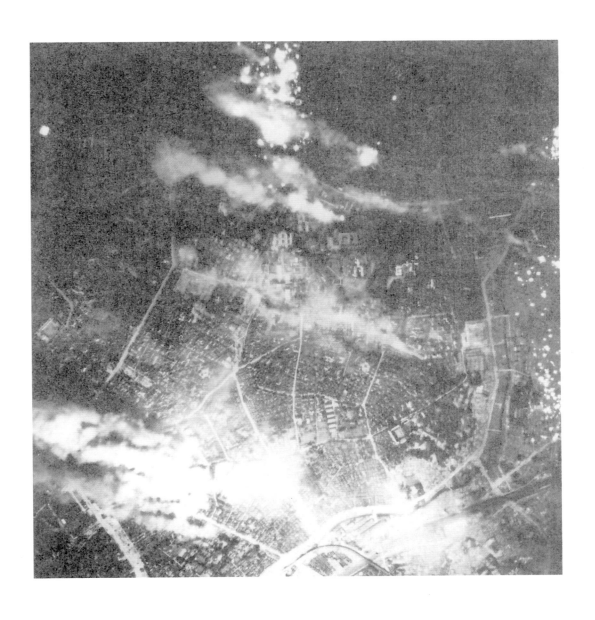

　　1944 年 11 月 24 日 B-29 型超级空中堡垒首次轰炸东京，29 日又夜袭东京市区。这是当时在照明弹下拍到的东京城市图（涉谷区水川町附件）。

　　上图：这是 B-29 型轰炸机机组人员和轰炸日本的炸弹。炸弹上面英文写的是："这些炸弹赠给日本的战争贩子，我们不会忘记你们，我们的 B-29 会来光顾你们，一次一次又一次。"

　　下图：1944 年底东京初期被炸后的景况。

　　从 1945 年初至 1945 年 6 月中旬，盟军还从塞班岛等地共起飞了 25500 架次的 B-29 飞机，投弹 15 万吨，港口布雷 13000 颗，东京等六个日本大城市受到重创，炸毁 58 个小城市，日本已基本无还手之力。盟军总共损失 371 架 B-29 飞机。

左图为轰炸东京的 B-29 机群。

1945 年 3 月 9 日夜至 10 日凌晨，334 架 B-29 型重轰炸机，投掷凝固汽油弹等炸弹轰炸东京，造成火海加旋风。日本发射了 11000 发高射炮炮弹，但没起作用。炸死 10 万人（日本记载为 84000 人，比后来广岛原子弹的杀伤人数还大），烧毁 65 平方公里（日本记载为 42 平方公里），即东京下町变为焦土，重伤 11 万人，26 万户被烧光，120 万人受灾。盟军损失 14 架 B-29 轰炸机。

3 月 11 日夜至 12 日凌晨，B-29 火攻名古屋。这次凝固汽油弹（燃烧弹）的火焰没有形成烈火风暴，市区被烧毁 5 平方公里。13 日夜至 14 日，大阪被烧毁 20 平方公里；16 日夜至 17 日，神户被烧毁 7.68 平方公里；19 日夜至 20 日，再一次轰炸名古屋，烧毁 7.68 平方公里。在这个毁灭性的星期里（11—17 日），有超过 12 万日本人死亡，盟军的代价是损失 20 架 B-29 轰炸机。战略轰炸终于被证明是成功的。

此前的 2 月 16 日，由美国航空母舰群起飞 1200 架 B-29 轰炸关东、静冈等地；

此后的 3 月 18 日，1000 架 B-29 轰炸九州、四国；

4 有 7 日，由大黄蜂号等航母起飞 386 架飞机，将日本海军 64000 吨的大和号战列舰炸沉。

4.13	B-29	160 架	轰炸东京，10 万个燃烧弹炸死 7200 人
5.13	B-29	400 架	轰炸名古屋
5.20		564 架	各种机型轰炸东京
5.23	B-29	520 架	轰炸东京
5.27	B-29	250 架	夜袭东京

　　5月29日，B-29450架，加100架野马式P-51飞机护航，将横滨夷为平地，盟军仅损失4架B-29及3架P-51。上图为轰炸横滨的照片。

　　此后：

6.12	B-29	300架轰炸大阪
7.1	B-29	轰炸九州
7.3-4	B-29	470架轰炸本州岛；美舰载飞机1200架炸沉日本受伤的所有军舰
7.8-10	B-29	497架轰炸仙台；美舰载飞机1200架轰炸关东地区，并炸沉9艘军舰
	B-29	63架（特种装雷达）轰炸四日市；30架布雷于内海
7.12-13	B-29	506架轰炸宇都宫等
7.16-17	B-29	471架轰炸沼津等
7.18-20	B-29	547架轰炸福井等

| 7.21–23 | B-29（特种装雷达） | 77 架轰炸宇都宫 |

7.21–23　　　B-29（特种装雷达）　　　77 架轰炸宇都宫

7.24　　　　　B-29　　　599 架轰炸大阪神户

7.25　　　　　B-29（特种装雷达）　　　63 架轰炸川崎

7.26　　　　　B-29　　　305 架轰炸大牟田等

7.28　　　　　B-29　　　562 架轰炸津市

8.1–2　　　　B-29　　　766 架轰炸长冈等

8.6　　　　　B-29　　　305 架轰炸广岛以外目标

8.7 夜　　　　第 525 轰炸机大队的 B-29 在数个港口布 171 吨水雷

8.8　　　　　B-29　　　412 架由第 58、73、313 联队用 燃烧弹 轰炸了九州八幡；同时第 314 队轰炸了东京的一个工业区。日本防空部队仍然进行了抵抗，在八幡击落 4 架、东京击落 3 架 B-29

8.13 夜　　　B-29　　　725 架轰炸东京 102 架 P-51 护航，又有 10 万日本人死亡

8.14　　　　　B-29　　　833 架　轰炸了日本各处的目标

1945 年 8 月 15 日，日本天皇向日本全境广播了投降诏书。此前大多数日本人从未听过他的声音。

　　轰炸东京开始时，B-29 重型轰炸机投照明弹后，拍摄的友机和
东京市区。

　　这是美机 B-29 于 1945 年 3 月 9-10 日晚用凝固汽油弹轰炸东京后，树叶被烧光的情景。负责轰炸的李梅将军事后说："3 月 9—10 日晚上，在东京我们烧焦、煮熟、烤干的人，比在广岛和长崎灰飞烟灭的人加起来还要多。"

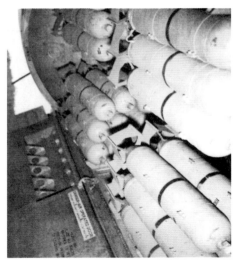

上图：这是东条英机于 1945 年 3 月 10 日白天视察大轰炸后的东京。

根据法国学者 M·博多的记述："两个半小时的轰炸，使东京的大火在 250 公里外的海洋上空都能看见，有几处的火焰四天后才被扑灭。"

下图：悬挂在 B-29 炸弹舱的凝固汽油弹。

上图：轰炸东京的 B-29 机群经过富士山。

下图：轰炸东京。

1945 年 5 月轰炸名古屋的 B−29 机群。

从 B-29 轰炸机上拍摄的被轰炸的名古屋市区弹着点。

美国李梅将军主张使用的高爆炸弹炸毁了东京的车站。

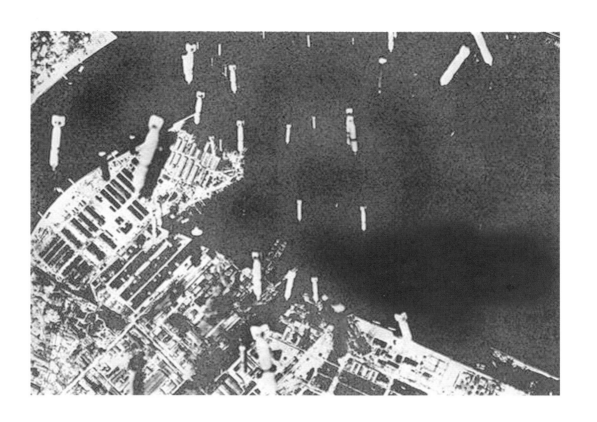

塞班岛上专门轰炸日本的著名温迪特快车B-29型机组,让日本人心惊肉跳。

上图：1945年6月12日夜300架B-29轰炸大阪。

　　上图：1945 年 5 月 13 日白天 400 架 B-29 轰炸名古屋。

　　下图：多次主持轰炸东京的美方将领李梅将军。战后，美国独立建空军，李梅是第一任空军部长。他发明了凝固汽油弹，1944 年首次用于轰炸武汉日军。

　　1939 年 8 月 2 日，由爱因斯坦建议，经罗斯福批准，由奥本海默等科学家极其秘密地开始研制的原子弹，于 1945 年 7 月 16 日在美国新墨西哥州的沙漠中试爆成功。在几公里外所有的记录仪全被冲击波损坏，原子弹试验的总指挥格罗夫斯说"要的就是这个后果"。接着预言："战争就要结束了，这家伙只用一两个，日本这个恶棍就会完蛋。"

　　为稳妥起见，被命名为"小男孩"的原子弹的枪管和子件（大约 5 吨重）不用飞机运输，而由美国海军巡洋舰印第安纳波利斯号（9000 吨，完成任务后三天，它被日本潜艇击沉，舰上 1000 多名战士葬身鱼腹）运送，经 10 天航行，于 7 月 26 日将它送到提尼安岛；"小男孩"的"铀靶组件的三个部分"和另一个原子弹"胖子"的引信和钚核，由 C-54 机队运抵提尼安；"胖子"的引爆装置，则由三架 B-29，从新墨西哥州的科特兰（Kirtland）机场运来。8 月 2 日，原子弹全部运抵马里亚纳群岛之提尼安岛。

　　7 月 31 日，"小男孩"准备完毕。8 月 2 日，李梅将军的参谋部，将广岛定为主要目标，小仓和长崎是备选目标。广岛被选中的原因是因为情报显示此处没有盟军战俘（后查出实际上有少数）。轰炸定在 8 月 6 日进行，提贝兹上校将亲自驾驶 B-29 投放原子弹。在任务开始前一天，他的飞机（马丁奥马哈工厂制造的 B-29-45-MO，序列号 44-86292）在机头漆上了"Enola Gay"的字样——提贝兹母亲的名字。

　　鉴于日本对7月26日美中英三国促其投降的最后通牒不予理睬，铀弹"小男孩"被派上了用场。8月6日，在6架护航及用于测量的B-29型飞机起飞后，凌晨2时45分，载有原子弹的"恩诺拉·盖伊"号B-29轰炸机的机组人员和技术员共12人登机起航，由机长提贝兹上校亲自驾驶，他们除了喜悦和紧张外，还根据命令带上了用于自杀的手枪和毒药氰化物，以便在遇到不测时使用。经5小时多的飞行，在天亮后飞临广岛上空，8点15分投下了第一颗用于实战的原子弹（铀弹）。三天后，另一机组"博克快车"由斯韦尼少校驾驶，在长崎投下第二颗原子弹（钚弹）。

　　这是8月6日凌晨投掷原子弹的飞机从提尼安岛起飞时的历史照片。

　　由于原子弹连同它的名字当时属绝密情报，所以斯大林 1945 年 7 月在与中国的谈判中，仍以"拖"字诀，来实施其观望策略。及至 8 月 6 日，美国的"特殊炸弹"投向广岛，日本已惊恐万状。对苏联来说，这时已临近雅尔塔密约规定的具体出兵期限。此时，苏联已无法再等中国签约同意苏方所需之利益了，必须赶快出兵。8 月 8 日 17 点，苏联通知日本："双方从 8 月 9 日起处于战争状态。"8 月 9 日，美国第二颗"特殊炸弹"（即原子弹。二颗共相当于 4 万吨普通炸药，比日本的炸药年产量 3 万吨还多）落在长崎。此时，苏军向满洲里进攻，同时出动飞机，向已经是唱空城计的满洲七大城市，光顾了一趟，各扔了几个炸弹。并从满洲东北线上，打了些炮弹到中国土地上，算是参战了。但日军认为，苏军打炮只是试探，生怕与关东军硬打。总之，苏联就这样成为对日作战的战胜国了。8 月 10 日，日本请瑞士、瑞典转告同盟国：日本愿意无条件投降。

上左图：出发前的机长提贝兹上校。战后，他在国会作证，发表了"原子弹下无冤魂"的报告，表明日本"罪有应得"。

上右图：返航后的提贝兹上校。

下图：1995 年，美国投入大量人力物力，将 50 年前的 B-29 轰炸机"恩诺拉·盖伊"号整修后在华盛顿史密斯博物馆展出。

上图：1945年8月6日8点15分，美机"恩诺拉·盖伊"号在广岛投下原子弹后，钢铁熔化，高射炮兵的眼球熔化，放射线蘑菇云升至17000米高空。这是原子弹爆炸后五分钟美国科研侦察机拍到的照片。

下图：这是投出原子弹的次日，美国《纽约时报》公开了"原子弹"三个字，此报标题的译文如下：第一颗原子弹投向日本；

爆炸威力等于两万吨TNT；

杜鲁门警告敌人："如不投降，必遭灭顶之灾。"

小标题："爆炸使钢塔蒸发掉了。"

上图是当时升起的蘑菇云照片。

中图：这是 1945 年 8 月 9 日轰炸日本长崎的那架"博克快车"号 B-29 轰炸机原机和扔下的原子弹"胖子"的复制品。它们在美国空军博物馆展出至今。（章文灿摄）

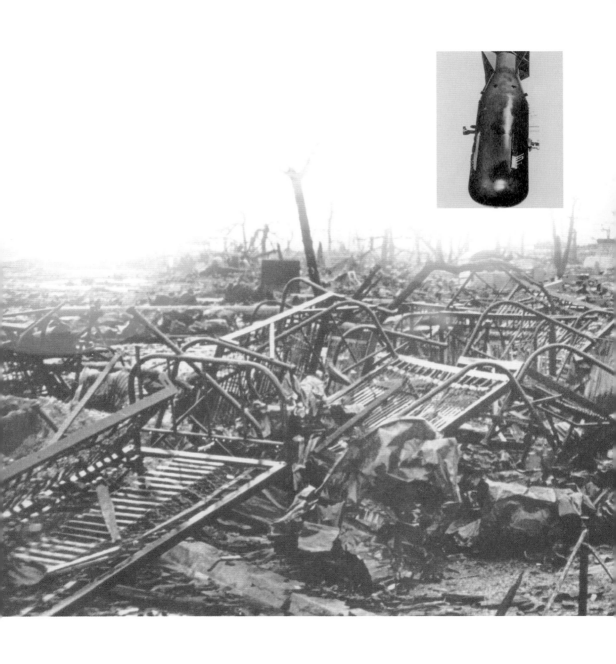

这是原子弹在广岛爆炸后的照片。上角为铀弹"小男孩"。

　　1940 年是日本神道的 2600 年，日本的年轻设计师掘越二郎设计
的最新式的飞机，被命名为零式战斗机。这种飞机小而轻，很灵活，
但是不禁打，1940 年它很出风头，但其速度却赶不上 1942 年美国援
华的寇第斯 P-40 战斗机（560 公里／小时），它的速度只有 530 公
里／小时左右，更不是 P-61（600 公里／小时）和 P-51（700 公里
／小时）的对手。到 1944 年末和 1945 年，它只得沦为自杀式飞机。
这张照片是被炸毁的零式飞机的废品堆。

　　上图："杀人者人亦杀之。"在侵略战争中，日军死伤无数。
这是 1945 年 3 月 9 日东京大轰炸前的一次"跪迎"活动，胸前挂骨
灰盒者，沿长街不见尽头。

　　下图：侵华的日军常会收到这种"礼品"回家。

　　上图：日本民众为对付在 B-29 型飞机轰炸时发出的巨大的声响必须塞着耳朵、张开嘴以免被震成聋子。后面的沙包是准备这里被炸后增加活命的机会。

　　下图：早期东京被炸后的状况。

　　上图：这是美国乌尔夫准将。是他领航指挥了超级空中堡垒，于1944年首次从成都起飞，轰炸日本本土八幡。1944年6月16日返航后，他对记者称："余得以超级空中堡垒，他对吾人的共同敌人作战，应特别感谢美空军人员，盖吾人此种武器，已能补偿吾人对于抗战七年的英勇中国民众的负咎也。"

　　乌尔夫准将还说："今日，中国民众亦应吾人同感愉快，盖非有50万中国爱国人民，离其农作，建造机场，此一出袭日本，必不可能了也。"

　　下图是中国民众赶修机场的实景。

上左图：男女老幼齐动手，为建成超重飞机跑道准备建筑材料。那时，成都附近十几县，许多民众，自带干粮，不顾风雨苦寒，没有任何机械设备，全靠人力手工，在 1943 年一个冬天内，建成了四座超级机场。中国人民的这种精神和毅力，令朋友尊敬，令敌人侧目。

上右图：男女老幼齐动手，小朋友中小学生只能锤石头，本书笔者之一那时是小学生，参加锤石头的事，至今还记得。

下图：军情紧急，机场未完全建成，B-29 型重轰炸机已开始使用它，以便及早运来炸弹和汽油，实施对日本的战略轰炸。

　　负责修建机场的美国工程师对记者说："中国工人大公无私的精神，为全工程中之特色，此次调用的中国工人，数目达50万之多，工作精神堪称伟大。"前些年，美国博物馆特意从我国运了一个这样的石碾回去，用作见证历史的展品。

　　1943年四川及云南的千万民众，为了抗日的需要，不惧苦寒，夜以继日，在没有任何机械工具的艰苦条件下，完全靠人力，在半年左右，建成十几个超级飞机场，让同盟国家敬佩不已。在美国展出的这个大石磙，就是当时的人力跑道滚压器。

民众协力修建机场

1944年6月16日，蒋介石致电川人："去冬以来，发动50余万同胞修建机场，祁寒赶干、风雨无间……卒使此项空前伟大之军事建设工程，仅以简单之力，均于最短期如限完成。"

上图：P-40 型战斗机群，速度 560 公里／小时。1943 年前中美空军使用很多。

下图：空中的飞虎队机队。

  此图是战争中后期中国飞行员驾驶野马式战机的近拍照片。飞
虎队在整个战争期间，以损失 500 架飞机的代价，击毁日机 2600 架，
军舰 44 艘，商船 223 万吨，日军 66700 名。如前所述，还飞越驼峰
运送物资 80 多万吨（这里损失运输机 468 架和 1579 名飞行员）。
罗斯福说："美国志愿队的大智大勇，连同你们惊人的业绩，使整
个美国为之自豪。"

雅尔塔会议上的三巨头：右起斯大林、罗斯福、丘吉尔。在此次会议上，一个拼命要，一个为中国代庖，中国的外蒙古和东北三省就成了别人交易的筹码。

雅尔塔协定全文

苏美英三大国领袖同意，在德国投降及欧洲战争结束后两个月或三个月内，苏联将参加同盟国方面的对日作战，其条件为：

1. 外蒙古的现状须予维持。

2. 由日本 1904 年背信弃义进攻所破坏的俄国以前的权益须予恢复，即：

（甲）库页岛南部及邻近一切岛屿须交还苏联。

（乙）大连商港国际化，苏联在该港的优越权须予保证，苏联之租用旅顺港为海军基地须予恢复。

（丙）对担任通往大连之出路的中东铁路和南满铁路应设立一苏中合办的公司以共同经营之；经谅解，苏联的权益须予保证，而中国须保持在满洲的全部主权。

3. 千岛群岛须交予苏联。

经谅解，有关外蒙古及上述港口和铁路的协定尚须征得蒋介石的同意。根据斯大林的提议，美国总统将采取步骤以取得该项同意。

三大国首脑同意，苏联的这些要求须在日本被击溃后，毫无问题地予以实现。

苏联方面表示准备和中国国民政府签订一项苏中友好同盟协定，俾以其武力帮助中国达成自日本枷锁下解放中国之目的。

斯大林　罗斯福　丘吉尔

1945 年 2 月 11 日

1945 年 2 月 11 日雅尔塔会议三巨头及其达成的秘密协定。

　　1945 年 5 月 28 日，美国派霍普金斯去莫斯科与斯大林会谈，促
其早日出兵打日本，但苏方坚持要中国兑现雅尔塔密约中给它的利
益。在此之前，苏日关系已不甚密切了。苏联外长莫洛托夫和驻日
大使马立克，总是避而不谈双方的合作，甚至不见要求续谈组成日
苏同盟的日方大使。

　　7 月 16 日，美国的"特殊炸弹"（原子弹）成功爆炸，美方认
为：靠美中英三国可以打败日本了，没有请苏联出兵的必要。但雅
尔塔密约已签，想苏联不出兵，也不必给他好处，行吗？于是，美
国再次派霍普金斯去苏联，劝苏方放弃对中国的领土要求，对日出兵。
又一次遭到斯大林的拒绝。因此，在 7 月 26 日发布的《敦促日军无
条件投降的最后通牒》，只能由美中英三国签署。

　　美、中、英三国政府领袖促令日本投降之公告《波茨坦公告》：

　　（一）余等：美国总统、中国国民政府主席及英国首相，代表
余等亿万国民，业经会商，并同意对日本应予以一机会，以结束此

次战事。

（二）美国、英帝国及中国之庞大陆、海、军部队，业已增强多倍，其由西方调来之军队及空军，即将予日本以最后之打击，彼等之武力受所有联合国之决心之支持及鼓励，对日作战，不至其停止抵抗不止。

（三）德国无效果及无意识抵抗全世界激起之自由人之力量，所得之结果，彰彰在前，可为日本人民之殷鉴。此种力量当其对付抵抗之纳粹时不得不将德国人民全体之土地、工业及其生活方式摧残殆尽。但现今集中对待日本之力量则较之更为庞大，不可衡量。吾等之军力，加以吾人之坚决意志为后盾，若予以全部实施，必将使日本军队完全毁灭，无可逃避，而日本之本土亦必终归全部残毁。

（四）现时业已到来，日本必须决定一途，其将继续受其一意孤行计算错误，使日本帝国已陷于完全毁灭之境之军人之统制，抑或走向理智之路。

（五）以下为吾人之条件，吾人决不更改，亦无其他另一方式。犹豫迁延，更为吾人所不容许。

（六）欺骗及错误领导日本人民使其妄欲征服世界者之威权及势力，必须永久剔除。盖吾人坚持非将负责之穷兵黩武主义驱出世界，则和平安全及正义之新秩序势不可能。

（七）直至如此之新秩序成立时，及直至日本制造战争之力量业已毁灭，有确定可信之证据时，日本领土经盟国之指定，必须占领，俾吾人在此陈述之基本目的得以完成。

（八）开罗宣言之条件必将实施，而日本之主权必将限于本州、北海道、九州、四国及吾人所决定其他小岛之内。

（九）日本军队在完全解除武装以后，将被允许返其家乡，得有和平及生产生活之机会。

（十）吾人无意奴役日本民族或消灭其国家，但对于战罪人犯，包括虐待吾人俘虏在内，将处以法律之裁判，日本政府必将阻止日本人民民主趋势之复兴及增强之所有障碍予以消除，言论、宗教及思想自由以及对于基本人权之重视必须成立。

（十一）日本将被允许维持其经济所必须及可以偿付货物赔款之工业，但可以使其获得原料，以别于统制原料，日本最后参加国际贸易关系当可准许。

（十二）上述目的之达到及依据日本人民自由表示之意志成立一倾向和平及负责之政府后，同盟国占领军队当撤退。

（十三）吾人通告日本政府立即宣布所有日本武装部队无条件投降，并以此种行动诚意实行予以适当之各项保证，除此一途，日本即将迅速完全毁灭。

苏联对日本宣布进入战争状态的宣言

一九四五年八月八日

"塔斯社莫斯科八日电"8月8日，苏联外交人民委员部部长莫洛托夫，接见日本大使佐藤，代表苏联政府，向他发表要向日本政府通报的下列宣言：

"希特勒德国败北而投降后，日本便是仍然主张继续战争的唯一的大国。三强——美国、英国和中国，今年7月26日要求日本武装力量无条件投降，已遭日本拒绝。由此可见，日本政府向苏联提出的关于调停远东战争的建议，便失去了一切根据了。

同盟国考虑到日本的拒绝投降，就向苏联政府提议：加入为反对日本侵略而进行的战争，以便这样就使战争结束的时间更接近些，减少牺牲者的人数，并且容易从早恢复普遍的和平。

苏联政府，忠实于对自己盟邦的义务，就接受同盟国的建议，参加今年7月26日同盟强国的公告。苏联认为采取这种政策的方针，乃是唯一的手段，足以使和平更接近些，解除各国人民更进一步的牺牲与苦难，并且足以使日本人民能够避免德国拒绝无条件投降以后所受的那些危险与破坏。

基于上述种种，苏联政府兹特声明：从明天起，从8月9日起，苏联将认为自身和日本处于战争状态。1945年8月8日。"莫洛托夫并且对佐藤声明：和这个同时，苏联驻东京大使马立克，也将以苏联政府的这个宣言通告日本政府。

日本大使佐藤答应当以苏联政府的宣言报告日本政府。

（原载《新华日报》1945年8月10日）

以上是《新华日报》1945年8月10日刊载的苏联宣言。当苏联驻日大使将宣言交日本时，日外交大臣告诉说：日本已提出投降了。上页是1945年7月26日美、中、英三国发布的警告。日本统治者不理解"必将迅速灭亡"的含义，轻率地"默杀"（轻蔑地不理睬）了这份警告，以致招来了原子弹。

昭和二十年〔一九四五年〕八月十日上午六时四十五分发报

东乡　　大臣

驻瑞士　　加濑公使
驻瑞典　　冈本公使

密合第○六四七号（紧急）

接受三国宣言事（本电）

为了符合圣意，从战争的惨祸中拯救人类，帝国政府决定请托瑞士国政府和瑞典国政府将帝国政府的意图——如另电合第○六四八号（英译本为另电合第○六四九号）——传达给主要交战国，同时，通过苏联驻日大使，直接向苏联政府传达以上意图。

因此，希驻瑞士公使、驻瑞典公使各向驻在国政府提出，请瑞士政府向美国政府和中国政府、请瑞典政府向英国政府和苏联政府最迅速地传达以上意图，并从中斡旋取得对方迅速答复，其结果，希以最特急回电。

本电和另电发至驻瑞士公使驻瑞典公使

昭和二十年八月十日上午七时十五分发报

东乡　　大臣

驻瑞士　　加濑公使
驻瑞典　　冈本公使

略合第○六四八号（紧急）

关于接受美英中三国对日共同宣言事（另电）

帝国政府遵循天皇陛下的圣意，为了使人类免于战争的惨祸，祈愿招致和平迅速到来，以前曾请托在大东亚战争中保持中立的苏维埃联邦政府从中斡旋，不幸，帝国政府上述招致和平的努力，未曾实现。现帝国政府根据前述天皇陛下对和平的祈愿，欲即时消除战争的惨祸，招致和平，决定如下：

帝国政府在理解昭和二十年七月二十六日发表的美英中三国首脑共同决定、以后又有苏联政府参加的对我国的共同宣言所举出的条件中不包括改变天皇统治国家大权的要求之下，帝国政府接受此宣言。

帝国政府切望贵国政府迅速明确表示以上了解并无错误。

帝国政府有幸请托瑞士国政府、瑞典国政府将此意迅速传达给美国政府、英国政府和中国政府、苏联政府。

日本外务大臣东乡茂德给日本驻瑞士瑞典公使的紧急乞降电文原档文。

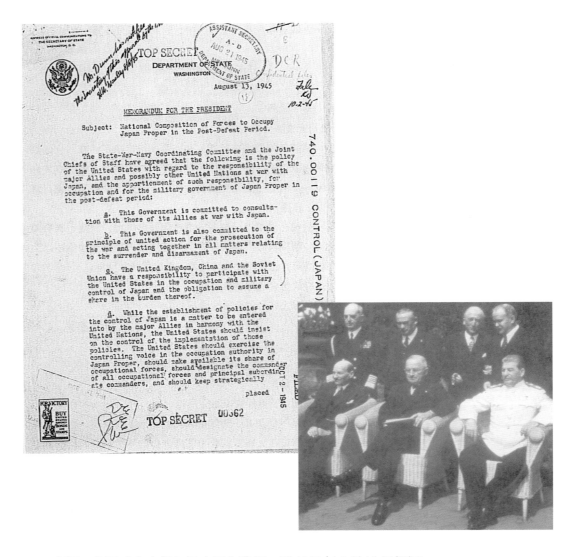

上图：美国政府在得知日本已乞降后，于 1945 年 8 月 13 日拟订的由美、中、英、苏占领和管制日本的文件。

当年文件标示的密级：极密。

在波茨坦美、英、苏三巨头会议（1945 年 7 月 16 日至 8 月 2 日）中，苏联于 29 日要求美国：致函邀请苏联对日作战。31 日美国给苏联备忘录称："没有必要。"（见《李海回忆录》）此时的美、英、苏三巨头分别是下图中的杜鲁门（中）、艾德里（左）和斯大林（右）。

　　1945 年 6 月，美国太平洋战区司令官麦克阿瑟实现了他三年多以前的誓言："我一定会回来。"这张照片就是他打回菲律宾莱特湾，走下登陆艇时的历史照片。和欧洲那张诺曼底登陆的著名油画一样，这张照片在美国也被画成了一幅史诗式的艺术作品。

盟军航空母舰群带着 1000 多架飞机驶向东京湾占领日本。

通过美国和中国等盟国，从海洋岛屿和陆地（包括中国和缅甸等地）上与日本持续的血腥惨烈拼杀，日本在各战场，包括在中国和缅甸的陆军，均败绩频频。日本海军 600 多艘（其中航母及战列舰 80 多艘）大小军舰，已被歼灭殆尽。特别是盟国自 1945 年初开始的毁灭性轰炸，使日本军国主义气焰受到抑制。直至美军投下原子弹后，苏联也宣布对日作战，出兵东三省。此时，日本军方头目还在叫嚣要"全民一亿玉碎"。但据丘吉尔说，日本天皇不顾一些军阀极端分子的叛乱（考虑实施政变，以阻止投降），于 8 月 10 日授意内阁，同意接受（美中英三国在波茨坦于 7 月 26 日提出的令其无条件投降的）最后通牒。此时 B-29 并没有停止轰炸：8 月 10 日夜轰炸东京，炸死 10 万人；8 月 13 日 725 架再次轰炸东京；8 月 14 日，833 架 B-29 轰炸了日本各处的目标。8 月 15 日晨，天皇向日本全境广播了投降诏书，大多数日本人在此前从未听过他的声音。

日皇投降诏书广播后，B-29 的所有轰炸才停止。太平洋战区的大部分 B-29 转而执行救援任务，为在日本、中国、朝鲜境内的数以万计的盟军战俘空投衣食，1066 架 B-29 执行了 900 次空投任务，154 个集中营约 63500 名战俘获得了 4470 吨救援物资。但在拯救行动中也损失了 8 架 B-29 和 77 名人员。8 月 15 日后，盟军的航空母舰群驶向东京湾，占领日本。

上图是 1945 年 9 月 2 日晨，汇集于东京湾的盟国军舰。

下图是受降仪式中，盟军的 1900 架飞机编队。

左图：1945 年 8 月 14 日 12 点日本天皇向内阁宣读投降诏书。

右图：日本人对皇宫跪拜听取"御音宣诏"（宣布投降）。

以下是日本天皇接受 7 月 26 日美中英三国最后通牒的文件全文：

　　日本天皇希望促进世界和平，早日停止战争，以便天下生灵得免因战争的持续而沦于浩劫，日本政府为服从天皇陛下的圣旨起见，已于数星期前，请当时仍居中立地位的苏联政府，出面斡旋，以便对诸敌国得恢复和平，不幸这些为促致和平的努力，业已失败。日本政府为遵从天皇陛下恢复全面和平，希望战争造成之不可言状痛苦能尽速告终结起见，乃作下列的决定。

　　日本政府准备接受美中英三国领袖，于 1945 年 7 月 26 日在波茨坦所发表，其后经苏联政府赞成的联合宣言所列举的条款。而附以一项谅解上述宣言并不包含，任何要求有损天皇陛下为至高统治者的皇权。日本政府竭诚希望这一谅解能获保证。且切望关于这事的坦白表示，能迅速获致。

　　这是 1945 年 9 月 2 日，停泊在东京湾的美国战列舰密苏里号（45000 吨）。盟国指定日本的代表来此投降。

　　日本天皇特命的全权代表团（11 人见下页），为首的是重光葵（执手杖者）和梅津美治郎（前穿军服者，后来死于狱中）。1945 年 9 月 2 日来密苏里号舰上，向盟国签署降书。

　　在密苏里号战列舰上，在举行日本向盟国投降的签字仪式之中，据美《时代周刊》报道，整个仪式气氛肃穆。站在一旁观礼的大将军们，是"仇人见面，分外眼红"，"有的像猎狗一样盯着日本代表；有的咬牙切齿，站立一旁"。签字仪式的 22 分钟内，1900 架盟军飞机飞过天空警告日本：只有认罪一途。接下来，占领军就发布了逮捕战犯令。

日本代表 11 人正等待俯首请降。

　　日本国全权代表重光葵在签字。根据记载：他的假腿此时剧烈疼痛，双手发抖，行动迟缓。一位观礼的大将军骂道："混账东西！快签字！"65 岁的麦克阿瑟低沉地叫助手："告诉他，签在那里！"

　　盟国代表、美国太平洋战区总司令麦克阿瑟，正在签署接受投降的降书。请注意文件旁的笔，据说他用了六支笔签字，这些笔后来分赠给了美国政府和要人。签完字后，麦克阿瑟突然问他的副官："陈纳德在哪里？"

　　根据投降条款的规定，日本天皇内阁及日本政府必须服从盟军
最高统帅的指令。图为盟军占领日本后，盟军最高统帅麦克阿瑟（左）
和日本天皇裕仁在美国大使馆的合影。

中国代表徐永昌上将正在签字。

盟国代表麦克阿瑟、美国代表尼米兹和中国代表徐永昌的签字。

降 書

我們，謹代表日本天皇、日本政府及日本皇軍總將，茲此接受一九四五年七月廿六日由美利堅合眾國政府、中國政府及大不列顛政府於波茨坦協定所擬訂的四個條款，和及後由蘇維埃社會主義共和國聯邦提出的附款，上述四強下稱為同盟國。

我們茲此宣布日本皇軍總將，所有日本陸軍部隊以及所有日本轄下地區的武裝部隊向同盟國無條件投降。

我們茲此頒令所有日本轄下地區的武裝部隊以及日本人民立即停止任何敵視行為，以便處理及援救受損船艦、戰鬥機，軍用及民事財產以及必須遵循由盟軍最高統帥的指示及由他監督下由日本政府所頒布的所有法令。

我們茲此命令日本皇軍將領總部立即向日本陸軍部隊以及所有日本轄下地區的武裝部隊的各司令官指令(他們)必須自發性無條件地投降，確保所有部隊受他們監管。

我們茲此頒令所有民事、陸軍及海軍官員必須服從及遵守由盟軍最高統帥所宣布的聲明、法令及指令而使投降(條款)能落實於他們或他們的職能中。除非由他(官員)提出告退或呈辭外，我們會如舊保留以上官員的原有職級以及會繼續(派遣他們)執行非戰略性任務。

我們茲此保證遵守波茨坦協定所擬禮待天皇，日本政府及其繼任者的條款，無論任何法令及採取任何行動必須得到盟軍最高統帥的指令或由同盟國擬定貫徹(波茨坦)協定的制約。

我們茲此命令日本政府及日本皇軍將領總部立即釋放由日本國拘留的所有盟軍戰俘及本國的離心分子，并給予他們提供保護、醫護，照料及直接運送至(盟軍)指定的地點

天皇內閣及日本政府必須服從盟軍最高統帥將制定實行投降條款的步驟行政以治理國家

一九四五年九月二日於日本國東京灣簽署，第 0904 號

日本国向同盟国投降的降书译文。

　　全部美式装备的新六军，在缅甸多次击败日军之后，被调运回湖南芷江，参加抗战的最后一次大会战——雪峰山会战。在这次会战中惨败的日本人说："日军成了案板上的肥肉。"作战的中国军队兵精粮足，指挥得当，每一场战斗之前，都有中美空军对日军阵地先行实施地毯式轰炸。由于日军不是新六军的对手，此后的芷江洽降和南京日军投降会场的警戒，乃至重返南京时的治安，一概由新六军担任，以示震慑。

　　1945 年 8 月 21 日上午 10 时，日方洽降代表今井武夫乘借来的破旧运输机，机尾拖着两根三米长的红布条，由中方六架闪闪发光的 P-51 型野马式战斗机在云端盘绕押送下（日机慢，我机太快），经一小时的飞行，在停有中方 100 多架战机的芷江基地降落。上图是降落的瞬间。

　　芷江位于湖南怀化附近雪峰山脉之中，是中美空军的重要基地之一。下图是日本投降代表今井武夫等人，下机后，人机均被监管。之后乘敞篷车在警车的押送下进城。行前，中方规定停车几分钟让大家拍照。此时，群集于机场的几千名中美士兵及民众、记者用照相机抓拍这千载一刻。沿途穿过庆祝胜利的牌楼，两旁的中美战士，以丘吉尔的"V"型手势庆祝。今井后来在回忆录中记下了此刻的感受："全日本的耻辱压在我一人的身上，只觉得无地自容。"

　　上图：这是日本投降代表今井武夫等人所乘的飞机，由中美军队联合看押。

　　下图：这是日本投降代表今井武夫等在一起阅读中国政府下达给中国战区（含台湾和北纬17度以北的越南）全部日军的投降命令。

　　今井武夫回忆说：洽降会场外，警戒的士兵一层层排列两旁。会场内上首中坐着萧毅肃中将，左边是冷欣中将，右边是巴特勒准将（美，战区参谋长），两旁观礼的是级别更高的大将军们：郑洞国、廖耀湘、杜聿明、王耀武、汤恩伯等及其他政治家。然后萧毅肃用中、英、日三种语言，下达投降令并规定具体措施。为防止我们在芷江53小时中自杀，中方实施了严格的管制。

上图为 1946 年芷江受降纪念坊。两旁的对联是：

"克敌受降威加万里，名城览胜地重千秋。"

横批是"震古烁今"。

下图：今井武夫等听候中国陆军参谋长萧毅肃中将训话和指令。

在南京举行的受降仪式。

1945年9月9日9时，侵华日军首领冈村宁次的助手小林浅三郎向中国军队总司令代表何应钦呈递降书。

根据中国的规定：冈村宁次进场时，应先向中国代表鞠躬（45度）。然后由何应钦的助手萧毅肃中将将投降文件（见本书第四页）交冈村宁次亲手接下；然后由冈村的助手小林浅三郎磨墨，冈村宁次签字后，手抖着掏出印章盖印；冈村再次鞠躬，再由小林呈送何应钦亲自接受；然后奉命坐下，等待中国代表签字；接着萧毅肃再次交出降书副本，冈村亲手接下。此后日本国代表根据中方命令，由宪兵押送退场。退场前第三次向中国代表鞠躬。此后，何应钦发表了169字的广播演说：战争结束，中国胜利。

　　1945 年 10 月 10 日 10 点，华北的侵华日军投降仪式在北平故宫太和殿举行。上图是受降会场。

　　下左图是侵华日军华北派遣军司令根本博率其将领穿过人山人海的观礼市民步入会场。

　　下右图是侵略军首领根本博等向战胜国献上军刀，表示降服。

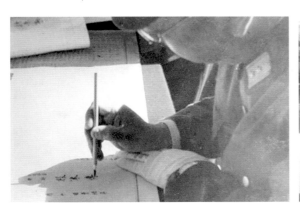

　　1945年10月10日，侵华日军华北派遣军司令根本博中将在北平故宫太和殿签字投降（上左图）。

　　下图是中国华北受降代表孙连仲将军签字接受投降。

甲午之战，中日首战，我国战败。次年，"四万万人齐下泪，去年今日割台湾"。转眼就是半个世纪。抗战胜利，中国人民一雪前耻，台湾得以回归祖国怀抱。国民政府军队，于1945年秋，乘军舰从宝岛北端基隆港登陆时，台湾同胞站满了30公里夹道欢迎，简直把这些军人惊呆了。他们这时才体会到"同胞"二字的分量。

1945年12月25日，日本驻台"总督"安藤利吉，向中国第十五战区司令长官陈仪，签字投降。这是他签字时的照片（后来他自知罪孽深重在上海提篮桥监狱自尽）。

庆祝

臺湾光復

中國戰區台灣省受降典禮會場

中国战区台湾省受降典礼会场。

　　日本政府倾其所有，投入侵略战争。到投降时，真是全民家徒
四壁。而遭其侵略掠夺的中国人民的生活更是悲惨之极。但是，中
国是礼仪之邦，遣返日俘时，特准每人带回30斤大米，作为救命之粮。
现在的日本社会，还有几人记得这些呢？

これは全部遣返日俘时，中国军方告诫他们：回国后要把日本改
造成爱好和平的新国家！上图是告诫书的全文照片。

1945 年 8 月，欢送陈纳德的告别宴，左起：赫尔利、蒋介石、陈纳德、王世杰。右一为魏德迈。

仗快打完了，人也该走了？在抗战胜利前的一个礼拜，美国国内患"红眼病"的政客们，终于把"功勋卓著，没有靠山"的陈纳德"请"下了台。他的被迫辞职，对中国人来说如同晴天霹雳，对此蒋介石也无能为力。

除了上面这张照片所记下的告别晚宴外，陈纳德在重庆受到了两百万官民极其盛大的整日全城送别，气氛热烈、悲凉。会上，军政要人、各界名流上千人都签名留念，每人一页，纸短情长，集成厚厚一册。他还得到了各地各界自发赠送的礼物，从宝石到国画、锦旗，从农妇的绣品到古拙的器物，整整装满了几汽车，陈纳德含泪收下了这些礼品。现在这些礼品，珍藏于美国路易斯安那州立大学。

在欢送会上，黄仁霖对陈纳德说："自马可·波罗以来，还没一个外国人那么博得中国人的人心。"

　　1947 年 11 月，陈纳德返回中国与他患难中的女友中央社的女记者陈香梅结为伉俪。

　　陈纳德去世后，陈香梅和宋美龄在中国台北陈纳德纪念雕塑揭幕仪式上的照片。

　　陈纳德为我国抗战建了奇功，因此在美国，中国台北、芷江、昆明和成都，都有纪念他和"飞虎队"的展览馆或者记功碑。图为宋美龄为台北陈纳德铜像揭幕剪彩。

　　2004 年 7 月建于四川成都附近西岭雪山的纪念碑上，刻有前国家军委主席江泽民题写的"飞虎雄风"四个大字。碑文用中英两种文字组成，中文为 32 个字——"世界鏖战，神州罹难。援华抗日，飞虎当先。痛挞倭寇，壮殉雪原。浩气长存，英灵永鉴。"

宋美龄和陈香梅及其女儿的合影。

　　宋美龄非常喜爱她的空军披风，她一生中最喜爱的胸针就是金色与银色的中国空军军徽。也许她就是用这些来缅怀抗战中，她与空军、飞虎队、陈纳德相处的悠悠岁月。当年她的新闻稿上，总会不时出现这样一个令她骄傲的词句："我的空军！"

　　这是建在重庆市中心的抗战胜利记功碑。塔基下，封存有大量很有价值的抗战文物。

　　南岳忠烈纪念堂中，长眠于地下的民族英烈的纪念碑记。

谢晋元
(1905-1941)

字中民，广东蕉岭人。曾肄读中山大学，后毕业黄埔军校第四期。抗战爆发前夕任八十八师二六二旅五二四团团副。「淞沪抗战」爆发后，升任团长。在完成掩护撤退任务后，奉命坚守苏州河北岸四行仓库，在重围中孤军作战。后被租界当局出面诱其缴械，羁禁于沪西「孤军营」。一九四一年四月二十四日，被叛兵杀害，年三十六岁。后追赠陆军少将。解放后，上海市人民政府追认为革命烈士。

率领八百壮士坚守四行仓库的谢晋元团长的纪念碑。

　　这是南京航空烈士公墓。根据最近统计，空军烈士实际不只埋葬在这里的 3000 多名，而是 8000 多名。其中中国有 5000 多名，美籍人员有 3000 多名。

南京航空烈士墓

航空烈士墓建于一九三二年八月由国民党航空署决定拨款建造的首批入葬的是在一二八淞沪抗战等战役中牺牲的高致、金光明、陈等三十余人抗日战争时期间南京沦陷殡葬遭到破坏在一九八五年纪念抗日战争胜利四十周年时由南京市政府空军中山陵园管理处等单位筹措修复航空烈士墓于一九八七年夏第二期修复工程完工本期工程经费由省市政府拨款南京航联会募捐共伍佰多万元人民币抗日战争和世界反法西斯战争胜利五十周年工程由中山陵园管理处组织施工这是航空修复墓地的第三期工程于一九九五年八月竣工新修复建的墓区占地六十敷依山就势以建抗日航空烈士纪念碑为主的纪念建筑群座落于策金山的紫松翠海之中从大门牌坊开始依次为左右碑亭华表牌坊纪念碑群题字碑及道路接待室得车场等碑文由张爱萍将军的题字抗日航空烈士纪念碑三十座刻碑上用中英俄三国文字刻有二千三百多名烈士的名字美国烈士二千一百九十七人前苏联烈士二百三十六人、韩国烈士二人南京航空烈士墓是对广大青少年进行爱国主义教育的一个基地将对社会主义精神文明的建设发挥越来越大的作用。

中山陵园文物管理处

　　日本侵略中国，给中华民族带来了深重灾难。中华儿女为抗击日寇入侵，付出了巨大的牺牲，包括数千美国军人在内的无数国际友人，也为中国抗日战争流尽了最后一滴血。虽然过去了几十年，悲剧仍须警醒。尤其是日本军国主义阴魂不散，篡改历史的噪音甚嚣尘上，所以中国人乃至世界所有爱好和平的人们一定要警惕！

DEPARTMENT OF THE AIR FORCE
NATIONAL MUSEUM OF THE UNITED STATES AIR FORCE
1100 SPAATZ STREET
WRIGHT PATTERSON AIR FORCE BASE, OHIO 45433-7102

29 June 2009

Lonna McKinley, Museum Manuscripts Curator
National Museum of the United States Air Force/MUA
Research Division
1100 Spaatz Street
Wright-Patterson AFB OH 45433-7102

Holly Lim
2625 SE Sherman St.
Portland OR 97214-5565

Dear Ms. Lim

  With appreciation, I accept on behalf of the United States Air Force and the National Museum of the USAF a copy of your father's book – <u>Photo Record on the Anti-Japanese War by Air Force</u>. The item has been permanently recorded as a donation from Wen Can Zhang and you under accession number ER.2009.046.

  Both of you have contributed to the preservation of our history, our Air Force heritage and tradition, and the memory of those who led the way. This material will enhance our research collections. Thank you very much for your generosity and patronage.

        Sincerely

        Lonna McKinley

        LONNA McKINLEY
        Museum Manuscripts Curator
        National Museum of the USAF

美国空军博物馆收藏信函

美国空军总部

美国国家空军博物馆

斯佩兹街 1100 号

怀特.伯特森空军基地，俄友俄 45433-71

2009 06 29

发信人：美国国家空军博物馆

　　　　博物馆手稿总监`

　　　　研究部

　　　　萝拉-麦肯利女士

收信人：（略）

亲爱的林女士：

　　我代表美国空军和美国空军博物馆，以感激的心情，接受你父翠的著作-"空军抗战与抗日胜利记实"，它以著者章文灿等的名义被我们永远记录保存，记录号是 ER.2009.046.

　　此书的贡献在以下两个方面，既保存了我们共同的历史，也保存了我们空军的传统和成就，对这些的回忆就形成了此书。这些材料丰富了我们的研究和收集，再次感谢你们的慷慨捐赠。

　　　　　　　　美国空军国家博物馆手稿总监，你诚挚的朋友：

　　　　　　　　　　　萝拉-麦肯利 （签名）

美国空军博物馆收藏信函中文

二 空军的历程

第一章　中国空军的初创

一、民国初期创建空军的开始

近代中国积贫积弱，经济、科技落后，国防薄弱。20 世纪初，清王朝末期试图发展航空事业，曾派留学生学习飞行技术，组建飞行器研究所，于北京南苑五里店筹设禁卫军飞行队。

1911 年 10 月 10 日，武昌起义爆发，清王朝被推翻，各地革命军政府纷纷成立。广东军政府、湖北军政府和上海军政府，都很重视空军，各自建立了飞机队。旅美华侨在旧金山建立了华侨革命飞行团，支持国内革命。1912 年 1 月 1 日，中华民国南京临时政府成立。临时大总统孙中山，对发展航空事业和建立空军的重要性具有远见卓识。中华民国政府自始即重视创立发展空军。孙中山指示旧金山革命飞行团将航空器材运回国内。南京临时政府时期，有武昌、上海和南京、广州四支航空队。

为建设空军，民初讨袁护国期间，孙中山和革命党人还在海外创办中华飞船公司、中华革命军飞行学校、美洲中国国民党飞行学校。孙中山规划，依靠海外华侨筹募购机款，国内建设航空港，向外国订购飞机，建设空军航空队。

北京政府时期，从袁世凯当政始，亦重视空军建设。1913 年，北京政府在南苑设立航空学校，培养航空人才，并购置飞机（向法国购置了德隆式飞机 12 架），筹建航空工厂（先在南苑，后移清河）。1918 年，北京政府在福建成立马江海军飞机工程处及飞潜学校。1927 年，马江海军航空工程处试制成功水上飞机数架。这是建立海军航空队的尝试。1919 年 11 月，北京政府设立航空事务处，推进航空事业发展；1921 年 2 月成立航空署，归属于军政部。

北京政府时期，微弱的空军开始参加战事。1913 年，内蒙古地区发生民族冲突，北京政府航空队曾派飞机侦察，以壮中央政府军的声威。1915 年，袁世凯复辟帝制。在讨伐袁世凯称帝的护国战争中，南方各省护国军一方和北京袁世凯政府一方都使用过航空队。护国战争时，中华革命党曾组织东北华侨义勇团飞机队参加讨袁。但航空队活动的规模和作用均极小。

其后，由于各地军政势力割据情况严重，军事自成体系，组建空军亦不例外。至全国空军统一之前，奉系（东北军张作霖—张学良）、西北军（冯玉祥）、山西、"直鲁"以及苏、浙、粤、桂、闽、湘、黔、滇、川、新疆等地军事首领，都曾各自组建空军，筹购飞机，开办航空学校，筹建航空工厂。在地方发展空军方面，以广东和东北两地规模较大。

1917 年，孙中山在广东成立护法军政府，也成立航空处。孙中山对空军在现代战争和国防上的重要地位非常看重，提出了"航空救国"的口号。1918 年，孙中山大元帅府航空处组建援闽粤航空队参加讨伐反叛势力作战。1920 年重组军政府后，大元帅府设航空局，筹办航空学校。

1923 年 6 月，航空局研制成功一架侦察教练机，孙中山为飞机起名"乐士文"（Rosemonde，宋庆龄的英文学名）一号。他偕夫人宋庆龄亲往大沙头飞机场，主持飞机命名典礼。他们在这架飞机前摄影留念。宋庆龄曾乘坐这架飞机在广州上空航游，由华侨飞行员黄光锐驾驶。

1924 年，广东革命政府成立军事飞行学校，后在北伐军中成立航空队。广东革命政府的飞机队在东征、北伐作战中发挥了作用。

二、国民政府成立之初的空军建设

1926—1928 年，国民革命军北伐，推翻北洋军阀政府。至 1929 年初，东北易帜，东北军首领张学良宣布归属南京国民政府，中国表面上实现了统一。

1927 年国民政府于南京成立后，致力于实现全国军事的统一，同时致力于筹划全国航空事业的发展和空军建设。1928 年 8 月 4 日，国民党二届五中全会通过了《整理军事案》，规定"今后之国防计划中必须实事求是，发展海军、建设空军，俾国防计划归于完成"。国民政府组织机构中，军事委员会为国民政府军政最高机关，掌管全国海陆空军。国民政府为图战时军令之统一，特任国民革命军总司令一人，凡属于国民革命军之陆海空各军，均归其节制指挥。

1929 年，国民政府召开军事编遣会议，谋求军事统一整编。其时，陆军各师司令部、海军各舰队司令部、空军各航空队，全归国民革命军总司令指挥，总司令由蒋介石担任。

国民政府自始重视空军建设。1928 年 11 月，国民政府成立航空署，军事航空与民航统一。首任署长为熊斌。1929 年 4 月，熊斌辞署长职，由副署长张静愚代理署长。8 月，张惠长任署长，黄秉衡任副署长。1930 年 4 月，张惠长离职，毛邦初代理署长。5 月，黄秉衡接任署长，曹宝清为副署长。1932 年 7 月，黄秉衡出国考察，曹宝清代理署政。10 月，黄秉衡辞职，葛敬恩继任航空署署长。

1929 年 4 月、1931 年 4 月，国民政府先后两次召开全国航空会议，谋求：1. 国防空军之扩张；2. 航空行政之统一；3. 航空人才之培养；4. 民间航空之奖励；5. 航空工业之发展；6. 航空预算之增加；7. 航空技术之增进；8. 航空场站之增设。具体军事行政事务管理则在行政院所属军政部下，设陆军署、海军署、空军署。但航空军事统一颇为艰难。

南京国民政府成立时，中国空军力量极为薄弱，飞机制造能力极差。1928 年仅有上海航空工厂一所。国民政府逐渐加强建设。上海航空工厂 1929 年春造出第一架飞机"成功一号"，嗣后仿造爱佛罗、牛波尔式机六架。1929 年 10 月，国民政府接收武昌南湖工厂。至 1930 年，又在南京明故宫建首都航空修造厂。

国民政府航空队逐渐整编扩大。1929 年，国民政府整编各航空队，成立中央军校航空大队司令部。开始，空军部队只有航空一、二队，掩护部队四连。整编中，除原有空军两队外，增第三、四队，建立航空站 18 所。1930 年，编至第六队，并扩大编制。1931 年 4 月，又组编第七队。航空署在全国设有南京、汉口、南昌、广州等 23 处航空站。

蒋介石对空军建设极为重视，1930年在南昌设立空军指挥部，以毛邦初为指挥官。空军逐步成为一个独立军种。1932年8月蒋介石又将航空署从军政部下划归军事委员会直辖。

在地方势力掌握的空军中，以东北军的空军最强，广东次之。东北军自张作霖时代即创办空军部队，至张学良当政后更加重视。1928年后，他以东北边防军长官，亲自兼任东北边防军航空司令，以张焕相代司令。东北空军飞行员超过100名，飞机总数达200多架，居于国内各派军事力量之首。东北开办航空工厂、航空学校，并有水上飞机队（海军航空兵），后划归东北海军。但日本关东军于1931年9月18日夜发动进攻沈阳的事变，在不抵抗方针的指挥下，东北军经营多年的空军毁于一旦。飞机、航空工厂和机场设备完整无损地落入日军之手。

广东省原有广东国民政府空军力量的基础。陈济棠自1929年驱逐张发奎和桂系势力后，掌握了广东省的军政大权。1931年，因蒋介石囚禁胡汉民，国民党内反蒋势力联合两广军事力量，在广州组织国民党中央非常委员会，另成立一个"国民政府"，与南京中央政府对立（宁粤对立）。其时，广东空军作战飞机达60多架，并办有空军学校和航空工厂（在韶关）。广东空军司令黄光锐到海外华侨中募捐，购买飞机。广东空军力量得以不断扩充。后来，直到1936年两广事变发生，广东空军投向南京中央政府，广东空军独立发展的局面才告结束。

三、"一·二八"淞沪之役中日首度空战

日本侵略军发动"九一八"事变，三四个月内即占领中国东北全境。为转移国际视线，掩护其炮制的"满洲国"出笼，日本又于1932年1月28日向上海发起进攻。驻上海的第十九路军在总指挥蒋光鼐、军长蔡廷锴指挥下奋起抗击。国民政府军事委员会令第五军（军长张治中）之第八十七、第八十八两师赴援。这就是著名的"一·二八"淞沪抗战。中国军队给予日本侵略军沉重打击，日军三易统帅。当时国民政府实行"一面抵抗，一面交涉"方针，最后

战事于 5 月 5 日以签订停战协定而告结束。

"一·二八"之役，中国空军首次参加对日作战。中央空军第二大队队长石邦藩率领第六队、第七队队员赴上海参战，洛阳航空学校教育长黄毓沛驾驶美制飞机亦赴上海作战，统由沈德燮指挥。广东空军组建第八队（混合机队），以丁纪徐为队长，北上赴援。中央空军战机 25 架，广东空军飞机 15 架。

日本航空队协助其地面部队作战，大肆轰炸中国军队阵地，轰炸中国机场。中国空军十分幼弱，自然不敌日本航空队，但仍英勇拼搏。

中国第十九路军英勇打击日军。日机连日轰炸吴淞、闸北、真茹，毁屋伤人。2 月 5 日上午，空军第六队、第七队战斗机、驱逐机多架从南京飞赴上海上空。恰在此时，九架日机在闸北投掷炸弹后，正欲南飞轰炸国际无线电台。中国空军机队乃飞向真茹，与日机相遇，随即展开激战。这是中国空军首次与日本航空队交战。中国地面高射炮亦向日机开火。日机处于中国陆军空军上下夹攻之中。11 时 30 分，一架日机被高射炮火击中，机身着火，机上所带炸弹爆炸，该机粉身碎骨。另有两架日机亦被击中受伤，逃向南翔方向。

这时，中央空军第六队分队长朱达先等四机在上海虹桥机场上空与另外六架日机战斗。朱达先座机连中数弹，本人身体亦负重伤，数日后逝世。第六队分队长黄毓铨驾驶朱达先之受伤飞机起飞参战，因飞机机件失灵，不幸机毁人亡。黄毓铨，系归国参战之华侨飞行员。他是中国空军抗日作战牺牲之第一位英烈。

日军战机为配合其地面部队进攻，对中国军队阵地狂轰滥炸。中国军队对空射击。2 月 20 日，中国军队击落日机一架。21 日，第五军第二五九旅第五一七团用小炮击落敌机一架，机师田中大尉殒命。据第五军军长张治中向蒋介石报告：该日机队长田中身带铜镜一块，其一面雕刻有菩萨像，一面写有"信浓国别行厄除北向大悲尊别当常乐寺"。张治中报告，这是日军畏惧牺牲的表现，"可为怯弱畏死之证"。

因浙江笕桥、乔司机场为中国空军基地，日军于 2 月 26 日、29 日，3 月 11 日、20 日，多次轰炸笕桥中国航空学校和乔司机场等处。

2 月 26 日早晨，日机轰炸浙江乔司机场。中央空军第二队队长石邦藩和第六队分队长赵甫明迎战。

广东空军队长丁纪徐驾中央空军之驱逐机升空，吴汝鎏等队员亦起飞参战。吴汝鎏战机冲锋向前，对日机攻击，因遭到日机密集射击，战机发动机中弹毁坏，吴汝鎏负伤。

赵甫明与日机交战，胸部中弹，被迫降落。赵甫明因肺部中弹，抢救无效而殉国。赵甫明遗体安葬于广东空军坟场，各界举行隆重追悼大会悼念，其家乡三水县亦立碑对他纪念。

石邦藩在与日机格斗中，被日机击中，其左臂负伤。虽经送医院抢救，但左臂被截肢，后继续在空军中服役，被称为"独臂将军"。

由于中国飞机的迎战和袭击，日机轰炸机场投弹偏误，大部分投至机场外和跑道北端，机场损失很小。在空战中，日军第 334 号飞机被击伤后迫降，落入钱塘江中沉没，机上两名人员被日舰救走。

从 2 月 5 日至 26 日，中日两国空军在沪杭上空发生四次交战。由于中国空军幼弱，日军居于优势，在空战中，中国战机损失五架，受重创两架。中国飞行员三人阵亡，一人重伤。

四、美国飞行员肖特为抗日作战牺牲

在"一·二八"淞沪抗战中，非常令人崇敬的，是有一位美国飞行员参加对日军的作战，并英勇献身。他就是美国飞行员罗伯特·肖特（Robert Short）。

罗伯特·肖特，美国华盛顿州泰可玛乡人，中学毕业后，先后在华盛顿州阿美利加湖和玛尔市菲尔特学习航空飞行，毕业于寇蒂斯民用航空学校。继而，他又学习航空军事，在美国陆军航空队服役。1930 年受波音航空公司聘请，任试飞员。因美国波音航空公司出售飞机给中国（波音 -218 型，即 P-12 E 式），故来到中国任试飞员兼教练员。1930 年 6 月，肖特还被中国政府军政部航空署聘为航空学校飞行教官。

1932 年"一·二八"淞沪抗战期间，肖特连日在京（南京）沪（上海）

线和沪杭（州）线飞行，进行侦察、护运工作。他目睹日本飞机在中国领土上狂轰滥炸，屠杀人民，出于正义感，毅然参加作战。2月21日，他在从南京飞往上海途中与三架日机相撞，经20分钟交战，击伤日机两架后胜利返航。

2月23日，肖特从上海飞往苏州时，与日本海军航空队三架攻击机相遇。他勇敢发起进攻，机智地反复穿插，紧盯住日本航空队的长机，冒险逼近，在吴县高店镇上空击落日本小谷进大尉（一作小阁少尉）的战机。这是日本海军航空队在空战中第一架被击落的飞机。而这时日军三架掩护飞机齐向肖特飞机攻击，日军生田乃木次大尉猛烈射击，肖特头部、胸部、腰部三处中弹，不幸牺牲，其座机坠落于吴县高店镇浮槽港水中。

27岁的肖特，为援助中国抗击日军进攻而献身，中国人民非常感动。为表彰肖特英勇献身于中国抗日的功绩和精神，国民政府追赠他为空军上尉。2月25日，苏州机场用楠木棺将肖特遗体盛殓，运至上海。旌表委员会又改用美国式钢质棺。1932年4月24日，在上海汉口路慕尔教堂举行隆重追悼大会。是日，上海各界下半旗志哀。

此前，中国方面已邀请其母亲伊丽莎白（Elizabeth）夫人和弟弟爱德华·肖特（Edward short）来华。肖特之母亲和弟弟参加了追悼活动。上海各界五千多人参加追悼会。国民政府、上海市政府、航空署、第十九路军指挥部，国民政府要人宋子文、孔祥熙，江海关监督唐海安，以及军队将领张治中、蒋光鼐、蔡廷锴、陈铭枢、戴戟、谭启秀、区寿年等人都送了花圈。民众代表吴经熊致悼词，盛赞肖特支援中国抗战的崇高精神和英勇功绩，其"所洒热血，可作中美两国民族之胶漆"。肖特灵柩运至虹桥机场进口处安葬，送葬者不下万人。虹桥机场立碑纪念肖特。碑文上写有："为朋友而牺牲生命，是人类间最伟大的爱。"上海市市长吴铁城也到墓地致礼，向肖特的母亲表示慰问。肖特的美国友人卡里驾驶飞机在空中环飞，表示祭悼。

国民政府向肖特的母亲伊里莎白赠送丧礼10万元，作为抚恤金。

4月28日，苏州各界也举行了追悼会祭悼肖特。7月，在吴县高店镇浮槽港肖特殉难处立了三米高的花岗岩石纪念柱（类似华表）纪念肖特，柱上刻有："美国飞行家肖特义士殉难处。"

当年，苏州大公园内建起肖特义士纪念碑亭，亭内立有方形花岗石的追赠上尉肖特义士碑，以表纪念。吴县人民所立碑文为肖特义士传，由名人张一麐书。日本军队侵占苏州后，将此碑亭损毁。至1937年中日战争爆发，"八一三"淞沪会战中，肖特墓被日军炸为平地。但中国人民未忘记肖特的贡献。肖特纪念碑现在藏于苏州市博物馆内。

抗日战争胜利后，吴县人严欣祺于1947年捐资重建一块肖特义士纪念碑。1985年，吴县人民政府又重建了肖特烈士纪念碑。1984年肖特之弟爱德华偕其女儿来中国，曾到上述一些纪念地凭吊其兄肖特。

第二章　中国空军抗战的准备

一、全国空军的统一和建设

"九一八"事变后，国民政府为准备抗日，加强国防建设。空军建设是其中一项重要任务。

国民政府军事委员会增强空军建设之领导。1932年8月，军事委员会指示军政部航空署迁至杭州，航空署名义上仍属军政部，但实际上已归军事委员会直辖（至1933年8月航空署正式脱离军政部）。

1934年3月，军事委员会委员长蒋介石因军事活动驻赣，航空署随迁南昌。同年5月，航空署改为国民政府航空委员会，蒋介石仍兼航空委员会委员长。设办公厅，处理日常公务，以陈庆云为主任。

1936年1月，国民政府航空委员会迁回南京。4月，修改航空委员会编制：将办公厅主任改为航委会主任，承蒋介石委员长之命统率空军；增设秘书长一员，以作襄助。5月1日，复行改组。蒋介石仍兼任航空委员会委员长，周至柔、黄秉衡、陈庆云、黄光锐、毛邦初为委员，宋美龄为秘书长。原办公厅主任陈庆云调任中央航空学校校长，中央航校原校长周至柔调任航委会主任。

1937年，航空委员会复行改组。实行委员制，设委员长、秘书长、常务委员、顾问室、参事室等。蒋介石仍兼任航空委员会委员长，宋美龄任秘书长，周至柔为常务主任委员，黄秉衡、黄光锐为常务委员。

为筹划防空，1934年设立首都防空处。1935年，首都防空处改为防空委员会。1936 年，防空委员会又改为防空处，仍隶属军事委员会。

国民政府聘请外国专家帮助中国加快发展空军。中国空军逐步增加飞机，培训空军人员。1932 年春，航空署从德国购进一批"容克式"飞机，编成空军第八队，以沈德燮任队长，聘请德国顾问进行训练。1933 年航空队编为七个队，并在南昌设立空军教导总队。

1932 年 9 月 1 日，中央航空学校成立。蒋介石为中央航空学校聘请美国人约翰·裘维特（John H Jouett）、罗兰德、史怀慈等为顾问，以裘维特为首席顾问。这个非官方的顾问团包括十名飞行教官，五名机师，一名军医，一名秘书。他们除在航校担任训练工作外，并协助制订一个《五年航空发展计划》，为国民政府发展空军事业提供了重要依据。但国民政府对空军发展要求迫切，安排五年计划在三年完成。

1933 年夏，国民政府又聘请由洛蒂（Roberto Lordi）率领的意大利空军顾问团来华，成员全为现役军官，其中包括 40 名空军驾驶员和 100 名工程师和机械士。顾问团主要工作是负责在是年底建立的中央航空学校洛阳分校的训练事宜，同时帮助中国建立航空工厂，以便装配意大利飞机。

随着军事委员会陆续接收地方势力的空军力量，全国空军逐步趋于统一，力量不断增强。

空军航空队发展，编为八个队。第一队、第二队为轰炸机队，邢铲非、王叔铭分任队长，第三队、第四队、第五队为侦察轰炸机队，张由谷、刘义曾、杨亚峰分任队长。第六队为侦察机队，王伯岳任队长（阵亡后由金雯接任）。第七队、第八队为驱逐机队，王天祥、高志航分任队长。

1935 年 10 月，航空委员会接收湖南航空处，增编第十一、第十二、第十三、第十四四个队。

1935 年，设立南京、上海、南昌、洛阳四个空军总站。至 1936 年，空军管理指挥体制趋于完整。5 月，航空委员会划定全国六个空军区，先成立第三军区司令部于南昌，指挥湘、鄂、赣、闽等省区的空军机关、部队和场站。是年 6 月，发生"两广事件"。但不久广东空军投向中央政府，两广事变失败。航空委员会接收广东空军部队，中央空军力量进一步增强。空军扩编为九个大队，三十个中队。成立广州空军总站及广州属境各飞行站场。

空军部队分工：第一、第二、第八大队为轰炸大队，第三、第四、第五大队为驱逐大队，第六、第七大队为侦察大队，第九大队为攻击大队。

第一大队大队长邢铲非　第二大队大队长张廷孟　　第三大队大队长王星垣

第四大队大队长高志航　第五大队大队长丁继徐　第六大队大队长张有岳

第七大队大队长陶左德　第八大队大队长谢莽　第九大队大队长刘超然

空军九个大队共编有飞行人员 620 名，机械技术人员 230 名，拥有霍克、可塞、容克、道格斯、波音、羊城、复兴等各式飞机 314 架（全国飞机总数 600 余架）。飞行人员加上在校培训人员共计 3000 人，机场 262 处。直属航空委员会的场站，计有空军总站 10 处，飞行场 110 处。

1937 年 5 月，划分全国各空军区。先在南昌成立第三军区司令部，以毛邦初为司令官。撤销空军教导总队。

二、航空建设会发动开展全国捐款购机活动

"九一八"事变后，日本侵略者侵占东北，1932 年向上海发动进攻。1933 年，日军又向长城各口进攻，将侵略魔爪伸向华北。为抵御外侮，国民政府加强国防建设，加强空军建设的任务更为迫切。建设空军，必须购置和制造飞机。为此，科技见识和外交取向是首要的；其次，是筹集资金。国民政府多次发动全国开展捐款购机活动。

1933 年 1 月 25 日，国民政府中央政治会议第三四一次会议，根据石瑛报告，讨论王祺等委员关于"为准备抗日，以救危亡，举办救国飞机捐款"的提案，做出《关于举办救国飞机捐款的决议》，决定在全国举办救国飞机捐款活动。决议规定：党政军警机关实发薪俸若干成，助捐购买飞机，从当年 2 月起，连续捐款六个月。按月俸多少定之。具体捐款比例，大约是：高工资的月捐 6%—10%，低工资的月捐 1%—3%。

2 月 21 日，中央政治会议又做出《关于地方筹款购置飞机案之决议》，规定全国各党政军警机关和华侨的捐款，用于建设飞机工厂，各省市县民众捐款用于购置飞机，以地方的名称为飞机命名。并以宋子文为中央飞机捐款保管委员会委员长。

4 月 20 日，中央政治会议第三五一次会议决定，中央飞机捐款保管委员会改称中央飞机捐款收管委员会，确定飞机捐款捐募总额为两千万元。

至 1935 年 11 月，国民党第五次全国代表大会《行政院工作报告》己项中，汇报了这两年飞机捐款捐募情况和全国航空建设会的工作情况。

报告说：国民党中央政治会议第三四一次会议、第三四二次会议，指定宋子文、孙科为中央飞机捐款收管委员会委员，以宋子文为委员长，举办救国飞机捐款活动。其后，中央政治会议第三九一次会议，又决议成立中央飞机捐款筹办委员会，指定宋子文、朱培德等 11 人为委员。经宋子文提议，改称全国航空建设会。航空建设会以宋子文等 20 人为理事，会内设募集组、支配组、保管组和稽核组，由宋子文、朱培德、钱新之、周作民分任募集组、支配组、保管组、稽核组常务理事。另聘任中国航空协会理事王正廷等 21 人加入全国航空建设会。后航空建设会之理事改名委员，加入葛敬恩等三人为委员。行政院指定宋子文、朱培德、钱新之、史量才、葛敬恩五人为常务委员，葛敬恩为秘书长，1933 年 5 月 20 日正式成立，支配组改为设计组。后葛敬恩辞职，改由徐培根继任常务委员兼秘书长。继而，宋子文辞募集组主任职，孔祥熙继任。稽核组主任史量才出缺，由吴铁城继任。其后，徐培根解职，由周至柔继任常务委员，曹宝清委员代秘书长。

全国航空建设会自成立后，发动全国捐款购机，至 1935 年 9 月底止，共收到全国党、政、军、警察各系统之机关暨各界民众捐款 2966278 元，连存款利息 22222 元，共计 2988501 元，随时解汇上海中央银行存储保管。各系统各地之捐款派有定额，中央各机关（政府、军事和党务系统）照额捐齐，陆海军机关部队及各省市县机关，尚有未缴齐，陆续催缴中。各省市民众捐款，若按国民党中央政治会议第三四二次会议之预算收齐，共可得 10540 余万元。而现所收到仅 33 万元，经一再令催，收到者终属寥寥。

按原规定，限 1933 年 2—7 月捐款缴齐，但至 1935 年未缴捐款者尚属多数。中央政治机关之公务员捐款多已捐足，各军事机关少数未捐足。各省市机关尚未捐足。各省市民众捐款多数未经捐解。

全国捐款购机的情况：上海捐购五架（上海第一号、沪童号、沪学号、宁波号、沪商号）；浙江捐购三架；中央军校捐购黄埔一号机。铁路、交通、邮电部门捐款较多，有京沪、沪杭甬铁路员工第一号，京沪、沪杭甬铁路员工第二号，平汉路员工二架，平汉铁路二架，津浦路、陇海路、正太路、北宁路各一架，胶济路、平绥路一架。交通部邮政员工四架，电政员工二架，航政员工一架。江西省教育界二架。湖北省、安徽省各一架。企业界捐购者，上海天厨味精厂一架，吴兴绸业一架。海外爪哇侨胞捐爪哇号一架。

在航空建设会成立前，河南省已捐购飞机三架。

此外，在全国发行航空奖券得 1598115.39 元。

三、全国各界献机祝寿活动

日本侵华步步进逼，1935 年，日本加紧策动"华北自治"，发动华北事变，将中国中央政府势力排除出华北。中华民族危机更加深重，全国抗日救亡运动不断高涨。其时，国民政府对日仍采取忍辱退让方针，对抗日准备只能暗中进行。1936 年，届当蒋介石五十寿辰。在全国民众救亡图存民族意识高涨的形势下，国民政府乃以为蒋介石祝寿作掩护，于是年在全国发起为空军建设捐款的"献机祝寿"活动。5 月 6 日，国民政府要人发起组成"蒋公寿辰献机纪念委员会"，何应钦为纪念委员会主席，吴铁城、翁文灏、程潜、陈果夫、周至柔、孔祥熙、王晓籁等担任委员。

7 月 3 日，纪念委员会发布公告：

捐款每交齐 10 万元时，即由本会代购飞机一架，飞机之名称及命名地点，可由捐款人或团体指定。捐款不足 10 万元时，由本会代为支配数团体合购一架，或改购教练机及加入办理制造厂之用。

捐款献机结束时，由本会将捐款机关团体、个人姓名，数目，印成专册，分发各省市各机关备查，并将捐款总数及利息数目一并公布。

各省纷纷响应，一些省成立专门机构。献机纪念委员会拟定了"筹购飞机呈献募款办法"。各市县分摊捐款额，提出"一县一机"口号，当时购一架飞机需10万元。政府职员按薪金多少完成捐款数。工商界和金融界订购美国"马丁"式飞机，每架40万元。

全国最大的大都会上海承担100万元捐款。上海市政府决定，除个人随意捐款外，特发行寿礼礼券，分几种等级：天字号10000元；地字号5000元；中字号1000元；正字号800元；和字号600元；平字号500元；福字号400元；禄字号300元；寿字号200元；喜字号100元。这几个等级，取"天、地、中、正、和、平、福、禄、寿、喜"几个吉祥字，其又含蒋介石的名字"中正"二字。

文化界人士开展义演活动。如，新光游艺场全体演员义演一天，演出收入及演职人员工资悉数捐出购机祝寿。扬子舞厅举行游艺大会，请明星舒绣文唱歌，全天收入捐出。大陆舞厅请著名影星、舞星参加表演，全天收入捐出。上海名人黄金荣、杜月笙请京剧名角马连良等义演两天，献机祝寿。

至10月，献机运动进入高潮。广东捐款100万元、20架飞机，山西、绥远捐款18万元。10月24日，浙江省举行献机命名大会，浙江省政府主席黄绍竑亲自主持。全省捐献六架飞机，命名"浙江"1-6号。全国警察捐款10万元，还在南京明故宫机场举行"警察"号飞机命名典礼。上海捐献飞机10架，在龙华机场举行命名大会。南京共捐款20万元、飞机18架。陆海空军共捐献飞机八架，空军捐机命名"同仁号"。

海外华侨也踊跃捐款，南洋华侨成立"南洋购机寿蒋会"，陈嘉庚担任主席。海外华侨捐款总共达200多万元，马来亚华人捐130万元，新加坡华人捐20多万元，古巴、泰国、英国、美国各地华侨均踊跃捐献。

10月31日，蒋介石生日当天，在南京明故宫机场举行献机典礼大会，参加人数达20万。国民政府主席林森亲临会场。吴铁城、翁文灏、程潜、陈果夫、周至柔、孔祥熙、王晓籁、黄江泉等人组成主席团。来宾有阿王、章嘉活佛等。会场中央竖立一个巨型飞机模型。吴铁城致开幕词。军队和各地区各部门代表22人献礼，其中有总代表王柏龄，上海代表虞洽卿、顾馨一和杜月笙，南京代表马超骏、彭尔康、罗家伦，东北代表王树常，湖南代表何键，天主教代表于斌等。何应钦代表蒋介石接受献机。首先献礼的是总代表王柏陵，王柏陵献上小型飞机模型一件。何应钦接下后，转奉交国民政府主席林森。中央代表戴季陶致贺词，来宾章嘉亦致贺词。

献礼仪式结束后，多架飞机在会场上空进行表演。周至柔调集南昌空军基地集训的几个空军中队，到南京进行空中飞行表演，约 20 分钟。30 余架飞机在上空排列成"中正"二字，在主席台前上空，又有数十架飞机组成"五十"字形，表示祝贺蒋介石五十寿诞。但蒋介石本人早已飞至洛阳避寿。

这次全国捐款献机活动，虽然是以为蒋介石祝寿名义进行的，但它是全国捐款集资建设空军的义举，对增强国防和空军建设具有重大意义。这次活动共收到捐款 655 万余元，其中不少钱用于在贵州大定（今大方）建设飞机发动机制造厂。献机祝寿所得捐款，共购买飞机 100 余架，再编七个中队。

在进行这次献机祝寿活动的同时，国民政府还设立航空捐，各种营业均征，以石灰业为例，每一公斤石灰征收法币五分。另加紧发行航空公路建设奖券，每期设一等奖一名，奖法币五万元；二等奖二名，各三万元。到抗战前夕，已发行 30 期。

四、举办航空学校，培养空军人才

国民政府为建设空军，培训人才，先后设立了多所空军学校。

1928 年 5 月，在南京建立中央陆军军官学校（原在广州黄埔的军校改成预科），蒋介石兼任校长。校中专设空军营，代训从空军来的入伍生。蒋介石令在校中筹设航空队，培养空军军官。1929 年 2 月 19 日，航空队正式开办。中央军官学校航空队第一批学员 74 人，5 月又招收第二批学员 25 名，编成速成观察班。学校先聘请德国人福克斯为顾问，讲授观察过程，六个月后，学员学习飞行。1930 年 6 月，蒋介石改航空队为航空班，将教导师的航空连并入。作战时航空班编为航空大队参加作战。1931 年 9 月，航空班第一期学员毕业，蒋介石亲自参加毕业典礼并讲话。毕业学员进入航空署和各航空队任职。

1931 年 3 月，中央军官学校的航空班划归航空署，改组为军政部航空学校。6 月，军政部任命毛邦初为航空学校校长。航空学校于 7 月正式成立。

1932 年，航空学校改名为中央航空学校，校址设于杭州笕桥。9 月 1 日，中央航空学校正式成立，蒋介石兼任校长，毛邦初任副校长。第一批学员 200 人，飞行员、机械生各半。学校除培养招收的学员外，还招收航空队飞行员深造，设高级班，讲授高等课程。

蒋介石为中央航空学校聘请美国人约翰·裘维特（John H Jouett）、罗兰德、史怀慈等为顾问，裘维特为首席顾问，罗兰德为总教官。从 1931 年 3 月中央军官学校航空班开始，至 1937 年 5 月抗日战争爆发前夕中央航空学校第六期学员毕业，共培养空军人才 660 名。

"九一八"事变后，笕桥中央航空学校培养空军飞行员，灌输抗日民族救亡的意识，教育学员肩负民族兴亡的重任，要不怕牺牲，努力奋斗。这表现在该校的校歌中，其歌词为：

得遂凌云愿，空际任回旋，

报国怀壮志，正好乘风飞去，

长空万里，复我旧河山。

努力，努力！

莫偷闲苟安，

民族兴亡责任，待吾肩。

须具有牺牲精神，

凭展双翼一冲天。

蒋介石和宋美龄对中央航空学校特别关注，倾力培养空军军官和飞行员。1933 年 1 月 4 日，蒋介石亲赴中央航空学校，后又几次到学校视察、训话。他亲笔题写"空军训条"12 条，内容包括：空军救国，有我无敌，为国捐躯，杀身成仁，服从命令，冒险敢死，死中求生，持颠扶危，自强不息，雪耻复仇等。

1934 年 2 月 2 日，中央航空学校第一批学员（第二期）毕业，蒋介石参加毕业典礼并训话，亲自给毕业生颁发毕业证书。航校还发给空军军官每人一把"中正剑"短剑，上面镌刻"国土未复，军人之耻"和"蒋中正赠"。

1934年，蒋介石派毛邦初率第二批学员20人到意大利深造，并考察欧美航空事业，派周至柔任中央航空学校校长。是年，成立防空学校，任黄镇球为校长。徐培根去职，派陈庆云兼航空教导总队总队长。筹议国防建设，决定在中央大学、同济大学、武汉大学等大学中增设航空工程学系。

至1935年，已有325名飞行员从笕桥中央航空学校毕业。为扩大培养空军人才，1935年6月，航空委员会又在洛阳建立中央航空学校洛阳分校。1936年，中央航空学校洛阳分校改校长为主任，以王勋充任，学校改名为中央航空学校分校。是年，成立航空机械学校，以钱昌祚为校长。

1936年，中央航空学校接收广州航空学校，改为中央航空学校广州分校。由此，笕桥中央航空学校为总校，担任中高级飞行员训练；洛阳、广州分校负责初级训练。

1937年，共毕业飞行员700多名，机械员343人。照明士、轰炸员、飞行员，航校每年能培养400人，但因报考者体格条件差，每年只招满250人。

1937年7月抗日战争爆发后，8月初，中央航空学校西迁；10月，迁到昆明开办。洛阳、广州分校迁到柳州，与广西航空学校合并为柳州分校，后迁云南。

1938年7月，中央航空学校改名空军军官学校。1939年3月，空军军官学校除校本部高级班留昆明外，初级班设于祥云，中级班设于蒙自。

抗战开始后，德、意顾问离开中国，中国外交重点转向苏联、英美。太平洋战争爆发后，中国与美、英结盟，空军人才的培养得到美国的帮助，并在英属印度设有训练基地。经与英国商妥后，1943年设于祥云的航空初级班迁至印度旁遮普邦，成立分校训练。从第十二期飞行生开始，先在昆明进行地面训练，然后送至印度进行初级飞行训练，再送到美国空军学校进行中、高级飞行训练。鉴于学校重心转至印度，由美国提供器材和教官，因此，航委会将空军军官学校迁入印度。直到1945年8月抗战胜利后，空军军官学校才迁回杭州笕桥原址。

为培养空军人才，适应抗战需要，航委会还设立空军机械学校（南昌，1936年3月）、防空学校（1934年杭州，后迁南京）、空军军士学校（1937

年 12 月，成都）、空军幼年学校（1939 年，灌县）、空军参谋学校（1940 年12 月，成都）、空军通讯学校（1944 年，成都）。另在南京创办侦察班，招收中央航校轰炸、照相班毕业生。

为培养空军高级人才，航空委员会早在 1934 年便开始选派空军留学生赴意大利、美国、德国深造。抗战爆发后，1939-1949 年航委会经常抽派空军人员赴美学习、考察。这些被派出留学的人员，回国后均成为空军的骨干。

五、建设飞机修造厂及场站

国民政府在南京成立后，即在南京创办首都航空工厂，同年在上海虹桥建立飞机修理工厂，名上海航空工厂。"一·二八"之役，该厂被日机炸毁。此后在全国各地多处创办航空工厂。

为发展航空工业，中国航空部门，积极与外国飞机制造公司合作，在国内创设飞机制造厂。1934 年起，航委会与美国寇蒂斯、道格拉斯公司，合办中央杭州笕桥飞机制造厂，至 1938 年，制造飞机 135 架，装配 52 架，修理111 架。抗日战争爆发后，该厂迁武汉，再迁昆明。

1934 年，航空委员会创设保险伞制造所。是年 4 月，广东省政府与美国寇蒂斯·莱特飞机公司合作，在韶关建飞机修理工厂，并自行研制飞机。1936年，航空委员会接收后，改名为韶关飞机制造厂。

1935 年 1 月，航空建设会委员孔祥熙与意大利菲亚特、卡卜罗尼、伯赉达及萨伏亚等四家航空公司达成协议，由意方主持创办南昌飞机制造厂。1936年，该厂开始修造飞机。

此外，海军部在上海高昌庙设有飞机制造厂，曾承造飞机数十架。

为适应维修的需要，南京、南昌、洛阳、广州、杭州及重庆等处设有飞机修理工厂。设立的飞机修理工厂有：1930 年 8 月，航空署在南京明故宫机场增建飞机修理工厂，1933 年改称首都航空工厂。1934 年在南昌建立飞机修理厂。武昌原有飞机修理工厂，1934 年改称第三航空修理工厂，1935 年迁洛阳。1936 年，航空委员会在重庆建设飞机修理所。广东原有飞机制造厂，抗战初改迁云南祥云。1937年在汉口设第六修理工厂，装修各式轰炸机。山西航空工厂，1936年改称第七修理工厂。上海高昌庙海军飞机制造厂，航空委员会接收后，改为第八修理工厂。

由于中国工业不发达，中国不能制造飞机发动机，也缺乏特殊航空材料，故主要限于修理装配，但也积极筹划飞机制造。1937年1月，航空委员会决定开办航空器材制造厂，先在上海成立筹备处。6月，筹设南昌航空发动机修造厂。

1936年，全国献机祝寿活动所捐募的钱款，大部分用于在贵州省大定县羊肠坝建设飞机发动机厂。这是当时中国飞机制造业的重要基地。

1937年，航空委员会还与德国容克斯厂在江西萍乡合办中国航空器材制造厂股份有限公司，生产航空器材。为制造航空降落伞，1933年，航空署组织研制，1934年1月制成第一具降落伞，成本只有从美国进口的四分之一。抗日战争开始后，航空降落伞厂从杭州迁长沙，后迁四川乐山。该厂生产上万套坐式、背式、胸式降落伞，支援了空军抗战。

为空军作战和训练需要，从1929年起，航空署及其后的航委会，在各地建立了各种航空场站，配备人才，充实设施、器材。航委会成立后，逐步完善航空场站网络。至抗日战争爆发，七八年间，已经构成较完整的航空场站体系。如：

气象通信方面，1929年在南京建立航空测候所，又在笕桥（后迁南昌）建第二测候所，在江西南城建第三测候所（后迁武汉）。

1933年，先在笕桥建油弹库。1934年，在南昌设油弹库。1935年，又在南昌设军械库。1936年，航空委员会在南京设油弹库，后改称第一油弹库，南昌油弹库称第二油弹库。抗日战争爆发后，1938年春，在江陵建成第三油弹库，在桃源建第四油弹库。

后来，航委会又在西北、西南的甘肃、陕西、四川、湖南、广西、贵州、云南等地增设了17处油弹库。

抗日战争爆发前，航空署和航空委员会在南京、上海、汉口、南昌、洛阳、广州等处建立了航空器材库。抗日战争爆发后，各航空器材库西迁衡阳、桂林、柳州、安顺、芷江，随着空军场站的扩展，航空器材库也在陕西、四川、云南等地增建。

六、抗日战争前夕的空军战备

1935 年 11 月底，国民党召开第五次全国代表大会，认定时局危险，救国工作不可缓。至 1936 年，空军建设更加加快步伐。进入 1937 年，抗日战争爆发前半年中，对抗战的准备更进一步加紧，不仅大量拨款，加强空军建设的力度，而且订出了战争一旦发生后空军作战的方略。

为应付非常变局，国民政府编列 1937 年全年军事费用 412499000 元预算以外，全国经常军务费 362499000 元。增列国防建设专款，陆海空军国防建设费及购械费共 222000000 元，这是进入民国以来最大的一笔军事预算。而其中空军国防建设费共 70000000 元，占了其中很大的比例（陆军 119712000 元，海军 22890000 元）。可见当时国民政府对加强空军建设之重视。

1937 年，在南京设立中央防空情报所，构建全国防空情报监视网。中央防空学校设军队防空训练班，召集部队军官受训；设人民防空研究班，招公务人员受训。

1936 年底至 1937 年初，国民政府军事委员会参谋本部制订了 1937 年国防作战计划（分甲案、乙案），设想了日本发动侵华战争时的战略态势，判断敌情，提出中国军队的作战方针。其中明确规定了空军的作战方针和任务：空军于开战之初，以主力协同陆海军及要塞，先将敌在长江内之舰队扑灭之，并轰炸上海、汉口、天津、汕头、福州敌在我国占领之根据地。以主力对敌海上航空母舰与舰队及运输船舶攻击，并协助海岸守军之作战；以一部协同陆军之作战。会战时，以主力协同北正面陆军之作战，以一部协同海正面之作战。计划还提出了主动出击，甚至主动轰炸攻击日本本土以及日本占领下的中国国土，包括其资源重地、海空军根据地，如东京、大阪、横滨、佐世保—横须贺军港，并辽宁兵工厂、台湾，以获我空中行动之自由。军事委员会参谋本部还做出了如与日本开战，空军各部队集中和出击地点的部署及作战任务。

这个作战计划今天看来真是可歌可泣：可歌的是，有志气、有准备；可泣的是，对日方军力战前难以准确侦察到。所以开战后，中国空军的具体作战，与这个计划中的设想并不相同，但在一些地方还是遵照了这个计划的思路。总之，至1937年，中国空军已经开始向对日抗战的实战迈进了。

第三章　抗战初期空军抗日作战

一、抗战初期中国空军战力和指挥

中日战争中，日本陆军和海军所属的航空队（二战中日本、美国都没有独立的空军军种，都是分属于陆军和海军的航空队），无论在飞机的数量、质量，还是在技术装备和空军人员的培养训练，都比中国占有很大优势。

开战前，日本共拥有飞机2200架，陆军1156架，海军1045架（包括预备补充之飞机）。而中国作战飞机计有296架，有的还不能作战，战力相差非常悬殊。中国飞机靠向外国购买取得，购自美国、德国、意大利等多个国家，机种型号不同，有些已老旧。中国的空军人员，至1936年6月，由全国航校共培养了1400名，但因设备陈旧简陋，训练欠佳，其中合格者仅600余人。

日本有完备的航空工业体系，能研制生产比较先进的作战飞机，1937年一年就能生产1500架飞机，到1944年时每年能生产2400架（这时，美国年产飞机达三万架）。日本在战争中损失的飞机能迅速补充，飞行员也经过严格的训练，航空队的作战、指挥协调能力都比较强。中国航空工业仅为初创，虽建有一些修造厂，但只能修理飞机，或少量装配外国飞机，机器设备多从国外进口。因此，中国在战争中飞机损耗后，不易得到补充，难以恢复作战能力。

然而，中国空军将士以高昂的爱国热诚，大无畏的勇气，轰炸日舰和日军阵地，奋力与敌机搏战，不怕牺牲，在抗战初期的空战中，取得了辉煌战绩，令各国惊叹不已！

为指挥空军作战，抗战开始，军事委员会设立空军前敌总指挥部，以周至柔为总指挥，毛邦初副之。1937年8月，撤销空军第三军区司令部，在南京设立第一军区司令部，旋迁兰州，以沈德燮为司令官，石邦藩为参谋长。11月，航空委员会由南京迁往汉口，紧缩裁减编制人数三分之一，取消主任委员、常务委员，改设主任、副主任。1938年，武汉会战期间，航空委员会会址由汉口迁至衡阳，复由衡阳迁贵阳。

其时，设立空军兵站监部，专司战时运输、补给之职，调石邦藩任兵站监。12月，在成都设立空军军士学校，以张有谷为教育长。地面增设空军总站十余所，航空站及飞行场共百余处。所有场站编以番号，不再冠以地名。先后接收云南、山西航空处，福建、青岛海军航空队，及广西、四川之航空队，统由航空委员会办理。这样，全国空军建设和指挥全部实现了统一。

1938年3月，撤销空军前敌指挥部。航空委员会复行改组。委员长仍由军事委员会委员长蒋介石兼任，宋子文、孔祥熙、陈诚、贺耀祖、徐永昌、宋美龄、钱大钧、周至柔为委员。钱大钧为主任，周至柔为主任参事（继由陈庆云担任）。原设三厅，改为四厅：军令厅，毛邦初任厅长，张有谷副；技术厅，黄光锐任厅长，钱昌祚副；总务厅，黄秉衡任厅长，陈卓林副；防空厅，黄镇球任厅长，王鹗副。另设人事处，主任钱大钧兼任处长。总政训处改为政治部，蒋坚忍任主任，不久改由简朴任主任。

空军作战，设第一、第二、第三三路司令部指挥，张廷孟、刘芳秀、田曦等任司令官。设空军轰炸、驱逐两总队，积极训练作战部队，邢剷非、郭汉庭分任总队长。

航委会所属各校校长，由蒋介石兼任校长，设教育长一职，主持校务。中国航空学校改名空军军官学校，以周至柔任教育长。航空机械学校，改名为空军机械学校，以王士倬任教育长。防空学校教育长仍由黄镇球兼任。

卢沟桥事变后，中国空军曾计划在冀北作战，准备出击天津、北平丰台等地敌军，部署将主力推进于信阳、许昌、周家口等基地，准备协助华北地面陆军作战。军事总顾问嘉罗尼向统帅部提议：除酌留部队防御南京、南昌、广州外，空军各队以石家庄—德州之线为根据，以140架战机开赴华北，分配于石家庄、大名、济南、新乡和济宁等机场。同时，空军部队随时准备调回南京、杭州、广德、淮阳等基地，护卫京沪杭地区。因北平、天津迅速沦陷，继而上海形势紧张，"八一三"淞沪抗战爆发，中国空军主力迅速南移，集中于防卫淞沪地区，协助陆军作战，保卫南京、杭州和邻近空军基地。

二、淞沪会战中的空军作战

北平、天津失陷后，1937 年 8 月，为了牵制日军在华北的进攻，根据两年前由陈诚制定的战略，中国调集兵力于淞沪地区，开辟战场。为首先肃清驻沪日军，张治中部先期开进上海。蒋介石于 8 月 13 日晚下令：空军于 14 日出动，协同陆军作战，并任要地防空。从 14 日凌晨开始，中国空军即投入战斗。

1. "八一四"及其后空战。

8 月 14 日，中国空军轰炸日军在上海的根据地公大纱厂军械库、公大纱厂、上海日本海军陆战队司令部和汇山码头，袭击川沙县白龙港附近日舰、南通附近江面日舰和吴淞口海面日本出云号旗舰。

当日下午，日本鹿屋航空队 18 架战机从台北起飞，分头空袭广德机场和笕桥机场。空军第四大队大队长高志航率机 27 架在杭州笕桥机场上空与日本航空队空战，击落日军轰炸机两架，另一架在飞返台北机场时损毁。这次空战，以三比零的战绩，首开空战胜利纪录。后来，1940 年，国民政府定 8 月 14 日为中国空军节。

8 月 15 日、16 日，日本海军木更津、鹿屋二航空队以 60 余架轰炸机从济州岛、台湾起飞，袭击杭州、嘉兴、曹娥、句容、扬州、南京机场。第九大队于曹娥上空击落日机四架；第四大队于杭州上空击落日机 16 架，复以协同第三、第五大队与航空学校学生力量暂编大队，于南京上空击落日机 14 架。中国空军迎战，三日之内共击落日机 40 多架。鹿屋、木更津航空队是日本海军航空队的王牌，战争一开始即遭中国空军打击，损失惨重。日方深感，丧失这支王牌兵力，实成问题，下令今后尽力利用夜间攻击，避开中国的战斗机。

2. 轰炸日舰和日军陆上根据地

8月14日，中国空军下令几个大队分别轰炸长江中和吴淞口的日舰，及日军在上海的陆上根据地。清晨，第五大队副大队长刘粹刚率领九架战机从扬州出发，沿长江搜索，轰炸日舰。梁鸿云驾机在吴淞口投弹击中日舰。第五大队长丁纪徐率机八架，轰炸长江口一带日舰。第二大队轰炸副大队长孙桐岗率领21架战机，从广德机场出发，赴上海轰炸吴淞口日舰和日军根据地公大纱厂、汇山码头等地。下午，各队继续赴上海轰炸敌舰、敌阵地，梁鸿云、任云阁等牺牲。8月17日起，空军第二、第五、第七大队又对虹口地区日军司令部和日军阵地轮番轰炸。日军因缺陆上机场，虽有飞机起飞应战，但损伤很大。

8月16日，蒋介石下令：一、从速征求各队飞行敢死人员20名，专炸敌军航空母舰。如炸毁一舰，则特为犒赏20万元，以其半数抚恤殉难之家属。二、速定空军作战敢死最荣誉勋章，请国府制定颁发。

中国空军除与日航空队激烈空战外，又继续轰炸海军陆战队等据点和舰艇，予以重创。8月17日，第五大队空军战士阎海文轰炸日军司令部，战机被日军高射炮击中，跳伞落入敌阵，举枪击毙日军士兵数名后自戕殉国。连日军也感其忠勇，为其殡葬，立碑"支那空军勇士之墓"。

19日，空军轰炸白龙港日巡洋舰，战士沈崇诲座机发生故障，乃向日舰俯冲，与日舰同归于尽。

中国空军协同淞沪战场的陆军作战，英勇奋发，战绩显著。但因各种原因，也出现差错。8月14日，空军第二大队祝鸿信分队长驾驶的飞机奉命轰炸钱塘江江口日舰，因日舰逃逸，该机返航途中，轰炸员雷天春失手拉动了炸弹架，炸弹落到上海闹市区跑马厅附近（今人民广场附近），致民众死伤甚多。事后，蒋介石下令：第二大队大队长孙桐岗治军不严，处以记大过二次，革职留任，戴罪立功，以观后效。轰炸员雷天春被押送交军法严办（后雷在空军远征日本散发纸弹时，由空军指挥官毛邦初、王叔铭请求，随徐焕升前去执行纸弹轰炸任务，戴罪立功而获释）。19日，黄浦江上日舰为躲避中国空军轰炸，每移至美舰附近，倚为掩护。中国空军轰炸日舰时，美舰奥格雷斯号误被击中。

3. 继续协同淞沪陆军作战

8月22日，日军增援上海作战之部队登陆，中国空军在浏河、吴淞口对登陆之敌进行轰炸。8月14—31日，中国空军共出动袭击67次，与日本航空队空战12次，击落日机61架，击中敌舰船10艘，自身损失飞机27架。空军英勇作战，事迹十分悲壮。

至9月初，日军在上海登陆后，在崇明岛赶建机场，大量增加兵力，并增加新式性能优良之驱逐机。而中国空军一则作战损失太大，二则补充困难，无法保持高度战力，故上海之制空权逐步被日方掌握。但中国空军仍不断对日军进行夜袭。然而，因夜间飞机起降设备简陋，出击亦甚困难。9月18日，中国空军冒设备简陋之险，几乎出动所有能作战的飞机共24架，分批大规模夜袭上海，攻击淞沪地区日军，造成日军损失。9月间，中国空军共出击46架次，空战15次，击落日机20架，击中敌舰船28艘，自身损失36架。

淞沪会战后期，中国飞机仍攻袭上海日军据点、机场和军舰。10月，根据陈纳德创造的夜间俯冲轰炸法，中国11架轰炸机，轰击了停泊在上海港的日本舰船和上海机场，轰炸效果很好。但是，这11架轰炸机返航落地时，由于凭借煤油灯光导航，五架进场失误，机损人亡。陈纳德和宋美龄当场惊呆。10月间，共袭敌110次，空战15次，击落日机7架，击中敌舰3艘，自身损失飞机25架。

三、保卫首都南京空战

为了迫使中国政府投降，日军于9月中旬特设攻击南京的空袭部队，由其海军第二联合航空队司令官三竝贞三为指挥官。9月14日三竝贞三发布命令，明确规定："以空中攻击队多次对在南京的军事、政治、经济各机构以实施制空权下的空击"。并要求"轰炸无须直击目标，以使敌人恐怖为着眼点"。19日，日机开始大举空袭南京，分两批出动舰载战斗机22架次、舰载轰炸机28架次、水上侦察机27架次，共77架次参加了对南京的攻击。

19日是日本空军攻击南京战略的转折点。在之前，其攻击的重点是我空军基地和地面军事设施，并寻求与我空军主力决战。而从19日开始，其实际上已将攻击的主要目标转向我政治、经济、文化等设施和手无寸铁的居民。因此，日军对南京无辜平民的大屠杀，实则是从9月19日便正式开始了。中国空军驻防南京、句容各机场之驱逐机共21架，由毛瀛初、胡庄如两队长率领起飞截击。南京上空发生空前未有之空战。日军驱逐机优于中国空军的飞机，中国空军与之激烈战斗，击落日机一架，击伤其四架。而自身损失多架，队员损失二人。

9月20日，日本空军分两批，出动舰载战斗机6架次、舰载轰炸机27架次、舰载攻击队11架次、水上侦察机13架次，共57架次轰炸了南京。

9月22日，日军分三批，出动舰载战斗机11架次、舰载轰炸机30架次、舰载攻击机6架次、水上侦察机14架次，共61架次攻击了南京。

9月25日，日本空军对南京的轰炸袭击达到了顶峰。是日，参加对南京轰炸的飞机多达94架次。其中，舰载战斗机20架次、舰载轰炸机52架次、舰载攻击机10架次、水上侦察机12架次。

日本空军在一周之内，分11批，共299架次飞机，对南京实施了大轰炸。在这些空袭中，南京的政治、经济、文化教育设施普遍遭到破坏，人民的生命财产亦蒙受巨大损失。日军的轰炸是极其的残忍：散布在南京下关江边的上千座难民临时搭成的草棚，这种地区是根本不可能存在中国士兵和军事设施的，竟成为日机轰炸的目标。9月22日，下关难民收容所被炸后，中外记者赶到现场，但见"血肉四飞，景象奇惨，而收容难民数千人之草棚，为炸弹所燃烧，浓烟直冲云霄，四周若干里外犹能见之"。

在南京大空袭中，日机攻击的重点是人口稠密的城南地区。中央社总社、中央广播电台、电灯公司、自来水公司、市卫生局、医院等均遭破坏。甚至外国人办的哈瓦斯（Havas）通讯社、海通（Transocean）通讯社和合众社均遭轰炸。就连外国驻京使馆也未逃脱这场灾难。9月25日，法国领事馆院内便落下一枚炸弹。

10月6—12日，日机轰炸南京，中国空军第二十四中队队长刘粹刚在空战中勇敢机智，屡歼敌机，被誉为"中国的红武士"。

四、苏联空军志愿队援华抗战

抗战爆发之初，中国政府与苏联谈判，于 1937 年 8 月 21 日签订了《互不侵犯条约》。中国要求苏联提供信用贷款，以便向苏联购买亟须的飞机、大炮、军火物资。并要求随同派飞行教官、技师支援中国抗日。

苏联政府答应中国政府的要求，并主动派遣空军作战人员，以志愿队的名义到中国来，直接参加中国抗日战争。1937 年 10 月至 1938 年 3 月 1 日，苏联向中国交运飞机 226 架（CB 轻轰炸机 62 架，伊尔-16 驱逐机 94 架，伊尔-15 驱逐机 62 架，YTI-4 教练机 8 架）。同时，苏联派出空军志愿队两个飞行大队，一个轻轰炸机群，一个驱逐机群。1937 年 10 月 22 日，首批苏联空军志愿人员到达兰州。至 1939 年 2 月中旬，先后到中国来的苏联空军志愿人员，包括飞行员和航空技师达 712 名（苏联飞行员和技师来华均定期轮换训练）。

苏联空军志愿队人员也帮助中国建立航空供应站和飞机修配厂，在迪化和兰州设立航空学校和训练基地。志愿队来华后多次与中国空军并肩作战，参加过保卫南京、武汉、南昌、重庆等地的空战，远征轰炸台湾（当时被日本占领）。

1937 年 11 月起，中国从苏联获得战机援助补充，苏联并派出空军志愿队帮助中国作战。

接收苏联飞机后，从兰州返回周家口机场的高志航大队长，于 11 月 21 日正要起飞时，突遭大批日机来袭，被炸殉国。12 月，日军航空队一再对中国空军后方战略基地兰州进行轰炸袭击，驻兰州的苏联空军志愿队起飞迎敌，日机败逃。

1937 年 11 月，苏联空军志愿队在肃州（酒泉）、兰州集中后，驱逐机队部分人员在普罗科菲耶夫的率领下，于 12 月 1 日飞抵南京，共同守卫南京，数次与日军空战。苏联空军志愿队伊尔-16 型驱逐机 23 架，在南京空战中击落日机 3 架。

除参加南京空战外，中苏空军还袭击上海日舰、日军机场和进攻南京的日军。12月2日后，科兹洛夫率领的11架轰炸机，轰击了停泊在上海港的日本舰船和上海机场，轰炸效果很好。南京失陷后，苏联空军志愿队多次袭击日军占领的南京机场，炸毁敌机多架。

南京失陷后，苏联空军志愿队在华中地区参加对日本航空队的空战，恢复并增强了中国空军的战力。汉口有波雷宁指挥的轰炸机队和伊万诺夫指挥的驱逐机队，南昌有科兹洛夫指挥的轰炸机队和布拉戈维申斯基指挥的驱逐机群。

五、华北、西北空战

1937年9月华北战场中日战斗正酣。日本航空队配合日军地面部队进攻，不断轰炸中国军队阵地和城市。第一战区司令长官程潜和第二战区司令长官阎锡山都致电军事委员会，请求派空军支援。9月14日，中国空军派出北正面支队赴华北，配合地面部队作战。原第六大队大队长陈栖霞任司令。

9月21日，日军以轰炸机14架、驱逐机8架，空袭太原。日本关东军飞行第十六联队第一大队（战斗机）长三轮宽少佐，率战机15架，掩护第十二联队重轰炸机六架侵入太原空域。中国空军第二十八中队中队长陈其光率四架驱逐机及航校暂编队驱逐机三架起而迎战。太原上空发生激烈空战。中国空军兵力虽处于劣势，但作战英勇，终于击落日军指挥机一架，是为日军中号称"射击之王"的三轮宽少佐座机。三轮宽迫降于太原以北大盂麦田之中。三轮宽被俘，但尚未来得及审问，即因伤重毙命（一说被当地农民包围击毙）。此战，中国空军损失飞机一架，飞行员梁定苑阵亡。

9月16日至10月底，中国空军北正面支队所部对大同、繁峙、平型关、阳明堡、崞县、原平及平汉铁路沿线的日军共进行了12次侦察和42次轰炸，并击落敌机三架、击伤敌机一架，给予中国地面部队一定支援。

10月25日，空军第二十四中队奉命派出三架驱逐机，赶赴山西，配合反攻娘子关。次日，中队长刘粹刚率一个分队出发，因天气差，未能到达太原，返回洛阳途中，刘粹刚撞到高平县魁星楼上，机毁人亡。

由于苏联援助中国的飞机先集中到兰州，兰州成为后方重要空军基地。

日本航空队于 12 月 4 日、21 日两次袭击兰州。苏联空军志愿队升空迎击，予日军以打击。

六、武汉抗战时期空军抗日作战

由于中国空军在战争开始后连续作战，飞机和飞行员损耗极大，至 1937 年 12 月，虽得到苏联战机的补充，但仍难以恢复开战之初的作战能力。

随着日军在陆上入侵的深入，其航空队的基地也分别推进到南京、芜湖、杭州等地，按其航程，已能进击南昌、汉口等地。

而南京失陷后，国民政府虽早已迁都重庆，但武汉实际上是当时中国指挥抗战的临时首都，武汉和重要空军基地南昌成为日本航空队的主要袭击目标。从 1937 年年底起，至武汉会战阶段，日本航空队不断轰炸南昌和武汉，两地大规模空战屡起。

1937 年 12 月，中国空军经过补充，战力有所增强，复集结主力，对东线战场及津浦路南段日军机场、阵地及长江上敌舰船施行轰炸，并截击对粤汉线进行轰炸破坏之日军机群。

1938 年 3-5 月，中国空军除支援徐州会战外，还轰炸黄河以北安泽、灵石、风陵渡等地日军据点，攻击南渡黄河日军，以切断其增援。日军则为打击中国空军，减少其空中所受威胁，乃对南昌、广州、武汉等重要空军基地进行大规模袭击。中国空军予以迎战拦截，痛击日军。

1. 南昌空战

1937 年底至 1938 年初，日军不断袭击中国重要的空军基地南昌，中苏空军联合为保卫南昌进行了英勇战斗，空战中击落敌机多架。

1937 年 12 月 9 日，日本机群大举空袭南昌。中国空军第九大队第二十六中队驱逐机四架迎战，以绝对劣势战力，仍击落日本驱逐机一架。1937 年 12 月 22 日，苏联空军志愿队在南昌击毙日本王牌飞行员"四大天王"之一朝田良平。

1938 年 2 月初，苏联空军志愿队轰炸了杭州日军航空队基地，炸毁日机 30 多架，并袭击杭州车站大批列车。

2月23日，苏联红军节，波雷宁大尉率领CB-2轰炸机队28架，轰炸了台湾日军航空队松山机场，由于机场日军毫无戒备，波雷宁带领全队轮番轰炸，一共投下了280颗炸弹，毁伤了日军飞机共40架，还炸毁了汽油库和飞机库。台湾松山机场被炸毁后，有一个月不能使用。日本当局追究责任，罢免了台湾的行政长官，松山机场的指挥官、军事基地主任被撤职审判。机场警备司令剖腹自杀。

苏联空军志愿队远征台湾取得胜利，志愿队员全部安全返回。各种报纸连日报道，各界热烈庆祝慰问。第二天晚上，中国航空委员会秘书长宋美龄，设宴招待苏联空军勇士们，盛赞他们取得的辉煌胜利。

1938年2月25日，日本轰炸机35架、驱逐机18架大编队袭击南昌。中、苏30架战机分三个机群起飞迎战，先集中力量攻击日军轰炸机，继与日本驱逐机激烈格斗，击落其一架。中苏机被击落一架，四架受伤迫降。是为有名的"二二五"大空战。

6月26日，南昌空战，中苏战机击落日机六架。7月4日，中苏飞机在南昌迎战日机，近百架飞机在空中混战，日机共被击落七架，中苏飞机也有不少损伤。

7月18日，日本6架战斗机、14架轰炸机、5架攻击机再次进袭南昌，中苏空军迎敌，击落敌机四架。日本海军航空队"四大天王"之一的南乡茂章大尉也在此次空战中丧命。南昌机场上数架飞机被毁，中国飞行员黄莺为援救苏机领队巴比洛夫，不幸牺牲。

7月21日，南昌空战，中国空军击落日机四架。

8月4日，敌机二批共27架猛炸南昌，投弹百余枚，南昌机场遭到严重破坏，驻南昌的中苏航空队也被迫转移到高安、上高等机场隐蔽。

2. 徐州会战时空战

徐州会战时，中国战机从归德（商丘）机场出击，对日军阵地进行轰炸，迎战敌机。1938年3月24日，中国飞机14架自归德出发，炸袭临城、韩庄一带日军。在完成任务返回途中遭遇18架日机的袭击，经激战，击落、击伤日机三架，中国三名飞行员牺牲。

3 月下旬至 4 月上旬台儿庄战役时，中国空军连续袭击滕县、枣庄、峄县、台儿庄等地之敌。4 月 1 日，苏联空军志愿队轰炸了台儿庄附近的峄县日军。4 月 10 日，中国 18 架战机袭击从台儿庄溃退的日军，返航途中，飞抵归德以东马牧集（虞城）空域，与企图拦截我机的敌机 14 架激战，击落敌机两架，击毙敌中队长加藤建夫大尉。中国飞行员两名牺牲。

5 月间，中国空军轰炸永城、蒙城一带敌军。5 月 20 日，中国空军 10 架驱逐机正要袭击兰封日军时，日本的 24 架战斗机突然赶来，将中国飞机包围，中国飞行员同敌机殊死搏斗，因众寡悬殊，中国飞机被击落六架，六名飞行员牺牲。

3. 武汉大空战

南京失陷后，国民政府军政首脑机关临时迁到武汉后，日本航空队经常空袭武汉，中苏空军与日机多次激烈空战，取得击落日机多架的战果。

1938 年 1 月 4 日，日本的 23 架攻击机在 12 架战斗机的掩护下，突袭汉口，中苏战机迎战，不幸被击落三架，三名飞行员殉难。

武汉时期以"二一八"、"四二九"、"五三一"三次大空战最为有名。

2 月 18 日，日机袭击汉口。中国空军第四大队大队长李桂丹率全大队 29 架战机分别从汉口、孝感机场升空拦截。这次空战，第四大队共击落日机 14 架，日本航空队遭受到仅次于鹿屋、木更津航空队被歼的重大损失。但第四大队长李桂丹与队长吕基淳，队员巴清正、王怡、李鹏翔五人亦壮烈殉国。

4 月 29 日，武汉第二次大空战爆发。是日，为日皇生日（日称"天长节"），日军航空队企图于此日袭击武汉，作为对日皇"贺礼"，出动 39 架战机攻袭武汉。

中苏空军对武汉之空防，早就预作准备，布置戒备甚周密。此日，中苏空军集中 67 架战机，早就升空待敌。武汉防空方面，以伊尔—16 机巡逻武汉上空，攻击日本轰炸机；以伊尔—15 机巡逻武汉外围东北面上空，诱导其驱逐机脱离其轰炸机群，剪除其掩护力，而使伊尔—16 机对日军轰炸机的攻击易于奏效。

故当日机侵入武汉上空时，中苏战机即按既定计划奋勇迎战。经激烈格斗，日机被击落 21 架（驱逐机 11 架，轰炸机 10 架，其中中国空军击落日机 9 架），此为空战辉煌战果。但是中苏空军也损失飞机12架（苏联空军损失三架，中国空军损失九架）。

在这次空战中，空军勇士陈怀民的战机多处中弹，难以操纵，他开足马力，向附近一架敌机撞去，与敌机同归于尽。苏联飞行员舒斯捷尔也同敌机相撞，英勇牺牲。

日军恼羞成怒，5月31日出动轰炸机18架、驱逐机36架，再次轰炸武汉。中日发生第三次大空战。中苏空军近50架战机扑向日本机群。苏联志愿队与中国空军共同击落日机15架，我方损失两架。苏联飞行员古班科在子弹打完后，勇猛撞击日机，日机被撞坏坠落，古班科却奇迹般地安全降落（这是航空战史中的第二次）。古班科在中国对日空战中，共击落日机七架，荣获了中国政府颁发的金质奖章。

日军自1938年6月起，利用长江水位上涨，以海军突破长江封锁线，陆军、海军及其航空队协同力量夺取沿江各要点，于攻占马当要塞后，水陆并进，溯江而上，直趋武汉。日军另以一部由潜山攻击孝感，一部由永修攻占咸宁，截断平汉、粤汉两路交通，进而包围武汉。

为了保卫武汉，阻止日军沿江迅速向武汉进攻，中、苏战机频频出击，以主力轰炸长江日舰和芜湖、安庆日军机场，打击其登陆陆军，迟滞其前进，并阻击敌机轰炸我军后方。

6月，苏联志愿军轰炸机大队，为了配合正在进行的武汉大会战，在铜陵对岸的凤凰镇、东流附近、香口附近等处，以长江上的敌舰为主要目标进行攻击。6月之中，共出击14次，使用轰炸机61架次，炸沉敌舰艇6艘，炸伤十余艘。中国空军炸伤长江上日舰12艘，击沉2艘。此外，中苏空军勇士还轰炸过武汉外围的阳新、罗山日本军队的阵地。

7月2日、3日，中国空军轰炸芜湖、马当、东流、香口等处江面敌舰艇和江岸敌军阵地、机场。7月8日，中、苏战机出动五批，轰炸了安庆、芜湖日军前进机场及湖口江面敌军舰船，共炸毁、炸伤敌机20多架，击中敌舰十余艘。其后，中、苏战机又袭击安庆、贵池、湖口江面敌舰，并与日机空战。

7 月间，中、苏飞机共击沉敌舰船 12 艘，炸伤 29 艘，击落、击伤敌机 40 余架。

7 月 12 日，日机袭击武汉，投弹 100 多枚，死伤民众 600 多人。7 月 19 日，日本 12 架战斗机群掩护攻击机群再炸武汉，投弹 200 余枚，毁房 400 余栋，民众伤亡 1000 多人。武汉机场也遭到重大破坏，一些飞机被毁。8 月 3 日，日机进袭武汉，中、苏空军迎战，双方伤亡均为惨重。8 月份内，日机空袭武汉 12 次，投弹 1715 枚，居民死伤 3112 人。

8 月 3 日，苏联志愿航空队袭击安庆的敌军机场及舰船，8 日轰炸马当、香口敌舰船，11 日袭击九江江面敌舰，18 日袭击湖口江面敌舰三艘。8 月间，中苏空军共炸沉敌军舰船 9 艘，炸伤 23 艘，并炸毁敌机多架。

8 月 12 日，日寇以 70 多架飞机对武汉进行大空袭。苏联志愿队尼古拉廷科少校，率 40 架战斗机迎战。是役，共击落敌机 16 架，自己损失 5 架。

9 月以后，中国空军多次出动，轰炸向武穴、阳新、田家镇等地进攻之敌。

9—10 月间，空军支援陆军部队在罗山、信阳对敌作战。

在武汉会战期间，中国空军共炸沉敌舰 23 艘，炸伤 67 艘；击落敌机 62 架，击伤 9 架，炸毁 16 架。1938 年 5—10 月，侵华的日本海军损失飞机 136 架，航空官兵死亡 116 名。

10 月 9 日，敌机夜袭衡阳机场。苏联志愿队战斗机大队长拉赫曼诺夫在追击过程中，不幸被敌击中阵亡，成为苏联志愿队在中国空战中牺牲的第一位大队长。拉赫曼诺夫的遗体，后葬于南京航空烈士公墓。

总之，除了保卫武汉、远征台北等最有名的空战外，1938 年，苏联空军志愿队还参加过其他许多地方的空战，与日本的航空队多次交锋，袭击过日本侵略军的机场、码头和阵地。如在广东的顺德、广州等处，与日军在空中搏战。中国空军和苏联空军志愿队还曾在南海海面轰炸过日本兵舰。此外，苏联空军志愿队参加了粤北、归德（商丘）、西安等地多次空战。这是苏联空军最活跃的一年，他们为中国的抗日战争做出了重要贡献。

据苏联空军志愿队轰炸机群指导员 C·B·斯柳萨列夫说：在中国参加抗日战争的前几个月，苏联歼击机飞行员共击落日机 100 余架。该机群 60 人中，只有 16 人返回苏联。由此可见，苏联空军志愿队的战绩辉煌，而牺牲也很重。

中国空军，自1938年初重新用苏联飞机装备以来，经过大半年激烈战斗后，至是年10月，只剩不足100架了。苏联空军志愿队，也奉命集中兰州，修理飞机，暂停作战。

七、华南空军作战和日机轰炸

华南方面，战争开始后，日本航空队陆续袭击广州、南宁、柳州、南雄的中国机场，中国空军奋勇迎战。中国空军不时派出飞机巡逻海面，1937年9月13—15日三天内，中国空军第二大队就派遣了8批轰炸机出击，炸沉敌舰船3艘，炸伤数艘，遏制了日本海军对华南的侵略势头。

1938年5月28日起，日本飞机连续三天轰炸广州，炸毁民房900多间，死伤居民2200多人。中国空军因兵力不足，未能阻挡敌机攻击。6月4日，日机在广州投弹百余枚，死伤2000余人。6月5日，日机轰炸中山大学，死亡600多人。6月6日，日机又投弹百余枚，灾区遍及全市，700多栋房屋毁于一旦，死伤民众2000多人。6月8日，日机轰炸岭南大学、西村电厂，全市停电。8月21日，中国"桂林"号客机在香港至重庆航线飞行时，遭日本海军战机袭击，迫降于广东中山县水面时，日机又残酷地扫射落水的飞机和旅客，飞机上除三人生还外，其余17人全部遇难。10月12日日军在大亚湾和珠江沿岸登陆后，日机对广东、湖南等地狂轰滥炸。

八、空战英烈特写

自1937年8月13日淞沪抗战开始，为了配合陆军作战，我国空军与日本航空队搏战，击落击伤日敌机多架，狠狠地打击了日本侵略者。空军将士们还不断地轰炸敌人的军舰，和敌人在陆上的阵地。因为8月14日这一天，中国空军开创了击落敌人飞机的纪录，奏响了空战第一曲凯歌，"八一四"空战最为有名，空军英雄们的光辉业绩永载史册，故中国国民政府将8月14日定为"空军节"。

年轻雄鹰　勇战强敌

如前所述，抗战时期，中日空军力量相差悬殊。不仅飞机要外购，飞行员少，又缺乏空中作战的实际经验，而且中国作战飞机的性能也不如日本。比如，"八一四"空战时，日本航母上的"九六式"战斗机，时速达到420公里，而中国空军航速最高的霍克—3型战斗机的时速，只有380公里。尽管如此，中国空军战士的斗志却很高昂。当时报刊对此即有报道。

日本在开战之初，在上海没有机场，要轰炸中国，必须从航母上或从它的本土或从它霸占着的台湾起飞。1937年7、8月间，日本军队向华北和上海发动进攻。日本海军第三舰队开进上海，其司令长官长谷川清指示他的航空队说：要置中国于死地，最重要的就是控制住上海、南京这条线，并覆灭掉中国的空军。

中国空军作战计划正好与它针锋相对。中国空军司令部部署，空军部队消灭盘踞上海的日本陆军和海军及其基地。当时日本海军第三舰队停泊在黄浦江和杭州湾，日本陆战队盘踞在上海杨树浦、虹口一带。日本第三舰队不仅支援岸上的陆战队作战，而且掩护新增援部队在上海登陆。中国空军主动进攻，打击日本侵略者。

8月中旬，中国沿海台风强劲。8月14日这一天，台风强度大，上海地区风速每秒22米。台风中心在上海以东约120海里的海面，海面风浪很大。日本海军舰队原计划出动它在本土的航空队，和航空母舰上的飞机，一起轰炸中国空军基地；后来因为海上风浪大，越海通过台风区非常危险，本土的航空队没有出动；海上能见度小，航空母舰上的飞机难以起飞降落，所以也没有出动。最后，只有驻台北的鹿屋航空队于当天下午飞到浙江、安徽轰炸。而中国空军部队就在这样恶劣的气候条件下，不畏艰险，或起飞轰炸敌舰敌阵地，或与来犯敌机在空中搏战。

8月14日凌晨2时，中国空军司令部向各大队发出了轰炸日军目标的任务。凌晨3时30分，空军第二十四中队中队长刘粹刚率领9架霍克—3型驱逐机，从扬州机场起飞，沿着长江往东搜索前进，寻找敌踪。早在7月28日15点，日本国下达对北平的总攻令后，即命令武汉以下日舰向长江口运动；此前，中国统帅部曾秘密制订了一个作战计划，封锁长江，对江上的日舰来个瓮中捉鳖，一网打尽。可惜的是，中国统帅部内的汉奸黄浚，将此情报告知日谍南云造子，日舰立即连夜驶出长江南通以下江面。刘粹刚中队一直搜索到川沙县（上海市郊）白龙港附近才发现日舰，立即对准敌舰俯冲投弹，日舰舰尾被击中，随即冒起滚滚浓烟。

第二十四中队完成了上午轰炸任务后回到机场。下午2点多钟，刘粹刚又率领三架驱逐机从扬州出发，到3点40分时，找准了在上海的日本陆战队司令部和兵营，轰炸了一番。战斗间7架日本飞机在空中拦截。梁鸿云驾驶的2410号飞机被一架躲在云层里的敌机击中，坠落于离上海20公里处。空战第一天，梁鸿云即以身殉国。梁鸿云中队飞行员袁葆康，座机起落架被敌人打坏，被迫降落时，飞机毁坏，但他幸免于难。梁鸿云是山东省栖霞人，中央航空学校第二期毕业。他是第二十四中队上尉副队长，牺牲时仅25岁，后被追赠为少校。

中国空军另外几路也英勇出击：上午7时，杭州笕桥机场的第三十五中队，起飞五架侦察机飞临上海上空，轰炸日本的公大纱厂，即日军的军械库。

上午8时多，空军第二大队副大队长孙桐岗，率领21架英国"诺斯罗普"型轰炸机从安徽省广德机场起飞，轮番轰炸吴淞口的日本军舰和公大纱厂、汇山码头（日军据点），给敌人很大的打击。飞回广德机场后，他们不怕疲劳，连续作战，下午2时40分，又从广德机场出动，分两批轰炸公大纱厂、汇山码头和四川北路北头日本海军驻上海特别陆战队司令部，多次击中目标。

但日军工事做得很厚，楼顶结实坚固，同时又在高楼上架起高射炮和机枪还击。由于中国空军第907号战机向下俯冲很低，遭到敌人楼顶阵地射击，战机中弹，飞行员任云阁阵亡。他的助手祝江信带伤驾机飞回。另有一架飞机被击伤后，返航至常州附近坠毁，李传谋等飞行员殉难。

上午9点多钟，空军第五大队大队长丁纪徐率领第二十四中队八架霍克—

3型驱逐机，从扬州机场起飞出击。当他们飞到南通江面时，发现了一艘日本驱逐舰，立即投弹轰炸，炸得敌舰千疮百孔。

当天下午，许思廉率领第三十五中队的三架侦察机，刘领赐率领第三十四中队六架霍克式战斗机，到达上海上空，发现敌军目标后，扔下大量炸弹，把公大纱厂日军军械库炸成一片火海。日本军队在这里修建临时机场的工程也中断了。

笕桥空战　大获全胜

8月14日，从天不亮开始，日本海军第三舰队司令长谷川清连连接到关于中国空军轰炸日本军队的消息，一会儿是军舰挨炸了，一会儿是登陆码头挨炸了，一会儿是陆战队司令部挨炸了。他大为恼火。他一向不相信中国空军有什么力量，没想到今天中国空军竟把日军炸得狼狈不堪。于是他命令他手下的航空队出动，打击中国空军。不过老天爷与他作对，强烈的台风，使得他在国内九州和在航母上的飞机都不能起飞。最后只有驻台北的鹿屋航空队18架"九六式"陆上攻击机全部出动。他们分成两队，一队空袭杭州笕桥机场，一队空袭广德机场，目的是破坏摧毁中国空军力量和机场设备。

日本空袭队飞到浙江省乔司机场、笕桥机场时，遭到中国空军的有力拦截。在笕桥机场上空，由高志航率领的空军第四大队27架霍克—3型驱逐机与日本航空队展开了激烈的空战。第四大队当天刚从河南省周家口机场转移过来，到笕桥机场还来不及休息，就升空迎战。高志航首创击落敌机的纪录。

那天受台风影响，杭州上空乌云翻滚。中日战机在云雾中穿插追逐，互相厮杀。中队长李桂丹，分队长乐以琴、郑少愚、谭文，飞行员柳哲生、王文骅等人在战斗中都很出色，他们又击落敌机一架，击伤敌机多架。敌机没有占到便宜，反倒机毁人亡，只好败退。

在这次笕桥上空空战中，日本飞机被击落两架。受伤的飞机中有一架飞至接近台湾基隆的海面时，已无法继续航行，迫降时沉没。还有一架因起落架轮子被击坏，飞回台北机场着陆时机身突然偏斜，严重破损。而中国升空迎战的飞机和指战员无一伤亡。这场空战，中国空军取得了完全的胜利。只有一架飞机因油料耗尽在田野迫降时，飞行员刘署藩殉职。

日本另一支空袭队轰炸广德机场，当时中国空军第三十四中队中队长周庭芳，单机巡逻警戒，虽势单力薄，也英勇拦截敌机。被击伤的日本飞机，飞回台湾基隆港水面时迫降沉没。

"今日之中国，已非昔日之支那"

8月14日，中国空军首开空战胜利纪录。第二天日军调动大批战斗机对中国空军进行报复。

8月15日，日本驻台湾的鹿屋航空队、驻九州的木更津航空队和从航空母舰上起飞的飞机，对中国绍兴、乔司、笕桥、嘉兴等机场大肆轰炸。

中国空军英勇迎战。第四大队高志航等又与敌机在长空搏斗。他凭着娴熟的作战技巧，首先击落了敌机一架。当他再追逐一架敌机时，被敌机击伤，高志航忍着伤痛继续战斗。分队长乐以琴突然闯入敌机群，猛烈向敌开火，一连击中四架敌机，打得敌人失魂落魄。在浙江省上空，中国空军击落敌机不下10架，又一次获得空战大捷。中国飞行员吴可强在这次空战中牺牲。

这一天，日本木更津航空队袭击了中国首都南京，南京机场的飞机库和一些飞机被炸毁。但日本飞机也遭到中国空军的拦截和地面高射炮的轰击，有五六架飞机被击落击伤。

当天，中国空军又分批轰炸日本舰艇和陆战队。第六大队几架飞机轰炸了日本陆战队司令部，多次命中目标。可惜的是，中国空军缺乏重型轰炸机，一般轻轰炸机、攻击机所载炸弹小，爆炸威力不大，只把陆战队司令部楼上炸开了几个窟窿。

后来第七大队几架侦察机又袭击日军司令部大楼，但楼顶上敌人高射炮和机枪向中国飞机射击，中国空军战士聂盛友中弹，当场身亡。后座飞行员范汉淹驾机返回。

另外，第七大队战机从广德机场起飞，一路轰炸杭州湾海面的日舰，一路轰炸日本陆战队司令部。第四大队王天祥（代理大队长）和副队长赖名汤率六架飞机到上海轰炸了敌军兵营。

淞沪抗战一开始，中国空军英勇作战，连连告捷，炸得日本军舰和陆战队狼狈不堪，打出了中国空军的威风。后来，中国空军英雄阎海文在敌人包围下英勇牺牲，日本报纸惊叹："今日之中国，已非昔日之支那。"日本军部承认，中国空军是最为出色的航空兵，因而下决心要把中国空军消灭。从日本的态度可以看出，中国空军虽然幼弱，但空军勇士们勇敢顽强，不怕牺牲，技术高超。中国空军的胜利，粉碎了日本军队不可战胜的神话，鼓舞了中国军民抗战必胜的信心。

武汉空战捷　壮烈众国殇

为了坚持持久抗战，国民政府于 1937 年 11 月 27 日宣布迁都重庆。但国民政府的许多机构暂时先迁至武汉。1937 年 12 月 13 日首都南京失守后，武汉成了中国抗战的指挥中心。而日本侵略军自占领上海、南京后，即一面打通津浦线，南北夹攻徐州；一面沿长江西进。它的战略目标是攻取武汉。从 1938 年春天起，日本航空兵部队即不断轰炸武汉。中国军队为保卫大武汉与日本航空队进行过多次激烈的空战，英勇杀敌，屡建功勋。其中最有名的是"二一八"、"四二九"、"五三一"三次大空战。

1938 年 2 月 18 日上午，日本海军第一联合航空队 15 架攻击机，与第二联合航空队 11 架战斗机联合袭击汉口。中国空军第四大队 19 架"伊尔-15"式和"伊尔-16"式驱逐机从汉口王家墩机场，苏联志愿航空队的战斗机从孝感机场，分别升空迎战。

中苏空军在滠口、戴家山一带拦截住了日本战机。一场空中大搏斗开始了。

空战是紧张、激烈的。中苏两国的战机与日军飞机双方穿插厮杀，火光闪闪，烟雾腾腾。中国空军显出了神威，12 分钟之内击落敌机 11 架，差不多每分钟击落一架。日军空袭武汉的指挥官金小隆司大尉坠机身亡。

空战也是残酷的。辉煌的战果常伴以重大的牺牲。这次空战中，第四大队代理大队长李桂丹，第二十三中队中队长吕基淳，飞行员巴清正、王怡、李鹏翔等血洒长空，为保卫武汉英勇捐躯。

2 月 20、21 日，武汉各界举行了庆祝空捷、痛悼国殇的活动。

武汉二万多人在汉口总商会举行痛悼国殇大会。参加追悼会的群众和各界领袖，眼眶含泪，痛悼英雄。追悼会议进行中，有五架飞机挂着黑纱，在武汉上空环行一周，以示哀悼。在痛悼国殇大会会场主席台上，悬挂着空军烈士李桂丹、吕基淳等人的遗像。

勇撞敌机　义薄云天

4 月 29 日，是日本昭和天皇的生日，日本人称这一天为"天长节"。日本航空兵部队想在这一天空袭武汉，炸毁中国空军基地和汉阳兵工厂等目标，以此作为向天皇祝寿的献礼。这个消息事先被中国军队侦知。原来，在 4 月 20 日，中国军队在孝感上空击落一架日本的双座侦察机，从被击毙的日军驾驶员身上的笔记本中，得知日军要在 4 月 29 日大规模轰炸武汉。因此，中国空军预先做好了迎战准备。

到了 29 日，下午两点半的时候，武汉第二次大空战爆发了。日本出动 29 架战斗机袭击武汉。当日机飞临武汉上空时，中国空军第三大队、第四大队、第五大队 19 架"伊尔 -15"式、"伊尔 -16"式驱逐机，和苏联志愿航空队的 45 架战斗机，早已升空，占据了有利高度，等待敌机来犯。

中苏两国空军事先确定了战斗方案：一部分驱逐机在武汉东北方向巡逻，一旦日机来犯，即与敌战斗机缠斗，迫使敌战斗机与攻击机分离；而"伊尔 -16"式机群负责保卫武汉市区，重点打击敌攻击机。这场空战基本上按照中苏空军的作战计划进行。经过半小时战斗，中苏空军击落日机 21 架（战斗机 11 架，攻击机 10 架）。日本航空队 50 人丧生。日本军方承认，这是开战以来规模最大的空战。中苏空军也损失了飞机 12 架。"四二九"空战使日本空中力量受到沉重打击，此后一个多月日本飞机没有敢再来进犯武汉。

这次空战也异常激烈。中苏两国空军战士英勇顽强地与日本空中强盗格斗拼杀，出现了惊天动地的感人场面。

中国空军勇士陈怀民在这次空战中英勇攻击，连连击落敌机，引起了敌机的注意。五架日本飞机团团包围了陈怀民的座机，疯狂地向陈怀民射击。陈怀民的座机多处中弹，无法继续战斗了。他放弃了跳伞的机会，竟驾着座机对准一架向他开火最多的敌机迅猛地冲撞过去，与敌机同归于尽。只见空中两机相撞，突冒红火黑烟，两架飞机在烟火中碎裂了，残骸向地面坠落下去。正在拼斗中的敌我双方飞行员也被这出奇的一幕惊呆了。陈怀民奋不顾身，勇撞敌机，无比壮烈，其爱国精神义薄云天。

在这次空战中，苏联空军志愿队一共击落敌机 12 架，战绩辉煌。苏联飞行员舒斯捷尔也驾机与日本飞机相撞，壮烈牺牲，表现出了高度的国际主义精神和惊人的勇武气概。

这次空战中，中国空军战士个个生龙活虎，勇敢杀敌。董明德、刘宗武、刘志汉、杨慎贤等飞将军都击落敌机两架或一架。空军勇士信寿翼英勇机智，作战非常出色。他在空中与敌机拼搏中，座机中弹 70 多处。在机身起火的情况下，他机智沉着，仍驾着飞机平安飞回，降落机场。

立体布战阵　勇猛击敌机

第三次武汉大空战发生在 5 月 31 日中午。日本海军第十二航空队的 11 架战斗机袭击武汉。中苏空军勇士们又与日机展开了一次搏斗。

中国空军第三大队的 4 架"伊尔－15"式驱逐机，第四大队的 8 架"伊尔－15"式和 6 架"伊尔－16"式驱逐机，不到中午就升上了 2400 米的高空迎敌。苏联空军志愿队"正义之师"大队的 21 架"伊尔－15"式和 10 架"伊尔－16"式战斗机也同时升空，爬到 1500 米的高度。"正义之师"是这次空战迎敌的主力。中苏空军处于不同的高度，构成了一个立体的空中战阵，形成主动迎战的态势。

到中午时分，日机窜犯武汉上空。由于中苏空军摆好了阵势，日机被动接战。中苏空军健儿集中火力猛攻敌机，中弹的敌机纷纷坠落于滠口、横店、董家湖一带。空战持续了半个小时，共击落敌机 14 架。

在这次空战中，中国空军的一架飞机从空中坠落，飞行员张效贤殉国。张效贤是安徽合肥三河镇人，中央航空学校第五期毕业。他为人正直忠厚，作战勇敢，牺牲时年仅 25 岁。牺牲后被追赠中尉（原为少尉）。

这场空战结束一个星期之后，国民政府于 6 月 5 日在汉口隆重举行追悼大会，悼念空战中为国英勇捐躯的陈怀民、张效贤、杨慎贤、孙金鉴等空军英雄。武汉二万多人参加致祭。

祭堂上挂着横幅：

义薄云天

于右任题写的挽联为：

英风得天地；

壮气作山河。

陈诚送的挽联是：

海外播英名，御气排云，争显龙城飞将勇；

天空奋神武，粉身报国，何须马革裹尸还。

中共中央代表周恩来、秦邦宪致祭，献了花圈，挽词写着：

捐躯报国

第十八集团军朱德总司令、彭德怀副总司令的挽词是：

精忠神勇

青年救协在缎面上用锡箔贴出一个个飞机形状，挽词为：

忠义凌霄

湖北省学联用一布屏写着：

成仁取义

《新华日报》挽词为：

民族之光

中国共产党办的《解放》周刊发表了题为《英勇的中国空军万岁》的评论，

盛赞这次空战中中国空军英勇顽强的战斗精神。

追悼会上，杨慎贤烈士的哥哥杨楷贤介绍说：杨慎贤是广东梅县玉水乡人。他参加了多次空战。"八一五"空战中，在嘉兴上空击落敌轰炸机一架。"四二九"空战，在鄂城西北击落敌驱逐机一架。5月13日，他至董口集（山东省鄄城县）扫射偷渡黄河的敌军，因飞行太久，飞机上的油用尽，降落时身受重伤，医治无效，殉国时年仅27岁。他留下遗嘱：他遗下的钱款，除一部分给家属外，余均购买国防公债，充实国防建设。其忠心爱国精神感人至深。

这次追悼的四位空军烈士后来归葬于武汉青山矶头，右凭大江，左接东湖，正对着鹦鹉洲，是为空军烈士墓。

九、汤卜生空中拜谒中山陵

抗日战争时期，有一位英勇的中国空军战士，曾经执行过一项特殊任务——飞临敌人占领下的南京中山陵上空，进行空中扫墓活动。他的名字叫汤卜生。他在空中多次与敌人搏战，后来为国捐躯了。

1929年建成的南京中山陵，是近代中国伟大的革命家、中华民国的缔造者孙中山先生的陵寝。每年3月12日，孙中山逝世纪念日，国民政府官员和各界人士、军民人等，都要到中山陵来拜谒，追念伟大的孙中山先生。

1937年12月13日日本侵略军攻占了南京，随即在南京进行了惨绝人寰的血腥大屠杀。两个月时间，日本鬼子在南京杀害了30多万中国同胞，尸骨遍地，血流成河。当年目睹过大屠杀的外国记者称：日本法西斯军队，是一群披着人皮的野兽，他们犯下了自有人类文明历史以来最残忍最卑劣最无耻的罪行。日军南京大屠杀，是人类历史上最黑暗的一页。

抗战中的中国军民对日本军队的兽行无比愤慨。同时，孙中山先生的安息地中山陵沦落于日本军队之手，这也是中国人民极为痛心的耻辱。中国军民记挂着日本占领下的南京人民，系念着敌军包围着的中山陵。

1938年3月12日，是孙中山先生逝世13周年。这时，中国军民无法像往年那样去谒陵了。为了纪念孙中山先生，中国空军决定进行一项特殊方式的纪念活动，派第二十五中队中队长汤卜生，单机飞临南京中山陵上空，作一次空中扫墓。

5月7日清晨，汤卜生严肃沉静地登上一架美制侦察机，稳健地驾驶着它向南京方向飞行。渐渐地，他发现了浩浩长江边的中国第一大城，他所熟悉的南京，他发现了紫金山。就在梅花山后，那阳光下闪亮的蓝色陵顶，那牌坊，那浑白的台阶——他已飞到中山陵上空了。从高空向地面望去，他依稀看到，树木依旧苍翠葱茏，陵园依旧秀美静谧。但与往年不同，今年人事已非。"国破山河在，城春草木深。"壮美的古都沦陷了，圣洁的陵园受辱。每个中国人念此，谁不哀痛心伤！

汤卜生驾机缓缓地在中山陵上空绕行三周，将一束白玉兰从空中抛下。这束白玉兰是献给孙中山先生的，向孙中山先生表达缅怀追念之情。

汤卜生空中谒陵，代表了全中国人民的共同情怀。同时，也表达了中国军民的战斗决心：我们决不向日本侵略者屈服，我们一定要抗战到底！誓将日寇驱逐出中国，收复一切沦亡的国土！到那时，我们再向孙中山先生的在天之灵，报告抗日战争胜利的信息。

当在日本铁蹄下呻吟的南京人民听到空军健儿汤卜生空中扫墓的讯息的时候，他们看到了抗战胜利的希望。

十、政治远征，纸弹轰炸日本九州

为了打击日本侵略者的骄狂气焰，显示中国空军的能力，也为了动摇日本的民心士气，造成政治影响，国民政府在1938年，决定派空军飞到日本上空，投放政治传单宣传品。这是一次有名的"纸弹轰炸"。

为此，1938年3月初策定计划后，中国空军按计划做了大量准备工作。

日本西南部的九州距离中国东海海岸，最近也有八九百公里。越海飞行，来回两千多公里，中间无法降落加油。远程轰炸得有远程轰炸机。中国从美国购买了几架"马丁-139WC"远程轰炸机。这种远程飞机可以连续飞行2140公里。有了远程轰炸机，需要熟练的驾驶技术和通信设备等条件。中国空军为此抽调飞行员到汉口训练，演习远程驾驶飞行，熟悉掌握使用远程轰炸机的各种航行仪器仪表，熟悉使用无线电定向仪、短波通信机。他们日夜苦练，特别注意夜间飞行，练习夜间在空中辨识方向。当然，参与人员并不了解要执行什么任务——因为保密，但是感到似乎要完成一项重大使命。

为了远程"轰炸"，加强了对机场的建设。远程飞行需要有力的航空指挥，地面与空中的通信联络，和准确的气象预报。空军抽调力量，对此进行培养训练。为了便于与空中联络，从湖北汉口到浙江沿海建立了七座对空电台。

这次远程"轰炸"的"炸弹"是宣传品，宣传反对日本侵略中国，号召日本人民反战。

中国军队最高统帅部在选择政治轰炸的时机。1938年3月，中国军队在徐州附近的台儿庄英勇抵抗日军，打了胜仗。但是，日军从南北两路进攻，徐州危在旦夕。蒋介石感到，应该加紧展开政治攻势，打击日本人的骄横气焰。5月8日，他在日记中写道："空军飞倭示威之宣传，须早实施，使倭人民知所警惕。盖倭人夜郎自大，自以为三岛神州，断不被人侵入。此等迷梦，吾必促之觉醒也。"至5月中旬，准备工作完成，只待天气许可即启行。

1938年5月19日下午3点23分，两架"马丁–139WC"远程轰炸机，秘密从汉口机场起飞。两架飞机满载传单，经南昌、玉山（江西）、衢州（浙江），下午5点55分降落到宁波栎社机场。这里已是东海之滨，英勇的空军远征，将从这里出发。

这次率领远征的队长是徐焕升，副队长是佟彦博，队员有苏光华、雷天春、吴积冲、蒋绍禹、徐光斗、刘荣光。他们一行八人，分别登上1403号、1404号飞机。中国空军飞到日本国土上去"轰炸"，显示中国的德威，这是破天荒第一次。

领队徐焕升是空军第十四中队中队长。他是江苏省崇明县人。他在中央航空学校毕业，又留学德国和意大利学空军，驾驶技术娴熟。这次他担任远征队的队长，有一种特殊的使命感。就在远征起飞前，23点40分，他致电最高统帅部：我和远征队全体队员，这次参加跨海远征，非常荣幸。我们誓以最大努力，完成此次非常之使命。

23 点 48 分，远征飞机从宁波栎社机场起飞，目标方向是日本西南部九州。两架轰炸机在空中大致沿着舟山群岛南端向东飞行。虽然飞机尽量躲开日本海军的防空警报系统，但在定海上空，还是遇到了日本军舰高射炮的盲目射击。不过飞机飞得很高，又没有投弹轰炸，大概日本人先是感觉到了一点什么动静，后来却又没再发现什么情况，也就不当回事了。中国空军勇士把敌人盲目发射高射炮，笑称为送行的礼炮。

这天，东海上空云层又高又厚。两机在黑暗中飞行。到深夜两点 40 分（已是 5 月 20 日），飞机才穿出云层。飞行员们看到了月亮和疏朗的星空。经过三个小时飞行，两架飞机在 3500 米上空，飞临长崎。这时，已是 20 日 3 时。从空中依稀可辨地面路灯织成的光带，那是长崎东面风头山下的灯火。

这时，九州的日本人正在酣睡，他们做梦也不会想到，飞将军已经从天而入——中国空军飞机已经飞到他们头顶上来了。

而在空中，在两架"马丁"远程轰炸机上，中国空军勇士们却异常兴奋。领队徐焕升命令飞机降低高度，果断下令："准备！""投弹！"飞行员们早就把那些捆扎好的政治炸弹松了绑，立即往下投放。这些"炸弹"没有爆炸的火光，没有震耳的声音，没有呛人的硝烟。五颜六色的传单，顺着飞机行进的路线，雪片似的往下飘落。

为了扩大散发政治传单的范围，中国远程轰炸机在九州几个城市上空穿飞。它们从长崎，经东向北环绕九州北部全境，飞过熊本、福冈、佐世保、长崎、佐贺、久留米等地。在一两个钟头的时间里，这些城市的空中，陆续飘落用日文印刷的中国反战政治传单和小册子。

这次中国空军到日本上空投放《蒋委员长告日本国民书》等几十万张传单，唤起日本民众认清日本军阀发动侵略战争的本质，同时侦察日本军港和机场情况。这些反战政治传单，揭露了日本军国主义分子发动战争，不仅损害中国人民的利益，而且也终将损害日本的利益，号召日本人应当起来，打倒本国军阀。

《中华民国全国民众告日本人民书》中写道：

日本国民诸君：

老早从昭和六年，贵国军阀就这样对人民宣传："满洲是日本的生命线，只要满洲到手，就民富国强。"可是，占领满洲而今已七年。在这七年之间，除了军部的巨头做了大官，成了暴发户以外，日本人民得到了什么呢？只有沉重的捐税，昂贵的物价，贫困与饥饿，疾病和死亡罢了。

《中华民国空军将士中日人民亲善同盟告日本国民书》中写道：

我们大中华民国的空军，现在飞到贵国的上空了。我们的目的，不是要伤害贵国人民的生命财产。我们的使命，是向日本国民说明贵国的军阀，在中国领土上做着怎样的罪恶。

请诸位静听：

日本兄弟，在诸位之中，有开始反对战争、理想着正义和平的人，也有为军阀的宣传所欺骗而讴歌战争的人。但不管是哪一种人，想来都因贵国的言论被统制，要了解时局的真相是困难的。所以试作以下的说明，希望诸位详加考虑。

《中华民国总工会告日本工人书》中写道：

诸君，等着等着，解放是不会自己来的。现在正是人民争回自由的时候了。你们是掌握着生产，掌握着日本军阀之心脏的工人兄弟！觉醒，诸君，尽伟大的力量吧！诸君掌握着东洋的命运。

打倒日本军阀！

为着解除两国人民的苦痛，以同盟罢工来战斗吧！

其他还有《告日本各政党人士书》《告日本中小工商业人士书》等。

有一份传单上写道：

亲爱的日本人民诸君：贵国法西斯军阀不断榨取民众膏血，驱使劳苦民众与中国兄弟互相残杀。现在已经到了反抗暴举的时期。我们中日两国人民，紧握着手，打倒共同的敌人——暴戾的日本法西斯！

另有一份传单写着警告日本军阀的语句："尔等侵略中国，罪恶深重。尔再不驯，则百万传单，将一变为千吨炸弹。尔等戒之！"

这些传单，何等义正词严，何等光明磊落！传单昭告：正义在中国人民一边。日本军阀发动侵华战争，罪恶滔天。日本人民要觉醒，打倒日本军阀。这是中国号召日本人民觉醒起来反战的正义宣言。

中国空军勇士们在九州每个城市的上空投放政治炸弹后，地面上的日本人才仓皇地放警报，突然实行灯火管制。军队赶紧用探照灯光束在空中搜索。可是，这时中国空军勇士们已经飞离那里了。

第二天一早，在落下政治炸弹的城市，警察上街搜寻反战传单。凡市民捡拾到的，勒令上交。光熊本县就收缴了五六百份传单。市民们只敢偷偷地议论昨天夜里发生的事情。日本军方得知这一情况，非常懊恼，立刻规定，必须封锁消息。报纸按规定，不许登载这一消息。

投放政治炸弹的任务完成以后，凌晨4时左右，徐焕升率队返航。在中国雄鹰越过海面飞回祖国的途中，偶尔飞经日本军舰的上空。敌舰发现中国飞机，拼命发射高射炮弹。中国飞行健儿说：日本人是放炮庆祝我们远征日本的胜利吧！

中国空军第一次对日远征成功了！两架凯旋的远征雄鹰，在上午7时12分抵达浙江海岸，8时45分，分别安全降落地面。1404号降落在江西省东北部的玉山机场，1403号降落在南昌机场。两机加油，远征的勇士们稍事休息，于10时半左右向汉口飞去。

上午11点，两架远征飞机相约会齐，同时飞抵武汉。武汉成千上万的民众到机场欢迎远征凯旋的空军英雄。欢迎仪式相当隆重。行政院院长孔祥熙、军政部部长何应钦等亲到机场迎接。中外记者争抢拍下远征日本归来的中国空军英雄们的镜头。欢迎的人群中彩旗挥舞，鼓乐喧天，掌声雷动。

机场上欢迎的人群高呼："中国空军万岁！""中国抗战必胜！"当天晚上，武汉各界与航委会为空军英雄们举行了庆功会。

连日，武汉三镇各界给英雄赠送锦旗、慰劳品和鲜花。锦旗上写着："远征东瀛""扬威海外"。中共中央代表团和八路军驻武汉办事处的负责人陈绍禹、周恩来、吴玉章、罗炳辉等人也前往航空委员会赠旗慰劳。八路军办事处赠送的锦旗上写着："气吞三岛，威震九州。"中共中央代表团赠送的锦旗上写着："德威并用，智勇双全。"周恩来在致辞中说："我国的空军，确是个新的神鹰队伍。正因为他们历史短而没有坏的传统，所以民族意识特别浓厚。而能建树了如此多的伟大成绩，这更增加了我们的敬意。"

中国空军勇士纸弹轰炸日本时，军事统帅蒋介石正在郑州，指导徐州会战参战部队的撤退和抗击日军向豫东的进犯。航空委员会于21日将空军远征的情况简要电告，通过第一战区参谋长晏道刚转呈。

远征日本说明，一方面，中国空军有相当高的技术水平，和很强的战斗意志。另一方面，中国空军投放纸弹，与日本侵略军在中国奸淫烧杀，形成了鲜明的对照。中国空军本来也是可以在日本国土扔炸弹的，但因目的是唤醒日本人的觉悟，不随意伤害日本的平民，表明中国军队是仁义之师。

中国空军远征的胜利，打击了日本法西斯的骄横气焰。过去日本人认为，有能力空袭日本的，只有太平洋对岸的美国。他们根本不把中国军队放在眼里。他们从来没有想到，中国军队会轰炸它的本土。这次纸弹轰炸给了日本人一个教训。

各国报纸多赞扬中国空军对日本的"人道远征"。

英国一家报纸说：中国纸弹"胜于炸弹"，它唤醒日本人民打倒军阀，此事意义极大，且亦饶有趣味。

美国报纸刊登出漫画，把日本在中国进行的野蛮轰炸，和中国对日本仅作"纸弹轰炸"进行对比，说这实在使日本人无地自容。

苏联报纸赞扬中国空军创造了光荣战绩。英国有的报纸说：在日本，凡是不利于政府的新闻一概禁止刊登。假如像这件事一样的新闻从空中掷下，那么日本政府的伎俩就穷尽了。

太平洋战争爆发后，美国《生活周刊》曾刊登过12名全球闻名的飞行员照片，其中就有率队远征日本作政治轰炸的中国飞行员徐焕升，并介绍说：徐焕升是比美军飞行员杜立特更早轰炸日本本土的第一人。

第四章　抗日战争中期的空军作战

1938 年 10 月下旬，中国军队撤出武汉。武汉会战结束后，虽然日本陆军部队已无力大举进攻，但其海军和陆军的航空队依然占有巨大优势，并经常对中国后方城市和军事基地进行轰炸。日本陆海军航空队在华飞机数量很多。到 1939 年 10 月，日本陆军航空队在中国有十个，各型飞机 300 余架。海军航空队有五个，加上加贺、龙骧、苍龙等航母，亦有各式战机 300 余架。至 1940 年秋，日本航空队军力的精锐都集中到中国境内，飞机突增至 800 架以上。

日本陆军航空队配合其陆军地面作战，其海军航空队，则对中国后方城市和军事基地进行轰炸袭击。日本航空队以战略轰炸为主，普遍轰炸中国后方各重要城镇，企图打击中国政治军事中枢，动摇中国政府和人民的抗战决心，摧毁中国军民的抗战意志。其对大后方，尤其是四川省及国内国际运输线进行疯狂轰炸，企图造成大后方运输之瘫痪。然而，日本的轰炸丝毫不能动摇中国军民的抗战决心和意志，相反，只能激起全国军民同仇敌忾。

武汉失守后，中国空军和苏联空军志愿队西移四川成都、重庆和湘西芷江、广西桂林等地。1938 年 11 月，苏联空军志愿队转至修理基地兰州，飞机更新发动机，人员休息。中国空军调至成都、宜宾整训。

中国空军力量本就处于劣势，又在抗日战争初期遭到严重损失。至武汉会战结束后，中国空军只有飞机 135 架，除一部驻川东、赣南，任各地之防空外，主力调甘肃、四川、湖南、广西地区后方基地整训。

1939 年 1 月，航空委员会由贵州迁至成都。5 月在重庆召开空军军事会议，研讨建设和改进空军大计，紧缩编制，充实下级机关。航空委员会领导成员基本保持不变，增加何应钦、白崇禧、唐生智、龙云为委员。以周至柔接替钱大钧为主任，黄光锐为副主任。以陈庆云为首席参事。直隶航委会之参谋长为胡百锡，罗机为副。政治部主任仍为简朴。

空军第一军区司令官为黄秉衡，第一路司令官为张廷孟，第二路司令官为邢剷非，第三路司令官为田曦。兵站监为石邦藩，副监为金家泗。

经 1939 年整训后，空军作战部队共七个大队，一个独立中队，及苏联空军志愿队四个大队，总计各型飞机 215 架。第一、第二、第六、第八四个大队，为轰炸大队；第三、第四、第五三个大队，为驱逐大队。

各大队的队长为：

	任　务	大队长
第一大队	轰　炸	张之珍
第二大队	轰　炸	金雯
第三大队	驱　逐	徐燕谋
第四大队	驱　逐	董明德（后刘志汉）
第五大队	驱　逐	黄泮扬
第六大队	轰　炸	黄普伦
第八大队	轰　炸	徐焕升

中国空军设军区司令部一，黄秉衡为第一军区司令；路司令部三，张廷孟、邢剷非、田曦分别为第一、二、三路司令。1940 年，空军第一军区司令部改为第四路司令部。

1940 年，苏联空军志愿队撤销。中国空军七个大队，只有驱逐机和轰炸机共 160 架，用于支援陆军作战，及保卫陪都重庆和各重要空军基地，及掩护国际交通线。而经过多次作战消耗，至年终仅剩飞机 65 架。

1941 年初，中国从苏联购入一些飞机。但苏联能卖的飞机，性能远不如日本"零式"等型号战机。4 月，成立空军总指挥部，专负作战训练之责。5 月，又设立第五路司令部于昆明（五路分别在重庆、成都、西安、桂林、昆明，各设立路司令部）。6 月，从美国购得 P-40 驱逐机，接着，美国志愿航空队成立。

此时，中国空军作战部队为七个大队，另有第十一、第十二大队及一个独立中队，全年均在训练之中。至1941年底，中国空军共有飞机364架，其中P-40机100架，全部拨交美国志愿航空队使用。

一、1939年中国空军作战

日军占领武汉后，以其陆海军航空队的优势，完全控制了中国大陆的制空权。1938年11月8日，日机18架袭击成都，出动109架次，分六批轰炸湖南各地，被击落两架。到年底一段时间，日机多次轰炸成都、常德、柳州、桂林、宜昌、西安、延安等地。

从1938年12月下旬起，日军航空队多次轰炸重庆。1939年1月15日，日军29架飞机轰炸重庆，中国空军十余架升空迎战，击伤日机四架。

中国空军以有限的战力与日军航空队拼战。1939年起，中国空军主要进行了以下各次战斗。

1. 轰炸运城

自1939年1月起，日军即以运城作为对中国进行空中攻击之基地，集中飞机40余架，屡次对中国西北各地出击、轰炸，目的为阻断我西北方面之国际运输线，切断我物资之补给。中国空军为反击敌之空中攻击，维护国际交通线，决定轰炸运城。1939年2月5日，中国空军第八大队第十队队长刘福洪率领的四架伏尔梯轰炸机，各带14公斤炸弹20枚，轰炸集结于运城机场的日机。当中国飞机飞抵运城上空之际，看到运城机场上有二十余架日机。空军战士瞄准目标猛予轰炸，炸毁日机十余架，但其中不少是日军用木板做的假飞机。日机并未升空迎战，但其高射炮火猛烈。返航时，刘福洪飞机发生故障，失事殉职。其妻陈影凡闻知噩耗，自戕殉夫。

4月11日、29日，空军第一大队大队长龚颖澄率领SB机九架，第二大队大队长金雯率领SB机六架，两度往袭运城，但因未发现运城机场有敌机停留，故仅轰炸破坏机场，并轰炸同蒲铁路及运城火车。

2. 兰州空战

自兰州成为苏联援助中国空军的基地后，日本航空队不断袭击兰州。

1939年2月12日，日机20架到达兰州上空，因遭到中苏空军战机拦截，未敢深入，投下炸弹即飞走，多数敌机被击伤。

2月20日，日机30架，分三批轰炸兰州。中国空军起飞驱逐机队第十七队及第十五队伊尔-15、伊尔-16驱逐机15架，苏联空军志愿队亦起飞上述两种型号的14架战机迎战，共29架，迎击来袭日机。空战中，中苏战机英勇作战，痛歼来犯敌机，先后击落日机九架。日本长机、上田虎雄中队长的座机被击落。

23日，日机20架再袭兰州，中苏各队起飞50架飞机迎击，对侵入敌机予以围歼，又击落日机六架。

日机轰炸兰州屡次失利，日本决定暂停对兰州的轰炸。3月23日，日机又袭击兰州，炸毁了唐代所建寺庙普照寺。

3. 轰炸南昌

1939年春，日军发起对南昌的进攻，中国军队虽积极抵抗，但南昌于3月27日失守。4月22日起，中国军队反攻南昌。5月4日，空军为协助陆军部队反攻南昌，以第一大队五架SB飞机轰炸南昌近郊日军阵地，此为空军配合陆军之作战。地面部队一度攻入南昌市区。但终因日军势强，且掌握制空权，反攻南昌未能达到目的。

4. 轰炸武汉

1939年9月下旬，日军以十万之众，向长沙发动首次猛攻。第一次长沙会战发生。10月3日，空军苏联志愿队从成都起飞九架DB-3式飞机轰炸汉口日军机场，行动机密、神速。日军航空队来不及起飞应战。这次轰炸共炸毁日军驱逐机24架，正在修理中的十余架日机全部被毁。

8月14日，苏联志愿队轰炸机大队长库里申科率机从成都出发，袭击敌占之武汉，在武汉上空与敌机遭遇，当即发生战斗。库里申科座机的左发动机被敌打坏，当飞机返航至四川万县上空时，机身突然失去平衡，不能再继续前进。为了保全这架飞机，库里申科毅然放弃跳伞的机会，将飞机迫降于长江之中。库里申科因连日劳累过度，无力泅渡而光荣牺牲，成为在中国空战中牺牲的第三位苏联志愿队大队长。机组其余二人泅水获救。

10月14日，正当中国第九战区部队对日军进行反击之际，中国空军复以20架DB-3式飞机再炸日军正用于支援长沙作战之汉口机场。日机升空迎战。中国空军击落日机三架，炸毁机场上日机50多架。这阻挠了日本航空队对中国后方和长沙前线之破坏攻击。

5. 支援桂南会战。

1939年12月，中国空军为支援陆军桂南会战，从川、湘、桂各空军基地抽调几个航空大队和苏联空军志愿队，各型作战飞机115架，并以第一路司令驻防柳州，第二路司令驻防桂林，分任该地区空军作战之指挥。其间，空军总指挥周至柔曾亲至桂林、柳州指挥。

二、1940年中国空军作战

1. 配合宜枣会战

1940年5、6月间，日军从湘北、赣北调集兵力，连同原驻湖北部队，分三路进攻襄阳，并伺机进占宜昌。中国空军协助地面部队打击日军攻势。从4月3日起，中国空军袭击岳州，到5月28日，先后7次袭击了华中的日军前线。当时，空军出动了第一、第六、第八三个大队的飞机284架次，轰炸随县、枣阳、钟祥、荆门、当阳、宜昌等处日军，及宜昌机场，配合了陆军进行宜枣会战。

2. 防卫重庆

1940年入夏之后，从5月至8月，日军组织袭川部队，昼夜不断空袭陪都重庆和四川境内各空军基地、各资源重地和重要军工设备地区，企图摧毁中国抗战根据地，毁灭我作战物资，破坏后方生产，打击军民抗战意志，扑灭中国空军力量。中国空军积极迎战。重庆、成都二地之空战最为频繁而激烈。

8月11日，日机90架大编队空袭重庆，空军第四大队大队长郑少愚率27架战机和第三大队两架战机，起飞分批截击日机，但敌众我寡，殊难阻敌袭渝。空军乃先以六架飞机飞临日机大编队上空，然后对准目标投掷空中爆炸弹，先炸散日机大编队，再发动连续之攻击，当时击落日机两架，击伤日机多架。

3. 璧山空战

1940 年 9 月 13 日，日军 30 架驱逐机掩护 36 架轰炸机大举空袭重庆。空军第四大队大队长郑少愚为总领队，率同 34 架战机，分四个编队群，迎击来犯日机。为阻止日机进入重庆上空，中国空军机队飞至璧山上空，截击进犯日机。日机为"零式"和"九七"式两种，性能远优于中国战机。中国空军奋勇与敌苦战，前仆后继，不怕牺牲。总领队郑少愚中弹受伤，中国战机损毁严重，被击毁 13 架，损伤 11 架，阵亡 18 人，负伤 8 人。此战为中日空战以来我之最大的损失。

据日本方面统计：1940 年 5 月 18 日至 9 月 14 日，110 天中，日本陆海军航空队共出动 4355 架次，投弹 2957 吨，单对重庆攻击即达 2023 架次，投弹 1405 吨。日本航空队与中国空军交战，共 607 架次。空战中，日方损失：死 89 人（陆军航空队 35，海军航空队 54），下落不明 22 人，负伤 49 人，受中国军队打击中弹的飞机共 387 架，被击毁 16 架（陆军航空队 8，海军航空队 8）。

三、1941 年中国空军作战

由于空战的消耗，至 1940 年底，中国空军只剩下 65 架战机。而日军在中国保有 800 架飞机，中国空军处在绝对劣势之下，已无力对日军进行空战。1941 年内，中国空军为避免无谓牺牲，除少数几次作战外，基本上采取避战态势。1941 年苏联空军全部撤走，因而中国空军孤军作战，更加艰难。

1. 轰炸宜昌

占据宜昌之日军，为扩大外围，企图夺取中国军队的重要据点，于 1941 年 3 月 6 日，以两万之众渡江西犯，突破中国守军阵地。为阻止日军西侵，中国空军第八大队大队长陈嘉尚率战机六架，对宜昌渡口之敌，实施猛烈轰炸和低空扫射，予敌以重大杀伤，炸死炸伤日军 200 余人，阻滞日军西侵甚久。飞行员高冠才座机掉队在后，赶至宜昌时，被 12 架日机包围。高冠才单机与敌机群搏战，击落敌机两架，其座机终被日机击落，高冠才为国牺牲。

2. 成都空战

1941年3月14日，日本零式驱逐机12架袭击成都。中国空军第十五大队大队长黄新瑞为总领队，副大队长岑泽鎏、第三大队第二十八中队中队长周灵虚分别率领，起飞31架战机，采取重层配置战术，严密戒备，各机群重层配备于邛崃东北与新津之空域待命。日机分为两群，在双流、太平寺两机场低空扫射，五机在崇庆上空掩护。中国空军战机向东迎击，一部分在崇庆上空与日机遭遇，大部分则在双流上空与正在集合之敌机发生战斗，于11时53分，在崇庆、双流上空与日机展开激烈空战，击落日机六架。中国战机被击落八架。黄新瑞大队长、岑泽鎏副大队长、中队长周灵虚、分队长江东胜，和飞行员任贤、林恒、袁芳炳、陈鹏扬等八人壮烈殉国。

黄新瑞头部中弹，迫降苏波桥码头。第十七中队飞行员任贤之机坠于双流南门外。林恒及岑泽鎏副大队长两机，均坠于双流机场附近。分队长江东胜独与日机四架激战，被击坠于双流十二保。周灵虚之机被日机自下方击中，坠于双流。袁芳炳与僚机两架，在崇庆、双流之间遭逢日机六架，两僚机重伤，袁机被击坠于双流东门外。第三十二队飞行员陈鹏扬被击，坠于崇庆。以上各飞行员均与机同殉。黄新瑞因重伤，延至16日不治殉职，时年仅27岁。生前因功授六星星序奖章。追赠中校。

此役中国空军的苏联飞机数量上超过日军，但在性能上远不如日机，故损失严重。因此战牺牲惨重，成都空军司令杨鹤霄又贻误战机，故被撤职。第五大队番号被撤销，改称无名大队，队员一律佩戴"耻"字臂章，以示不忘这次空战的奇耻大辱。

3. 四川其他地方空战

1941年5月起，日机对重庆等城市实施"疲劳轰炸"。5月至7月中旬，日本海军航空队对重庆进行了22次轰炸袭击。中国空军无力阻截。日机广泛搜索，图谋彻底消灭中国空军。中国有些飞机在空中与日机相遇，遭受损失。6月22日，日机53架分四批入川，第二大队第十一队飞行员杨冠英座机在广元受到7架日机围攻，被击落殉国。轰炸总队教官王自信受重伤，训练组长洪养孚座机被击伤，飞行员卢伟英等四人牺牲。

7月27日，日军轰炸机108架分五批袭击四川。第四大队战机九架、无名大队战机七架，自双流与太平寺机场起飞，在璧山与18架日机相遇，当即向日机发动攻击，击落日机一架。飞行员高春畴阵亡。

8月11日，中国无名大队第二十九队副队长谭卓励率战机五架，在温江附近遇日机，击落日机一架，而中国战机被击落四架。副队长谭卓励与分队长王崇士、黄荣发和第四大队飞行员欧阳鼎四人分别在温江、华阳、新津和仁寿被击落殉国。

4. 参与第二次长沙会战

1941年9月，日军又纠集十余万之众，舰艇百余艘，飞机一百余架，发起对长沙第二次进攻。这次长沙会战期间，中国空军支援了陆军作战。

9月23日，正当大批日军进入捞刀河地区，企图对长沙包围攻击之际，空军以第一大队战机九架、第二大队战机八架，由第二大队副大队长姜献祥率领，猛烈轰炸向洞庭湖窜犯之日舰艇，打击日军水上补给及后方联络。29日，日军大部队进入长沙附近。空军复以第一大队战机六架、第二大队战机八架，分由第一大队副大队长陈汉章和第二大队大队长王世择率领，对长沙以北日军进行猛烈轰炸和攻击，摧毁了日军的包围攻势。

第二次长沙会战期间，为牵制日军对长沙的攻击，中国第六战区部队向荆州、宜昌日军发动攻势。10月2日，为配合陆军反攻宜昌，中国空军以第一大队三架战机对日军机场进行了夜袭。

四、日机疯狂轰炸中国大后方

自武汉、广州失守，至太平洋战争爆发这一时期，日本空军对中国后方城市进行了狂轰滥炸。武汉失守后，日军对中国轰炸，发动过五次攻势。第一次，1938年12月至1939年2月，先后四次轰炸重庆，三次轰炸兰州；第二次，1939年4—10月，轰炸目标除四川各要地外，尚有西安、宝鸡、洛阳、平凉、延安、宜川、洛川、南郑、陕县等20余处；第三次，1939年12月10日至31日，主要攻击目标为兰州，使用飞机百余架；第四次，1940年1—9月，日本海陆军航空队出动飞机194架，主要目标为四川，包括重庆、成都、梁山、自流井、泸县、南川、铜梁、璧山等处，以重庆为主要目标，是年5-8月，日军对重庆轰炸42次，每次使用飞机八九十架；第五次攻势，1941年8-9月，主要目标为军工厂。

自1939年5月以后，昆明、桂林、贵阳、西安、曲江等地，亦普遍遭到日军狂轰猛炸，空袭规模越来越大，尤其是对重庆"五三"、"五四"大轰炸，造成军民死伤5000多人，毁坏房屋1200余栋，人民财产物资遭受至为严重之损失。

在重庆遭受狂轰滥炸之后，1939年夏，苏联志愿队苏普伦少校指挥的驱逐机群50架，进驻重庆机场。这个机群中除一个大队使用伊尔-15飞机外，其余全部使用伊尔-16飞机。日军得知重庆防空力量增强后，遂不敢在白天对重庆进行狂轰滥炸。

7月6日，敌机30架夜袭重庆，中、苏空军立即起飞迎战。布戴齐耶夫在追击敌机时，脱离了僚机的掩护，结果被敌机击中阵亡，成为在中国空战中牺牲的第二位苏联志愿队大队长。他的遗体葬于重庆。

1940年，日军加强对中国后方交通线和城市的轰炸。1-2月间，为策应桂南粤北战局，以西南国际交通线为攻击重点，轰炸滇越铁路沿线；3-4月，又着重对浙赣铁路进行破坏；5月以后，日本航空队的"航空进攻作战"，又倾其全力轰炸重庆。从5月18日开始至9月20日，平均每三天一轮轰炸，共轰炸30轮；共出动飞机2000多架次，平均每轮出动70架次；投弹2000多吨；轰炸目标，有政府机关、军政首脑部门、繁华市区、民宅、学校以及外国使馆和通讯社、报社等。7月4日，国立中央大学、省立重庆大学均被轰炸。8月19日、20日大轰炸，毁商店房屋2000余座，巴县县城只残留五分之一。10月以后，英国重开滇缅路，为阻止中国从该线输入物资，日军乃对滇缅路猛烈轰炸。

1939—1941年，日军对中国后方空袭情况统计如下：

年　份	空袭次数	日机架次	投弹枚数	空袭中死亡人数	空袭中受伤人数	损坏房屋间数	被击落日机数
1939	2603	14138	60174	28463	31546	138171	31
1940	2069	12767	50118	18829	21830	107750	15
1941	1858	12211	43308	14121	16902	97714	14

五、面对"疲劳轰炸"，中国军民决不屈服

1941年，日军对中国后方继续实行所谓"战略轰炸"，甚至对不设防城市、文化区亦进行轰炸，四川偏远的松潘、忠县亦未能免。日机并对重庆连日轰炸，且日夜不断。6月5日，因日机连日"疲劳轰炸"，致发生重庆大隧道惨案，民众死伤惨重。

是日，日机夜袭重庆市，较场口大隧道防空洞，拥塞了太多的人，因无通风设备，隧道内缺氧，发生了大窒息惨案，死伤数千人。惨案发生，舆论哗然。6月7日，蒋介石下令：所有负责当局，难辞玩忽之咎，防空司令刘峙、副司令胡伯翰、重庆市市长吴国桢着即革职留任。

7月28日至8月31日，36天内日机轰炸14次，出动2389架次，平均每轮160架次，投弹达1500余枚。8月7日、9日、12日、13日、19日，重庆市遭受昼夜不停轰炸达一周多，故称为"疲劳轰炸"。8月29日、30日，日机还多次轰炸了中国统帅部黄山官邸，企图炸死蒋介石和宋美龄。

日本的空袭不仅未能摧毁中国人民的抗战意志，相反更加激起了他们的抗战热情。

1939年5月9日英国《泰晤士报》发表《重庆之屠杀》一文说："日机向重庆人口最密集的住宅区投弹，死者几乎全为平民——如此大规模之屠杀，实为前此所仅见。经过这次轰炸之后，日本也许晓得此种手段，不特未能屈服

中国，且只增加中国之抵抗意志。"蒋介石说："中华民族的正气，自古以来，都是在遭受异族侵略时迸发出来的，任何残忍暴行都不能使我们屈服。"

1939年"五三"、"五四"大轰炸后，重庆南开中学原定的运动会照样于5月6日、7日举行。著名教育家、南开中学校长张伯苓在开幕式上慷慨陈词："敌人想威胁我们屈服，我们偏不怕他威胁！我们规定要做的事，必须要照着规定的去做！我们要干到底，顶到底！"著名的实业家、重庆市自来水公司总经理胡子昂说："敌人企图以狂炸毁灭重庆，纯属梦想。"大轰炸后，许多报社及其设备被毁，5月6日，重庆各报坚持出版，出了"联合版"。

1940年6月30日，重庆市临时参议会通电："七十万重庆市民早已准备以最悲壮最沉痛之精神，接受敌机轰炸……吾人自当各守岗位，屹然不动，尽心竭力，以支持政府持久抗战之国策，直至最后胜利而后已。"

1940年9月6日，国民政府明令定重庆为陪都。在日机狂轰滥炸下定重庆为陪都，更有重大的意义。1942年英国驻华大使薛穆爵士称赞重庆："自日本开始进侵中国，迄今已有五载，中国仍屹立不移。"重庆"足以象征中国不屈不挠意志与决心"，亦"联合国家所有振奋之精神之象征"，重庆民众"甘冒危险，忍受痛苦"，"重庆之民气仍极高涨"。

六、中国后方的防空

日机的轰炸，加重了中国军民防范空袭的任务。中国防空力量薄弱，高射炮火器落后缺乏，只着重于重庆、桂林、衡阳等地防空。后加派兵力至贵阳、昆明、自流井等处，并于邕（宁）龙（州）路一带及第三战区，先后调派部队，随同野战军作战。

此时空军作战损失过重，补充困难，后方城市主要靠地面防空部队苦力支撑。中国防空部队英勇抗击日机侵袭。日机轰炸开始前，中国高射炮的炮火极为炽烈。1940年8月28日，中国28架战机迎战，撒下用降落伞维系的漂游炸弹对付日机，进行防空。日军空战士兵感到："重庆上空不好对付。""敌战斗机的攻击多来自前方，第二次回头再攻，来势很猛。""靠轰炸粉碎重庆政权的抗战意志，不那么容易。"

当年参加对日防空作战的郭春田有一段回忆。郭春田1934年考进空军军官学校第七期，卢沟桥事变后毕业，正好赶上作战。抗战期间，他在桂林、芷江、成都、重庆等地上空多次参加对日作战，曾经与战友合力击落有日本"轰炸天王"之称的奥田大佐。

郭春田清楚记得：那是1939年的11月4日，当时，他的部队驻守在成都。那天上午，传来空袭警报，有27架日本重型轰炸机从汉口起飞，经宜昌、万县，向轰炸目的地成都前进，企图绕到西边进入市区投弹。中国飞机立即起飞迎战，在敌机投弹前，编成分队，进行梯队攻击。

郭春田说："我是跟副机长，二号机，攻上去以后就离敌机很近了，眼睛看着红太阳（旗），我们眼睛都红了。我一直攻击。我们的副队长叫董存凯（音），我眼看着他一团火下去，我就紧跟着他，其实我的飞机也中弹了。我第二次攻击的时候就看见一架E-16，我的飞机是E-15，我们俩一块攻击。我一看它一团火下去了。后来我才晓得他是我们八期的同学段文音，是我亲自看着他被打下去的，心里那个难过。我就继续攻击，结果把自己的油量都忘记了。攻击到后来，我没油了，我迫降在外边。"

据郭春田介绍，当时中国空军使用的是苏联的飞机，无论在性能上还是在数量上都比不上日本飞机。他说，每一架日本轰炸机都有至少12挺机关枪，可以从不同方向射击，而我方的机枪少，射程又和敌人差不多，必须进入火力网才能打到敌机，所以打轰炸机非常危险，一上天就可能回不来了。他航校同期的同学中，有46人飞驱逐机，四分之三都阵亡了。战后幸存下来的十几个人多数也都负过伤。但是他说，在1939年11月4日那次空战中，不可一世的日本空军却吃了个大败仗。据当时统计，日军损失了至少十架轰炸机，后来找到了三架日机残骸和日本天皇送给奥田大佐的一把指挥刀，上面刻着"轰炸天王奥田大佐"的字样（后来证实是邓从凯击落的）。这一仗，中方损失了三架飞机，郭春田的飞机也被子弹打穿了十几个洞，不得不迫降在一个河滩上。迫降后还发生了一段小插曲。

郭春田说："迫降以后，因为我们穿的服装很特别，老百姓以为我是日本人，他们没看到过中国飞行员穿什么衣服。我看到这个敌视的情况，马上掏出手枪来，制止他们前进。我说，你们这里面有没有人认识中国国徽的，有一个十二三岁的小学生说，'我认识。'我说，'你一个人过来，旁人不要动。'他跑过来，我说，'你看看，这上边是什么东西？'他说，'这是国徽，我认识。'我说，'我是中国飞行员，你告诉他们，我是中国飞行员。'这才解除了危机。因为我们迫降在外边被打死的同学有好几个，都是（被误）以为是外国人。"

他能活下来完全是靠运气。他说，当时女孩子找空军飞行员谈恋爱的人不少，但是大家都不敢结婚，因为随时有阵亡的可能。就是这样，大家还是争先恐后地出任务。他说："没有一个说是我怕死，这个任务我不去了，没有说不去的，只有争先恐后地去出任务，着急去和日本人作战。假设是今天该轮到我出这个任务，而队长没派我去，（我）会找队长去吵架，'你为什么不派我，你瞧不起我？以为我怕死啊？'那时候，没有一个说怕死的，这证明中国的空军训练教育非常的成功。"在抗战前期几年里，由于飞机性能差和飞行员经验不足，中国空军伤亡比较大。珍珠港事件后，中国接受了美国援助的飞机，局面便大为改观。后来有了P-51野马式战斗机，日本人就更是屡屡吃亏，望风而逃了。

岁月的流逝和生活的安逸，并没有使这位抗战英雄忘记当年为国捐躯的战友。他说："想起我们的同学、阵亡的同学，想起来我就很难过。因为他们的身体都是非常的标准，要不是日本人来欺负我们，空战阵亡，他们现在还不是好好的活着，还不是和我一样。他们身体都好得很，想起来，到现在我还是恨日本人。可是兵法上有一句话，哀兵必胜，就是他们欺负我们太厉害，我们就是拼了命也要和他打一仗。"

中国后方城市广建防空洞，设空袭警报，以防日军轰炸。至1940年，重庆已有防空洞1865处，可容444988人。

为了防止日机空袭，重庆市区疏散人口，1939年"五三"、"五四"大轰炸后三天内离开市区到乡间者达25万人。

1941年，中国将从国外购买7.26厘米高射炮20门和4厘米高射机关炮3门，用于增强重庆、成都、昆明、兰州各重要城市之防空，并将自美国购到之 1.27 厘米高射机关枪一批，装备成立炮兵第四十八团、第四十九团，分别用于川鄂一带和滇缅路沿线防空。这一年受空袭之损失较上一年有所减轻。

第五章　抗战后期中美空军并肩抗日

　　1931 年九一八事变发生后，美国对于日本侵占中国东北是不满的，后来明确表示"不承认"方针。英法主导的国际联盟虽然同情中国，但软弱无力，只是在道义上反对日本对华不断侵略扩张，最终逼使日本退出国际联盟。随着日本侵华步步深入，尽管美英同情中国，但无意介入中日之间的战争冲突。

　　1937 年中日战争爆发，国际联盟仍然只是在道义上支持中国，而并无实际上援助中国的行动。美英甚至对日本侵华战争中伤及其自身利益的行径也采取妥协态度。1937 年 12 月 12 日，日本炸沉行于长江江面上的美国军舰帕奈号船，美国也只是提出抗议。美国政府严守"中立法"，还允许本国企业继续向日本输出军需物资。

　　抗日战争初期，中国政府和德国、意大利，军事关系密切，许多顾问是德国将军，许多军火购自德国和意大利。英国政府姑息日本，美国孤立主义盛行，都对中日战争采取中立政策。随着日本侵华战争不断升级，德日勾结，中国外交重点置于苏联英美方面。

　　随着中日战争的进展，日本武力侵入华中华南，并宣称要建立"东亚新秩序"，排斥英美在华的地位和利益，甚至提出"谁是西太平洋的主人"，充分暴露其妄图独霸中国的狰狞面目。由于美英与日本在太平洋西岸的均势已经被打破，矛盾日益加剧，经过中国的外交努力，1938 年 12 月和次年 3 月，美、英先后开始对华贷款，美国对日采取"道义禁运"。1939 年 7 月，美国向日本发出预告，将废除美日商约。1940 年 7 月，美国颁布对日禁运军事物资、武器弹药、战略物资和飞机零件装备。1941 年 7 月，日本决定"南进"，日军进入印度支那南部。美国随即宣布，冻结日本在美国的全部财产。8 月，美国对日实施包括石油在内的全面禁运。

美国对于中国，则继续供给贷款。1940 年 11 月 30 日，日本宣布承认汪精卫政权的当天，美国宣布对华提供一亿美元的巨额贷款。12 月 29 日，美国总统罗斯福发表讲话，提出："我们必须成为民主制度的伟大兵工厂。"

1941 年 3 月，美国国会通过了"租借法案"。其实质，就是向反法西斯国家提供军事物资。罗斯福宣布"租借法案"适用于中国，并说："保卫中国是保卫美国的关键。"正是在援华抗日的方针下，1941 年 4 月 15 日，罗斯福签署密令，容许美军脱去军服，组成陈纳德的志愿航空队"飞虎队"援华助战。

1941 年 12 月 8 日，太平洋战争爆发后，中国与美英结成反法西斯同盟，美国更大力援助中国抗日。美国还派遣空军，从战略战术上与中国并肩抗战。它是中国在二次世界大战中最重要、最得力的盟国。

一、陈纳德来华，参与中国空军抗战

美国空军援助中国抗日，与陈纳德密切相关。

陈纳德（Claire L. Chennault，1890—1958），是美国的一位飞行教官，1937 年初，他已 47 岁，从美国航空队退役，军阶上尉。一个偶然的机会，经中国中央信托局美国顾问郝布列斯克推荐，航空委员会秘书长宋美龄聘请了这位长相酷似"老鹰"，又充满剽悍之气的老飞行员，到中国任空军总教官、总顾问。此人二战前就曾首创"空中优势"理论，但不为当时的同僚所理解。来中国后，陈纳德尽心尽意，参与中国空军的训练与作战，指挥上海、南京和武汉的对日空战。后来组建并主管"飞虎队"，直到抗日战争的胜利前夕（1945 年 8 月 1 日）。

经过八年抗战证实：这一聘请是"伯乐识马"。因为，他将一个由 250 人和 100 架飞机组成的航空队，发展为一支 2 万人和 1000 架飞机的、战无不胜彪炳青史的铁军。

1937 年 4 月 1 日，陈纳德从旧金山启程来华，6 月初才抵达中国。他到中国后的首要任务是考察中国空军的现况，以便对航空委员会提出整建中国空军的计划。一个月后，当陈纳德在洛阳中央航空学校分校考察时，卢沟桥事变爆发，中日战争开始了。

鉴于中国政府的信任和宋美龄的赏识，陈纳德决心为中国抗战效命，且不论身份。军事委员会委员长蒋介石邀陈纳德到南昌，参与指导该地战斗部队的最后训练和改进防空建设的筹谋。

7 月底，陈纳德协助在南京、上海、杭州三个据点间建立空中警报网。这种空中警报网起初借电话及电报联系传递而构成。

"八一三"淞沪抗战开始后，陈纳德协同策划中国空军对日作战，派飞机轰炸黄浦江上的日本军舰，轰炸日本海军驻沪陆战队司令部。后日机渐占优势，陈纳德谋划以有限的空军飞机，夜间俯冲轰炸日军兵舰。

从 1937 年底开始，苏联空军志愿队参加中国对日空战。陈纳德负责与苏联空军志愿队指挥官阿沙诺夫和航空委员会主任周至柔、副主任毛邦初等制定作战计划。此外，1938 年 4 月后，陈纳德还在昆明中央航空学校主持空军战术训练。

二、中国空军美国志愿航空队的产生

经过两三年对日作战，中国空军力量消耗几尽。1939 年 8 月 23 日苏德签约后，苏联就逐渐撤除对中国的援助；1940 年 9 月，日本与德意两国结成军事同盟。与此同时，美国援华抗日态度明朗。蒋介石迭令中国驻美使馆，向美国政府提出警告，促其了解中美两国在太平洋的共同利益关系，迅速予中国有力之援助。此时宋子文早已在美国寻求贷款和美援。10 月，蒋介石提出向美国洽购飞机，并聘用美国飞行人员的设想。对美交涉初见端倪，美国有意准许其志愿飞行人员来华助战。蒋介石闻讯，除令驻美代表宋子文加紧催办购买飞机外，于 10 月 18 日召见美驻华大使詹森（N. T. Johnson），当面催促，以期美机和志愿人员早日来华。11 月，蒋介石派陈纳德和航空委员会副主任毛邦初赴美联络协商。这是筹划组建空军美国志愿队的开始。

1940年12月19日，罗斯福总统批准对华军事援助，将原拟由英国购买的P-40战斗机100架转让中国购买。这批飞机于1941年4月底由挪威船承运，6月底运抵缅甸仰光。

接着，陈纳德在美国各地陆海军基地内，招募志愿来华参战的航空人员，共募得包括飞行、空勤、地勤、行政、医务人员在内的289名。罗斯福总统签署命令，准许应聘者辞去其军职。

美国志愿人员第一批于1941年6月初搭乘荷兰货船，在美舰护航下自美启程，7月28日，首批美国志愿人员到达仰光。陈纳德于7月8日返回中国。

1941年8月1日，中国空军美国志愿队（American Volunteer Group，简称A.V.G.）正式成立，由P-40战斗机100架组成，编为三个中队。蒋介石特派陈纳德任中国空军美国志愿航空队司令。

三、飞虎队的战绩和传奇

"中国空军美国志愿航空队"，在滇缅战场作战100余次，几乎每战必胜，很少有败仗。它最初有时和英国空军合作，维持仰光通云南的滇缅公路交通线；后来它主要保卫昆明和怒江防线，阻止日军继续向云南进攻，并多次袭击泰国和越南的日军机场和军事要地，从成立至1942年7月回归美军编制时，共击落击毁敌机294架，成为令日军闻风丧胆的"飞虎队"。

1941年12月20日上午9点18分，由警报网传来中国空军参谋王叔铭的通报：敌轰炸机10架，由越南侵入我国云南地区。陈纳德得到情报后，立即派出24架飞机迎敌，以第二中队（熊猫中队）队长杰克·纽柯克带领8架飞机担任空中拦截任务，以第一中队（亚当和夏娃中队）队长罗伯特·桑德尔带领16架飞机为预备队，等候在昆明西部上空。

10点10分，日机群在呈贡上空与纽柯克中队遭遇。日机匆忙扔下炸弹后仓皇逃窜。10点35分，敌机逃至罗平县属之三江口被桑德尔中队包围，发生激烈空战。艾德·雷克特首开纪录，打下一架敌机。是役，美国志愿队击落日机 3 架，重伤 4 架，这是美国志愿队来华后第一次参战的光荣纪录。

12 月 23 日，日军 54 架轰炸机在 12 架 97 式战斗机和 8 架零式战斗机掩护下，袭击仰光。奉命协助英国皇家空军驻守仰光的美国志愿队第三中队起飞 15 架战斗机，和英国皇家空军的 18 架战斗机布阵于仰光上空，与日机群展开激战。是役，共击落日机 32 架。其中，美国志愿队击落日机 25 架，自己损失飞机三架；英国皇家空军击落日机 7 架，自己损失飞机 11 架。美国志愿队飞行员尼尔·马丁和亨克·吉伯特在空战中阵亡。

12 月 25 日圣诞节，日军再次出动轰炸机 60 架，在 30 架战斗机的掩护下袭击仰光。美国志愿航空队和英国皇家空军各出动 12 架 P-40 战斗机和 16 架水牛式战斗机升空作战。是役，共击落日机 28 架。其中，美国志愿队击落日机 21 架，自己损失飞机两架，无人员伤亡；英国皇家空军击落日机七架，自己损失飞机九架，六名飞行员阵亡。

这三次重大胜利，全国报纸都登于头版头条，也轰动了盟国。飞虎队的出师大捷，使陈纳德的空战理论，被实践证明完全正确，击落日机 63 架的战绩，使否定陈纳德理论的"权威"们只能闭口。

日本空军在两次袭击仰光失利、吃尽苦头后，亦感觉到美、英空军的顽强和善战，遂改变策略，暂停白天对仰光的大规模空袭，而改为夜间偷袭。针对日本空军战略的变化，美、英空军亦调整了战略，白天由美国志愿队出去轰炸日军在泰国境内的空军基地，夜间则由英国皇家空军负责仰光的防空任务。

由于第二次仰光空战后，飞虎队第三中队仅剩可作战飞机 11 架，故陈纳德又抽调第二中队进驻仰光。1942 年 1 月 3 日新年刚过，飞虎队第二中队队长纽柯克即率飞行员大卫·希尔和吉姆·霍华德首次起飞，攻击位于泰国西部边界的达府敌空军基地。4 日，日军派 27 架战斗机到仰光寻找飞虎队进行报复。是役，由于飞虎队收到警报较晚，再加之第一批起飞迎敌的六架战斗机与地面联系的无线电失灵，致使与上空担任掩护任务的第二批八架战斗机失去联系，故第一批起飞的美国志愿队战斗机遭到数倍的日机攻击。是役，飞虎队被击落飞机三架。7 日，飞虎队再次起飞四架飞机袭击了泰国的麦索机场，飞行员查理·查特在飞机受伤迫降后被俘。

1942 年 1 月 22 日，中国最高军事当局为了配合美、英盟军作战，出动中国空军第一、二两个大队的 SB 轰炸机 18 架，由第一大队副大队长杨仲安率领，在飞虎队第一中队桑德尔队长率领的九架 P-40 战斗机掩护下，从云南蒙自出发，袭击越南河内嘉林的日本空军基地。是役，因云雾过大，中国空军采用计时轰炸法，令敌损失惨重。我第二大队第十一中队队长邵瑞麟驾驶的 1982 号飞机被日军高射炮击中，迫降于越南的汶河，因飞机起火燃烧而牺牲。

日本空军为了实施报复，于 1 月 23 日恢复了白天对仰光的空袭。在 23 日至 28 日之间，日本空军共出动六次，每次飞机均在 100 架之上，而其编队已将战斗机与轰炸机的比率改成三比一。日本空军的意图十分明显，欲借机与美、英空军决战，以歼灭其有生力量。在历时六天的空战中，飞虎队共击落日机 50 架，而自己亦仅剩下 10 架战斗机。

2 月 15 日，新加坡失守。日军将其空中精锐部队全部集中于泰国，并增派最新式的海军零式战斗机，加强了对仰光的袭击。2 月 25 日，日军向仰光发起总攻。是日，日军共出动战斗机和轰炸机 166 架，而飞虎队仅有 9 架战斗机应战，加上英国皇家空军的 6 架战斗机，总数为 15 架。是役，共击落敌机 24 架。26 日，日军派出 200 架战斗机和轰炸机，再次空袭仰光。飞虎队以仅剩下的 6 架战斗机升空迎战，共击落敌机 18 架。27 日，由于战局恶化，飞虎队撤出仰光。3 月 4 日，仰光失陷。

仰光失陷之后，飞虎队和英国皇家空军将飞机移至仰光以北约 250 英里的伊洛瓦底江边上的马格威（Magule）进行休整。

3 月 19 日，飞虎队的黎德（Bill Reed）和詹斯德（Ken Jernstedt）自同古出发侦察飞行时，分别对驻毛淡棉机场及距该机场约十英里的辅助机场进行了成功的袭击。20 日，英国皇家空军亦对明加拉敦机场的日军进行了攻击。21 日至 22 日，日军派出 266 架战斗机和轰炸机组成混合机群，对飞虎队和英国皇家空军驻地马格威进行报复性轰炸。是役，日军首批轰炸机 27 架在 20 架零式战斗机掩护下，向马格威机场发动攻击，飞虎队和英国皇家空军各起飞 P-40 战斗机和飓风式战斗机两架迎敌，击落日机四架。但我方停在机场上的一架 P-40 战斗机和 7 架飓风式战斗机，以及所有的勃伦罕式轰炸机均被日机炸毁，损失惨重。当日军第二次来袭时，由于我方雷达被破坏，事先未能得到警报，致使日机飞临机场上空时，我方只有一架飞机起飞作战。遭此次打击后，飞虎队仅剩下三架飞机可起飞，英国皇家空军的25架飓风式战斗机也只剩下四架。

陈纳德在昆明得知马格威之战的惨重损失后，立即将飞虎队后撤至垒允，并重新组织反击行动。3月23日晨，飞虎队第一中队的六架战斗机和第二中队的四架战斗机飞离昆明，在垒允加油后，于傍晚悄悄降落在靠近泰国边境的两个机场。24日凌晨4点，这些飞机携带电光弹起飞，对位于泰国北部清迈的日军机场进行了袭击，使整个机场成了一片火海。是役，飞虎队的骁将——第二中队队长纽柯克在回师途中，在参与攻击蓝邦—清迈公路上行进的日军时，不幸被日军装甲车上的炮火击中而牺牲。另一飞行员威廉·D·麦加里在飞机被击中跳伞后被俘。

4月8日，日军20架零式战斗机首次袭击垒允，飞虎队11架P-40战斗机和英国皇家空军四架飓风式战斗机升空迎战。是役，我方击落敌机10架，英国皇家空军损失飞机两架，飞虎队停在机场上的两架飞机被炸毁。

4月10日，日本空军出动了三次袭击。首批五架零式战斗机，第二批27架轰炸机，第三批20架零式战斗机，对美、英空军垒允机场进行袭击。

4月17日，中美文化协会在重庆孔祥熙官邸举行盛会，向飞虎队赠送巨幅国画"海鹰图"。赠送仪式由孔祥熙主持，到会的有宋美龄、宋庆龄、宋蔼龄三姐妹，以及美英苏荷等国驻华大使、土耳其驻华代办、印度驻华总代表、美国军事代表团团长马格鲁德将军、英国军事代表团团长勃鲁斯将军、中国空军美国志愿队代表霍华德，还有国民政府党政军代表、陪都新闻界等共计400余人。"海鹰图"由时任中央大学国画教授的许士骐所作，由四幅图合成，上绘海鹰33只，惟妙惟肖。图的右上角有国民政府主席林森亲笔题写的"壮志凌云"四字，下书中美文化协会敬赠。

宋美龄在仪式上发表了题为《飞虎、鹰隼传威名》的演说：

孔会长暨各位朋友：

今天我得以中美文化协会名誉会长的资格，代表本会献给中国空军美志愿队这个纪念品，由霍华德队长代表接受，深感欣幸。没有一个不是怀着爱慕的心理而传诵着"飞虎"的威名。这个纪念品是名艺术家许士骐先生绘的一幅鹰隼。鹰是你们美国的国徽。而其行动时的庄严、敏捷、准确的英姿,一如空中斗士,可以说是空军天生的弟兄。所以,把这幅画赠给空军美志愿队尤其来得适当。

再则,鹰在离地高飞、翱翔空中的时候,往往能高瞻远瞩,毫无错误的发现目标。我空军志愿队也有同样的能力。

据说凡百动物之中,只有鹰,不论是否羽毛丰满,都能正视太阳而且不一瞬。空军志愿队也是如此。你们注视着日本西薄崦嵫的太阳,同时骄傲地浴着我中国旭日初升、温暖光明的光芒。

因此,你们不仅有了猛虎的勇力,现在又增添了空中之王——鹰的诸种特质。

我不想多费时间歌颂你们的功绩,但对于你们战绩的记录,若绝不一提,也是不应当的。记得第一次大战的时候,法国拉斐约德航空队在不到两年的时间之内,击落了五十七架敌机,于是声誉鹊起。可是你们空军美志愿队的战士,在中国作战不到四个月的时间之内,击落了二百架以上的敌机。

……

今天献赠的这个纪念品与锦旗,将为我太平洋东西两岸大民主国家亲密如同胞手足的表征。我又是空军志愿队的名誉指挥,这些礼物足以表示我中国国民,对无畏无怯的本队美籍空中战士的崇敬与钦佩。我尤其感觉荣幸。

宋美龄发表的演讲,正值美国自 2 月 11—18 日发起募集 700 万元救助中国的"中国周",该演讲内容由美国联合广播公司向全美播送,并由美国 400余家电台转播,从而促进了援华募捐活动的积极开展。

4 月 28 日,日本空军为了给天皇次日的生辰祝寿,大举出动。是日,飞虎队早有防备,将所有能飞的飞机全部飞上天空布阵。飞虎队的飞机分别在腊戌和曼德勒的途中与日军机群相遇。战斗结束,飞虎队共击落敌机 22 架,而自己无一伤亡。

然而,飞虎队的战绩并无法阻止日本陆军在陆地上的推进。29 日,日军逼近腊戌。飞虎队被迫将留下待修的 22 架 P-40 战斗机烧毁后,撤退至云南的保山。5月1日，日本陆军进占垒允。

5月3日，日军抵达云南边境小镇——畹町。5日，日军抵达怒江峡谷西岸，整个云南告急。

在我军及时炸毁了怒江上著名的惠通桥后，为了防止日军强渡怒江，确保云南的安全，飞虎队奉命打击日军阵地和运输线。5月8日，飞虎队出动四架装有自制炸弹的新式P-40E战斗机，在四架老式P-40B战斗机的掩护下，对怒江西岸的敌军阵地进行了轮番轰炸。10日、11日，飞虎队又连续出动，对毫无空中掩护的敌军实施轰炸。与此同时，中国空军亦集中所有能飞的苏式轰炸机对滇缅边境的芒市、腊戍、惠通桥、龙陵等地的敌军阵地进行了轰炸。此后，敌我双方隔江相持，直至1944年夏季，中国军队发起反攻，才将日军赶出我国境内。

1942年4月18日，美国的16架B-25型双引擎中程轰炸机在杜立特中校率领下，从海军的大黄蜂号航空母舰起飞，对日本本土进行了袭击。任务完成后，除一架飞机飞到苏联的海参崴着陆外（人员和飞机被扣一年多后才被放回），其余15架都飞到中国江浙沿海一带迫降或坠毁。参加此次行动的80余名美国飞行员和机组人员，除三人失事、五人被俘外，所有人员均被我国当地军民救出，并辗转送至重庆。

杜立特的空袭是日本发动侵略战争以来，本土首次遭到的轰炸，引起日本朝野极大的恐惧和震动。鉴于美军飞机降落在中国江浙一带，并很有可能以江浙的丽水、衢县、玉山等地机场为基地再次轰炸日本本土，日本大本营于21日，以大陆命第617号命令，从其南方军调飞行第六十二战队（重型轰炸机）至南京，飞行第九十战队（轻轰炸机）至广州，后又调独立飞行第八十四中队（双座战斗机）的主力至广州，集中隶属于侵华日军总司令部指挥，以摧毁我沿海地区的机场群。

由于中国战场告急，加之缅甸作战因雨季到来而暂告一段落，飞虎队奉命将主力分别向重庆及以衡阳、桂林、零陵为基地的中国东南部转移。飞虎队的主要作战任务亦随之转移到中国大陆，支援地面陆军作战。

6月12日，日军9架三菱双引擎轰炸机在九架战斗机的掩护下，从广州白云机场起飞，向桂林方向飞来。接到中国地面监视系统的情报后，飞虎队的鲍勃·尼尔即率 11 架 P-40 战斗机升空布阵。战斗结果，击落敌机 11 架，而自己只损失了两架。桂林空战大捷，是飞虎队在归队前打的最后一次大胜仗，并使饱受日机空袭之苦的桂林市民出了一口恶气。此后，空战在华东战场上全线展开。飞虎队不断出击，重点轰炸日军在广州和汉口的空军基地，协助中国陆军部队在江西作战，同时与袭击我军机场的日本空军展开空战。

7 月 4 日，敌 12 架轰炸机从南昌起飞轰炸衡阳，结果被飞虎队击落其中五架。同日，飞虎队还出动战斗机护送 B-25 轰炸机攻击了日军在广州的天河机场。

是日，中国空军美国志愿队奉命改编为美国正规空军部队。

中国空军美国志愿队成立之初，许多美国军事家曾预言：它最多不过战斗三个星期。然而，志愿队却在缅甸、印度支那、泰国和中国战斗了七个月，摧毁敌机 297 架，另外可能击毁 150 架。自己仅有四名飞行员在空战中阵亡，六名为高射炮击中牺牲，三名被敌机在地面炸死，还有十名在空难事故中丧生。志愿队在空战中损失飞机 12 架，在地面损失飞机 61 架（包括在垒允机场主动焚毁的 22 架在内）。

据统计，美国志愿队飞行员的空战歼敌成绩为：R·H·尼尔 15 架半，D·L·希尔 12 架又 1／4，W·N·里德 10 架半，W·D·麦加里 10 架又 1／4，K·A·杰鲁斯特 10 架半，R·L·利特尔（阵亡）10 架半，G·伯架德 10 架又 3／4，J·V·纽柯克（阵亡）10 架半，C·H·奥尔德 10 架又 1／4，C·R·邦德 8 架又 3／4，R·T·史密斯 8 架又 2／3，F·劳勒 8 架半，F·希尔 7 架，雷克托 6 架半，J·R·罗西 6 架又 1／4，J·H·霍华德 6 架又 1／3，J·H·布赖特 6 架。

1942 年 7 月 3 日，即美国志愿队正式编入美国正规空军前一天，《新华日报》发表短评，题为《贺“飞虎”的胜利》，给予美国志愿队援华抗战的成绩以充分的肯定：

我国空军美志愿队来华作战十一月，歼灭寇机近三百架，战绩辉煌。中国人民对之有“飞虎”的佳誉，且经年来慰劳之情，历久不衰，可见中国人民与美志愿队情谊之笃。

美志愿队在空战中的胜利，充分表现出美国空军杀敌致果的精神和熟练的技术。同时也表现出美国制造的军用机的性能确比日寇要好。现在日寇自命为最新的零式飞机，早已是飞虎手下不堪一击的败将了。

现在，飞虎队即将改编为美国派遣在华作战的正式空军。我们祝贺其过去的成功，并盼望美国当局更加强其实力，予敌更大的打击。

"飞虎队"有其传奇故事。

美国作者马丁写道："无论什么时候，要是有人编著一部完整的太平洋战史。那最出色的几章里，总有一章提到美国空军志愿队，他们在中国、缅甸和泰国作战的英勇和本领，已经给盟国立下一些光荣的战绩。"

陈纳德对空军以战斗机主动出击，三机编队配合，高速、灵活地升高俯冲作战的战术作了充分研究，在美籍志愿队和其后美国特遣航空队及第十四航空队的作战中加以运用，屡创佳绩。美国志愿航空队自身损失很小，而击毁敌机很多。其名声大振，中美舆论均赞扬它为"飞虎队"（Flying Tiger 这一称呼的来源，是因宋子文认为，志愿航空队对中国的作用，相当于如虎添翼，故将它称为"飞虎队"）。当美籍志愿航空队于 1941 年底、1942 年初在昆明、仰光作战时，因以少胜多，战果辉煌，中外瞩目，陈纳德某一天接到路易斯安那州家乡友人寄来报道志愿队作战情形的剪报，方知道，他们的志愿队已被称作"飞虎队"。虽然后来志愿队改名为美国特遣航空队和第十四航空队，但"飞虎队"的名称，直到战争结束，一直被广为传扬。可见陈纳德领导和指挥的这支空军队伍深得中外人士的赞许。

"飞虎队"的传奇色彩，还出自这支空军队伍所用飞机上的装饰。陈纳德采用鲨鱼头张嘴的形象绘于每一架飞机的机头图案，这一方面是因为形象凶猛可怕，另一方面，据说日本人害怕鲨鱼。陈纳德利用在飞机上的涂饰，在心理上造成对日军的威慑。这是别出心裁的主意，也增添了志愿航空队的传奇色彩。

"飞虎队"的威勇和灵活作战，屡创胜绩，使日军航空队队员们胆战心惊。这里且介绍"飞虎队"队员海因斯对日军的威慑力，引起日军指挥机构不得不作出欺骗性的宣传，来消除日军士兵对"飞虎队"的恐惧的故事。

美国"飞虎队"的威名远播，日本航空队的飞行员都害怕飞虎队。特别是飞虎队里有个名叫海因斯的，屡屡轰炸日军，炸得日军人仰马翻，日军闻之胆寒。这使日军首领们十分恼怒。为了消除部下的恐惧心理，他们用欺骗的方法告诉士兵："海因斯只是一个老而无用的运输机驾驶员，既不懂空军的战略，更不明白轰炸是件什么事情，用他做轰炸队的队长，足见陈纳德手下没有人才。""海因斯经不起我们皇家空军一击，大和之神的子孙们，大可放心。"一次"飞虎队"在击落的一架日机残骸中，搜出一本日本空军军曹的日记，上面记载着这些训词，而在训词的结尾处，这位军曹却加了个"？"号。

海因斯知道这件事后，微微一笑，提笔写道：

我亲爱的敌人——日本空军：

今天我单独驾驶一架轰炸机，飞安南（即越南，此时已被日军占领）的机场上空，没有驱逐机的掩护，也没有僚机，只带有几吨炸弹，作为赠送的礼物。

我喜欢你们的驱逐机来向我攻击，这样，我才有机会把他们击落下来。我是谁？亲爱的敌人！我就是你们认为的那个"老而无用"的运输机驾驶员。

海因斯书毕，请人译成日文，又找了一家石印店，印了一万份。于是，他就带着传单，驾驶轰炸机翩翩飞向安南（今越南）。

人们在情报室周围静静地等待消息。

"上校回来了！"

海因斯的飞机刚一落地，众人就围了上去。他笑哈哈地说："我炸了他们的跑道和所有的仓库，没有遭到任何抵抗，很可惜，他们的飞机都跑光了。我又在城市上空飞了一圈，消闲地散发传单，然后折转回程。远远地发现他们有两队驱逐机追上来，我开慢车与他们周旋了一阵，他们至少有一架受了重伤。"

"日本人看了你的传单，不知要做何感想呢！"围着他的人说道。

"哈！那只有小鬼子自己知道。不过我想他们至少是啼笑皆非。以后如果再造我的谣，一定不说我是一个老而无用的运输机驾驶员，而叫我是一个恶作剧的魔头了。哈哈！"

四、飞虎队改编为"美国空军驻华特遣队"

太平洋战争爆发后，美国政府即着手进行将中国空军美国志愿队改编为美国正式空军的工作。1941 年 12 月 30 日，美国政府正式下令将美国志愿队归并美陆军空军部队，并派专人前往中国商议具体事宜。1942 年 1 月 19 日，美国驻华军事代表团团长马格鲁德将军在重庆的曾家岩面见蒋介石，洽谈美国志愿队改组事宜。马格鲁德将军提出志愿队编入美国军队的条件：

一、美国志愿空军之合格人员，应按照美国军政部命令，由美国当局指派军官组织委员会，在可能最早期间中，或加委任，或予入册编入美国正式军队，予以适当军职。

二、自该队之司令及委任官员编制完成之日起，此项组织即成为美国军队之一部分，由美国驻中国、缅甸军队之司令官辖之（此为美国远东军队中一单位之名称）。

三、美国志愿空军本为中国应用或用以援助中国而组织，该志愿空军改编为美国陆军之后，此项原来规定之宗旨与任务仍不改变。

四、该志愿空军编入美国军队之日，美国政府同意对中国政府所购器材，予以适当之信用贷款，并对租借法案下为该志愿空军所购一切应用及组织之器材之账目予以取消，以为报偿。

五、中国政府同意对美国之军事行动予以协助，使得应用或为之改善一切可能之军事设备，例如飞行场、根据地、交通区域内之设施、有线无线电、警报网等。此项建设及设备之改善与维持，所需费用，应以谈判适当决定之。

六、甲：兹建议于志愿队编入美国军队之日起，以下列方法解除中国政府代表 Camco 公司与各志愿空军人员间之契约，各志愿兵一年中应得之饷额，其未领取部分，较之美国陆军方面，按照其官级，在同时期中应得之饷额，如有差数，一次补偿之。各志愿兵接受此项一次补偿差数之后，Camco 公司方面对合同所负一切义务即告结束。乙：倘该志愿兵不愿编入美国军队，或不合格编入美国军队，Camco 公司当以彼此同意方式与之商定终止合同之办法。

七、中国空军驾驶员、技术员及其他人员得由美国陆军第二十三驱逐队大队予以委任或入册，按照美国陆军条例，在美国国外服役，并引用美国人员同样服役条款，俾以民主阵线互助与团结精神昭示于世。

同时，马格鲁德将军提出，由中国空军人员组成战斗机和轰炸机各一大队，加入美国空军第二十三驱逐机大队，受陈纳德指挥。其中战斗机大队下辖三个中队，配备战斗机 54 架；轰炸机大队下辖四个中队，配备轰炸机 48 架，由美国提供飞机和装备。

3 月 29 日，陈纳德奉命赴渝，参加由蒋介石主持，中国航空委员会秘书长宋美龄、史迪威将军及其空军助手克莱顿·比斯尔上校等参加的关于美国志愿队改编为美国正规空军的会议。根据宋美龄的建议，会议决定，7 月 4 日为美国志愿队的新旧交替日。

中美政府于 1 月 29 日和 30 日，已商定陈纳德晋升为准将。4 月 18 日，陈纳德回归美国现役军职的准将令正式下达。

1942 年 4 月 23 日罗斯福总统在致"飞虎队"队员的嘉奖信中写道：

美国志愿队的大智大勇，连同你们惊人的业绩，使整个美国为之自豪……

……我们还计划在替补队伍训练好以后，挑选一些志愿队员到美国来，或到其他战场去，把你们的作战经验和训练技巧，传授给那些新建的部队人员。

你们的总统非常关心第二十三大队（飞虎队改编后的新番号）能得到充足的供应，并使之在已经开始的新的关键性战役中，保持战斗力。我对全世界给予美国志愿队的赞誉感到非常自豪，并寄希望于改编后，即投入新的战斗。

7 月 4 日，中国空军美国志愿队正式改编为美国陆军第十航空队第二十三驱逐大队，又称"美国空军驻华特遣队"，隶属于中国战区统帅部。美国驻华空军组织结构如下：

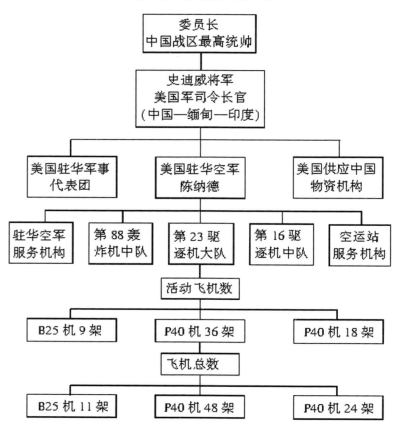

美国在华航空部队组织表

太平洋战争爆发后，日军逐渐减少在中国战场上的空军力量，主动出击轰炸中国后方大城市的行动亦减少。受杜立特空袭日本本土的影响，侵华日军于1942年5月发动旨在摧毁我江浙一带空军基地的战役，其空军力量已感吃力，且只能集中配合陆军作战。中国空军此刻正在美国的帮助下处于恢复、训练阶段。美国空军驻华特遣队一成立，即担当起中国战场上空中对日作战的主力。此时，中国战场上的空中作战亦发生重大转折。即由抗战初期主要围绕保卫重要城市，如上海、南京、武汉、南昌、兰州、广州、重庆、成都等空防而进行，转变为配合陆军作战，并出击轰炸、攻击敌军的后防线。主动出击逐渐多于被动迎战。

美国空军，特别是从衡阳起飞的美机不断轰炸武汉、广州、南昌及九江一带的日军机场、仓库、兵船及兵营等，对日军造成极大威胁。7月19日，美国空军甚至还袭击了日军设在临川的陆军司令部。日本空军于7月27日夜，突然出动大批飞机偷袭我空军基地——衡阳机场，从而拉开了衡阳大空战的序幕。

28日夜，日机再次袭击衡阳。

29日夜1点，日机第一批共三架零式战斗机由西南方向飞抵衡阳，与美国空军两架飞机遭遇，当即发生激烈空战。是役，日机两架被当场击落，一架被击伤迫降；美机一架在返回基地途中，因发生机械故障而迫降于湘江，飞行员爱律逊少校泅水登岸获救。这一夜，日机第二批、第三批来袭，未与我方发生战斗。空袭警报于4点30分解除。

30日晨7点15分，衡阳防空广播电台电告：日机12架从湘潭方向飞来。美国空军当即做好作战准备。约8点，日机飞临衡阳与美机展开空战。此后，日机第二批18架、第三批27架在不到三小时内连续进袭衡阳。次日，日机又分两批，一批23架、一批32架再次空袭衡阳，与美国空军发生激烈空战。

连续数日的空中较量，美国空军给来犯的日本空军以沉重打击。8月3日，美军在华司令部发表战报称：

7月30日凌晨，衡阳上空展开空战，前后达36小时。结果击落日方战斗机及轰炸机17架，另有四架或亦为我方击落。关于此役详情，现可公布如下：

前次企图突破衡阳防空网之日机，共达119架，就其战略判断，可见日方战斗机驾驶员，尚有相当之经验及战斗力。敌人集结性能优越之战斗机及精锐之战斗机驾驶员，旨在消灭此美国空军之前哨站。

此役，我方有大批航空员作战极勇，鲍姆莱上尉击毁敌机三架，阿里逊少校击毁两架，勃莱特少校击毁两架。美国驻华驱逐机队指挥官史各脱上校击毁敌机一架，希尔少校击毁一架，米基尔中尉击毁一架，克洛克中尉击毁一架，姆巴德中尉击毁一架，克林洛中尉击毁一架，谷斯上尉击毁一架。

日机再度进袭之时，希尔少校击落日方领队飞机。

第三次空袭之时，隆巴特及克林洛两中尉为敌人战斗机23架所包围，两人在突出重围之前，曾击落敌机两架。

8月6日下午，美国空军轰炸机在战斗机的掩护下，袭击了在广州附近的敌天河机场。日方毫无防备，被毁飞机十余架。

8日拂晓，美机对敌广州白云山机场及广州的码头和仓库进行了轰炸。美机在投弹后，与日战斗机九架发生空战。战斗结果，美机击落日机一架。

10日，由海因斯上校亲自率轰炸机大队，在战斗机的护航下，远征越南海防。这是美国驻华空军特遣队成立以来，首次对中国境外的日本占领区进行的轰炸。美机对敌之军火库、货运站等设施进行了轰炸，并顺利完成任务，安全返回。

驻华美国空军的一系列胜利，极大地鼓舞了中国人民抗战的斗志。8月9日，《新华日报》发表短评，题为《美驻华空军的胜利》。

同日，中共中央机关报——延安《解放日报》为纪念美国志愿队（即飞虎队）援华抗战一周年发表社论，题为《在华美空军战绩》，对美国空军勇士的国际主义精神进行了歌颂：

最近同盟国空军在我国战场上积极活动，配合我军作战。在广州、武汉、南昌、九江等城市，日寇军事据点均遭空袭，损失不少。而在每次空中遭遇战中，美空军战士都运用大无畏的精神和纯熟的技术，以少胜多，屡建奇功。据已证实的数字，他们击落日机已达二百余架。在衡阳上空的几次保卫战中，共毁灭敌机17架。在临川战役中，美机亦起了掩护我军进攻的作用。当然，这些光辉战绩的获得，不是没有代价的。美空军战士阵亡或者失踪者不下二十人。这些战士，为了国际反法西斯事业和抗日战争，尽了最后的责任。我们中国人民，不特对他们致崇高的哀悼，而且，他们的见义勇为，不惮牺牲的精神，将长留于我们的心坎中。

……

8月14日，即中国空军节第五周年之际，美国陆军航空兵司令长官亨利·安诺德中将致信驻华美国空军总指挥陈纳德准将，对陈纳德的才能和战绩予以充分赞扬：

我要以私人资格奉告阁下：阁下之领导才能，我们三军为之佩慰。由阁下在华作战的殊绩看来，可知阁下之干才、技术和机动性，实已树立一个良好的楷模，而为全世界公认为空军司令真正的成就。

我要奉告阁下，由于阁下于最艰苦任务中完成优越的表现，并已有一个广泛地影响到全世界之具体例证，因之我正努力于登记所有以前为志愿队战斗员而现在美国的人员，加入美国空军部队。

我们征召这辈孩子，旨在使阁下所教育出来的人们的技术、经验与能力，不致不能为军队所用。我们已向他们保证，只要他们始终服役，他们绝不致于被降低他们希望保有之阶级。

我打算最初使他们加入轰炸机，仅使少数加入战斗机训练班，使其更能深造。

我相信，如此安排将使阁下之部下于世界各处出现。果如他们能发挥阁下栽培之天才与精神，阁下将看到，阁下的领导能力，对于空军具有世界价值。

五、陈纳德的空军作战计划

此时的陈纳德将军正在全面参与中、美空军夺回在华制空权的计划，并就中、美空军作战区域的划分和配合，以及兵力的布置等，与中国空军当局一道拟定了《中国战区空军配置计划》。该计划成为中、美空军联合在中国战场上开展空中大反击的行动指南。此外，陈纳德又酝酿着一个更大的计划，即单纯依靠空军力量的加强，实施空中打击，从而迫使日本投降。

10月初，陈纳德通过来访的美国总统私人代表温德尔·L·威尔基致函罗斯福总统，详细阐述了他的从空中击败日本的设想。这是个很有意义的计划，特全文录下：

总统暨美军统帅特使威尔基先生：

您对我说过，您不但是总统兼美军统帅的政治代表，同时也兼负军事方面的使命。因为您曾命令我把中国境内抗日军事行动的开展情形向您作一直接的报告，所以我将一切分列报告如下：

一、在中国境内是可以击败日本的。

二、我们能以规模这样小的空军把日本打败，在别的战区会被认为是可笑的，然而在中国却是可能的。

三、我若有权来指挥空军的话，对于击败日本有绝对把握。我相信假如我这样做的话，千万名美国陆军与海军士兵都能保存性命，而美国所付出的代价相对来说将是一个很小的数目。

四、我所说的一切都是有根据的，并非虚构。我的自信基于以下一切事实：自1933年开始，我就觉得日本对美国有开战的可能；在军队服役时，我曾利用最宝贵的时间来研究这个问题；我担任中国空军的非官方顾问已有五年之久，也就是以中国空军顾问的名义，与日军作战已有五年之久。在过去的一年当中，最初我是指挥美国志愿航空队，后来是指挥美国驻华空军特遣队，在与日本作战中从未打过败仗。我们这支小小的空军拥有的战斗机数量从未超过50架，对抗的却是整个日本空军。在我指挥下击毁日机300架，另外还可能击落了300架。我确信，一共加起来总数是600架。我们自己只损失了12个志愿航空队的飞行员和4个驻华空军特遣队的飞行员。驻华空军的轰炸机实力只有中型轰炸机8架，而我利用了这8架轰炸机曾出征25次，分别轰炸日军的仓库、军队、船只等，而我们未曾损失过一架飞机，未曾损失过一个飞行员。

五、当我初到中国的时候，中国空军聘用意大利人做顾问，但在美国未参战以前，我已成功地把这些意大利人请走了，因为我相信总有一天我们会和轴心国开战的。我自信得到蒋委员长和所有中国高级官员的充分信任，因为：1. 我是一个常胜将军；2. 我从未向中国人说过半句谎话，同时我不随意许诺，我只答应为他们做我能力所及的事情。

六、我绝对相信，如果让我全权主持美国在华军事工作，我不但可以击败日本，同时可以使中国人永久做我们的朋友。我相信，我能够使中国即便隔了几代之后仍然是美国的一个巨大而友好的商业市场。

七、本来军事工作是简单的，可是臃肿、不合理的军事组织和那些不明了中国境内空战情形的人，却把事情搞复杂化了。

八、为了击败日本，我只需要一支很小的美国空军——105架新型的战斗机、30架中型轰炸机，同时希望以后能有12架重型轰炸机，并要经常保持这样的空军实力，因为我们将会有损失，那些损失应当获得补充。我认为，战斗机需要补充百分之三十，轰炸机需要补充百分之二十。

九、我所以说我能够把日本人赶走，原因是，我自信我的空军有把握把日本空军击溃，时间可能在六个月内，至多也不过一年。我是一个职业军人，这是我的内行之言。实际上，这一观点是基于一个简单的事实。日本的飞机生产能力有限，而我能迫使日本空军按照我的调遣，在我选定的地点与我作战。这步骤若成功的话，我可以摧毁日本空军的战斗力。日本的精锐空军一旦被击败，我们的海军就能运用自如，同时麦克阿瑟将军也能如愿以偿地在西南太平洋上进行反击。我还担保，可以从中国东部的空军基地出发，去破坏日本的主要工业中心区。没有一个国家像日本那样易于遭受袭击。切断日本到它刚刚征服的帝国领土之间的海路，并非难事。一旦完成上述两件事情，从军事上征服日本就轻而易举了。

十、为了能够保持那支小小的空军部队，一定要在中、印之间建筑起一条空运供应线。显而易见，与将要取得的战绩相比，为这条空运供应线付出的努力是微不足道的。这条空运线的建立和维持，比起那美国—南美或是大西洋和太平洋航线，要简单而方便得多了。中、印空中航线和它们相比真是小巫见大巫了，只是需要优良的指挥、优良的管理。我们所需要通过空运来维持我们的空军的物资数目是很小的，我们研究之后将进一步说明其简单性质。

十一、目前用以保卫这条空运供应线的计划，是典型的、正统的、死板的军事思想的产物。它完全缺乏真正利用空军实力甚至基本军事战略的观念，没有真正的军事价值。我将以汉尼拔进攻罗马时，西庇阿·阿斐加奴（注：古罗马政治家和军事家）保卫罗马的方法来保卫这条航空线。西庇阿进攻迦太基，迦太基人只得召回汉尼拔和他的军队保卫迦太基本土。我将打击日本通向西南太平洋的供应线，以此保护空运供应线，然后再空袭日本首都东京。到了那时，日本就会被迫在中国东部及东京上空作战。日本空军绝对没有在同一时间内兼顾印度、缅甸、云南和东京的力量。有史以来，从未有一个能干的将领会用现在这种笨拙的方式来防卫供应线的。美国南北战争的时候，格兰特将军命令谢尔曼将军的军队横贯南方的心脏地区，摧毁李将军的供应，切断李将军的交通线。与此同时，格兰特将军则亲率军队吸引住李将军在弗吉尼亚州北部的军队。一旦李将军的供给线与交通线被切断，他就被打败了，南部联邦也就垮台了。我想在中国利用同样的方式，用空军来打击日本，日本一定得守住香港、上海和长江流域，这些地区对日本能否守住本土是生死攸关的。我们则可以利用世界上最优良的空防警报网，迫使日本人在上述地区进行保卫战。运用这样的策略，我自信能以一对十或二十的比例歼灭日本空军。假如日本空军不肯到我们的警报网控制区域内来作战，我将出动我的中型轰炸机去破坏日本西南太平洋的海上供应线。数月间，日本必定损失大量飞机，日本的领空将失去保障。到那时，我们的重型轰炸机就可以衢州和丽水为基地，从那里出发去轰炸日本本土。我的空军可以把日本的两个主要工业区——东京和神户、大阪、名古屋三角区炸毁。到那时日本将无法向其驻中国、马来亚、荷属东印度群岛等帝国所征服的领地驻军供应军火。这样，中国的军队在中国，美国海军在太平洋，麦克阿瑟也可以从澳洲基地出击，纵横驰骋，直捣敌巢了，而所花代价却是微不足道的。

十二、在进行这些作战的同时，我将保持中、印空运线东端云南省昆明以及沾益、云南驿各地的所有地面设施。假如驻缅日军真的发动大规模的空中袭击，进攻中、印之间的供应线，骚扰中国国内的空中运输，我们可以撤回云南，依靠我在云南建立的警报网，在缅甸上空与日军交锋，歼灭他们派遣的任何部队。

我上述的计划非常简单，不过是经过深思熟虑的。我用了五年时间来发展中国的防空警报网，我毫不怀疑我会成功。

十三、为了完成上述工作，无论如何，我需要有作战上的完全自由。同时，我也要能直接与蒋委员长和中国军队接触。关于后一点，我知道蒋委员长也希望与我直接接触。我在美国志愿航空队作战期间，都是在地面部队先行撤退，我空军基地暴露于敌人的地面攻击之下才开始后撤。如果不是这样，我不会充满信心地做出以上承诺。只有在地面部队撤退之后，我才撤退；并且志愿航空队每损失一架飞机，仍然能换取日本的20架飞机。甚至在那时，如果我有必需的轰炸机与侦察机，也可以不致被迫撤退的。

假如我有权直接向蒋委员长报告一切，我愿在中国进行陆空联合作战。

十四、最后，我愿重复地再说一遍，我的计划如果成功，将不但使中国陆军作战有效，使麦克阿瑟将军乘胜进军，给美国海军在太平洋的作战以决定性的支持，而且能使中国在战后做我们永久的朋友。

美国陆军准将 C·L·陈纳德

1942 年 10 月 8 日

陈纳德的设想，得到蒋介石和宋美龄的支持。这一方面是因为在蒋宋二人的军事战略思想中，空军的制空权占有重要地位。无论是从抗战爆发前，中国最高军事当局制定的对日作战计划，以及抗战爆发后，蒋介石亲自向苏、美两国首脑请求援助远程重型轰炸机，以支持他轰炸日本本土的计划，和 1938 年 5 月中国空军远征日本，撒下百万"纸弹"的实际行动来看，蒋介石均把打败日本的很大希望，寄托在空军身上。甚至在 1942 年初，中国代表团在美国争取广泛援助的活动中，蒋介石还亲自致电其代表团成员，以中国战场陆军作战失败是无空中力量支持，和无空军中国将战败为理由，要求美国多援助飞机支持中国抗战。在这一点上，陈纳德的空中制胜计划恰恰与蒋介石的军事思想不谋而合。而另一方面，如果美国人在中国集中精力于空中攻势，而非如史迪威将军主张的按美国方式改革中国的军队，以致危及蒋介石对军队的控制权。更何况，陈纳德还建议，由美国人训练一支中国空军，帮助中国重建空军，这更符合蒋介石的心愿。

1943 年 4 月底，陈纳德将军与史迪威将军奉命返回美国，于 4 月 30 日参加参谋本部会议。陈纳德在会中力陈：中、美空军用 500 架飞机，在空中大举进攻，就足可消灭大部敌在华空军力量，并予敌船运以极大打击。敌交通线被破坏，则缅甸及中国本部之陆地城市，较易为力。陈纳德并称：太平洋战争，可由不断自中国沿海轰炸日本之方法，迅速获得胜利结束。但是，陈纳德的主张遭到史迪威等人的坚决反对。史迪威认为，在没有打破日本人对缅甸的封锁之前，就在中国建立巨大的空军基地是非常愚蠢的。同时，在陆军力量没有得到充实之前，大举发动空中攻击，也是不现实的。若空中攻击计划实施过早，日本人必将进行反击，而中国陆军以现有之装备和训练，均无法坚守和保护前线各机场。机场一失，则大举空袭日本本部之机会亦将丧失。陈纳德的计划虽得到罗斯福总统顾问霍普金斯和托马斯·J·科里的支持，但终因马歇尔将军和陆军部长史汀生将军的反对而搁浅。

六、中美空军开始联合作战

美国空军援华抗日，受到了中国方面的赞扬。中国空军与美国空军开始联合作战。

1942年10月初，美国空军驻华特遣队得到一批新的P-40K战斗机和B-25轰炸机补充后，又开始了新的行动。10月21日，美国空军首次出击华北，轰炸冀东古冶附近的开滦林西煤矿。10月24日，《新华日报》发表短评，题为《空袭冀东》，称："驻华美国陆军轰炸机队的炸弹，落到冀东古冶附近的开滦林西煤矿上面，这是盟机活跃华北的第一声，真堪祝贺！"1943年1月11日，《新华日报》华北版又发表时论一篇，题为《纸老虎开膛》，对美国空军首次出击华北的意义给予了高度评价。文中称："盟机的壮举，给沦陷区千百万同胞带来了无限的兴奋，祖国五年多的浴血苦战，愈战愈强，已获得盟国实力的援助。盟国的空军，不仅纵横于华南、华中的上空，现在已扬威北国，多少为我铁蹄下呻吟五载的同胞大出一口冤气，使敌人惨淡开发华北的阴谋,多了不少顾虑。"

1942年10月24日，海因斯上校亲率12架B-25轰炸机，在第七十五战斗机中队希尔率领的10架战斗机掩护下，从桂林起飞，轰炸了敌占区香港。敌起飞26架战斗机阻截，空战结果，我击落敌机20架，而自己只损失了一架轰炸机。

10月底，中国空军以有限的兵力，开始恢复作战行动。27日8点50分，中国空军第三大队的A-29轰炸机9架，在第四大队12架新式的P-43战斗机的掩护下，自成都温江机场起飞，于11点55分抵达山西运城机场上空，对敌机场实施轰炸。停放在地面上的 25 架敌机全部受损。我机群于 13 点 30 分降落在南郑机场，经休息和加油后，于 17 点返回温江机场。

11 月 2 日午夜 1 点 10 分，中国空军第二大队出动四架 A-29 轰炸机，自重庆的梁平机场起飞，夜袭汉口江汉关码头。我机于 3 点 50 分抵达汉口上空，依次投弹，于天明返回基地。

11 月 22 日，第一、二大队的 A-29 轰炸机六架、SB 轰炸机五架轰炸了沙市敌机场和码头。

由于驼峰航线空运量的限制，中、美空军的补给较困难，特别是航空汽油十分短缺，故中、美空军在 1942 年底基本采取的是小规模的行动。

11 月 25 日，史迪威将军司令部发表第 52 号公报，就美空军近五日来的作战公布如下：

20 日，曾命中龙陵之弹药库数座，及其附近之建筑物数所。

22 日，出击海防航运根据地，予敌重创。广州以南之三灶岛亦被轰炸，贮藏港澳区域备用敌机之大机棚一所，当已被毁。

23 日，美机复炸广州区域之天河机场，成效极著。日军司令部营房受创，油库数处起火。地上停机七至八架被毁。另有敌轰炸机一架刚一起飞，结果亦坠落。我机于所有出动中，均安然返防。

23 日晚，日机对桂林附近我机场作报复性之袭击。我 P-40 机三架，予以截击，毁敌轰炸机及零式战斗机各一架，又击中另一轰炸机。我 P-40 机损失一架，飞行员闻已获救。

11 月 30 日，史迪威将军司令部发表第 53 号公报，称美国驻华空军继续其最近之空中攻势，曾五次袭击日本之船只、军队集结点和空军基地，效果极佳。

10 月 25 日，我 P-40 式飞机一队，负袭击及侦察之双重任务，飞抵广州。俯冲、轰炸敌 6000 吨货轮一艘，该轮可能沉没。我方损失飞机两架，驾驶员一人获救，一人失踪。

10 月 25 日，我机夜袭汉口。此为 P-40 飞机之首次夜袭。当即轰炸及扫射该地码头。探照灯阵地三处被炸毁。我机两架被猛烈之高射炮火射伤，但驾驶员均安然归来。

11月26日，我B-25轰炸机及P-40战斗机混合编队进袭集中于岳阳及咸宁之敌兵及军用卡车。岳阳江岸落弹，敌军火库一所爆炸，高射炮阵地三处被炸。该地之敌兵营、官兵住所，及汽油库一座，均直接中弹，车站谅亦命中。

咸宁之敌集中点被炸，工厂多座被毁，铁路附近亦被投弹。敌方并无飞机迎战，高射炮火亦无功效。我机均安返原防。

11月27日，我B-25轰炸机队在P-40战斗机保护之下，进袭广州及其近郊，完成美国驻华空军最圆满之战斗机及轰炸机之联合作战任务。

我轰炸机曾在两江中流（黄埔附近）炸沉敌8000吨货轮一艘。另一6000吨货轮，因命中三弹而沉没。并有驳船约100艘，被炸沉没或倾覆。

我护送战斗机队，曾与多数之敌机交战。敌机23架被击落，另有六架可能被击伤。

在歼灭拦击敌机之后，我机冒猛烈之高射炮火，进攻天河及白云两机场，扫射及轰炸停放机场之日机，被毁敌机数目不详。我方所有驾驶员及飞机均安返原防。

此后，由于航空汽油的缺乏，美国空军驻华特遣队暂时停止了军事行动。

七、美国空军特遣队扩编为美国陆军第十四航空队

1943年3月10日，美国驻华空军特遣队奉命扩编为美国陆军第十四航空队，陈纳德任司令。

3月16日，《新华日报》发表短评，题为《祝贺美空中战士》，全文如下：

"为对英勇抗战之中国增加援助起见，美空军已在中国成立一新航空队，定名为第十四航空队，由陈纳德少将指挥。"这是史汀生宣布美国第十四航空队成立之时的宣示。这宣示对于中国抗战的意义，是不用解释的。正如《先驱论坛报》所说，是"主张立即对华空军之援助者之一项胜利"。

当然，我们相信，这种胜利还不过是一个开始。但是，我们对于这个开始，却已具有无限的信心。

美国陆军第十四航空队成立后，先后配备B-24、B-25型轰炸机，以及

P-38、P-47、P-51 等性能优越的战斗机，其力量得到补充。该队扩充后的组织机构如图示：

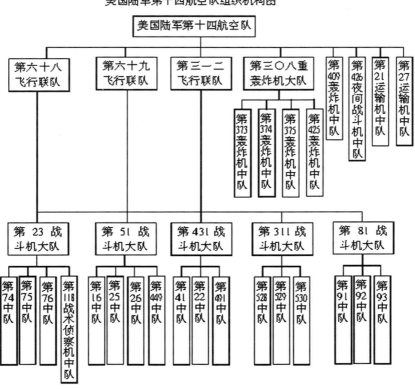

美国陆军第十四航空队组织机构图

1943 年 4 月 6 日，敌 20 架轰炸机袭击昆明机场，被美第十四航空队第七十五中队击落 10 架。

4 月 24 日，敌出动战斗机 44 架攻击湖南零陵机场。29 日，敌又以轰炸机 9 架、战斗机 22 架再次攻击零陵机场。

此时，侵华日军第十一军为了保持宜昌以下的长江航运畅通，并消灭洞庭湖至宜昌长江沿岸的中国军队，从 5 月上旬到 6 月中旬集中 10 万大军，发动了所谓的"江南歼灭战"。为配合其陆军的行动，日本陆军航空队在汉口、荆门等地集结了第十六、第二十五、第三十三、第四十五、第五十五、第九十等战队，共 248 架飞机参战。中国方面则以第六战区的第十、第二十九集团军为主力，在鄂西地区与敌展开会战。同时，中国方面亦集中空军第一、第二、第四、第十一大队及美国陆军第十四航空队共 165 架飞机支援陆军作战。

5 月 4 日，美国第十四航空队出动 18 架 B-24 和 12 架 B-25 轰炸机，在 24 架 P-40 战斗机的掩护下，自昆明起飞，远袭越南河内、海防和中国海南岛之三亚和榆林。在对河内的轰炸中，所投炸弹 75％命中目标，因而被美陆军部长史汀生将军称为"由中国根据地起飞之盟机空前最大及破坏最烈之一次空袭"。

5 月 8 日，美国第十四航空队出动 7 架 B-25 轰炸机在十多架 P-40 战斗机护航下，轰炸日军广州白云机场和天河机场。返航途中，美机群遭日机拦截，发生空战。是役，美机击落日机三架。

八、中美空军参加鄂西会战，夺回华南制空权

1943 年 5 月 31 日，中国陆军第六战区司令长官陈诚将军指挥所部在清江沿岸和石牌要塞一线向敌发动反攻。是日 11 点 20 分，美第十四航空队九架 B-24 轰炸机由成都新津机场起飞，前往荆门机场轰炸。美机经四川梁平与担任掩护任务的中国空军第四大队八架 P-40E 战斗机会合后，于 14 点 30 分抵达目标。由于云层很低，无法对敌机场实施准确轰炸，我机群遂转向宜昌机场轰炸。这时，我机群突遇敌机 30 余架拦截，当即发生激战。空战中，中国空军第四大队击落敌机两架，而敌机围攻美机则因美机队形密集，火网炽烈，徒劳无功。

15 点 10 分，中、美空军机群飞抵宜昌，对敌机场进行轰炸。此时，中国空军的 P-40E 战斗机因油量不足先行返航，而美机再次遭敌机 20 余架拦截，发生空战。是役，经照相证实，中国空军击落敌机两架，击伤两架；美国空军击落敌机 18 架，击伤三架。

是役，中国空军上尉臧锡兰驾驶 2304 号战斗机，在美国空军飞行员艾利生中校所驾驶的轰炸机遭敌围攻之际，不顾个人安危，奋然向击伤艾利生飞机的日机发动攻击，挽救了盟军飞行员的生命。为此，臧锡兰得到美方的称赞，并被中国授予星序奖章。

同日，美国空军另一轰炸机中队，在战斗机掩护下，轰炸了宜昌附近的敌军阵地及船舶。美机一架被敌炮火击中，迫降于洞庭湖沙滩敌军阵地。美国空军机组人员梅耶尔上尉、马泰中尉、杜莱尔上尉、杜曼中尉和贝尔曼中尉等人，在中国游击队的保护和帮助下，经16天的长途秘密跋涉，从敌占区安全返回我军基地。

6月1日，美国第十四航空队出动轰炸机和战斗机，飞往鄂西前线洞庭湖，对正在运动中之日军及供应线基地进行攻击。

6月2日，中、美空军又数次出击，对宜都之敌船队、岳阳附近的白螺矶机场，以及敌军阵地实施轰炸，支持地面部队作战。是日，美空军柯思乐上尉在飞机迫降后，为当地老百姓营救脱险。

6月6日，中国空军第十一大队八架新式的P-66战斗机掩护三架A-29轰炸机，于11点30分左右，飞临聂家河沿岸，对日军炮兵阵地进行轰炸。任务达成后，我轰炸机返回成都温江机场，战斗机则降落于恩施机场。

同日，中国空军第四大队13架P-40N战斗机向设在聂家河的日军前线指挥部发动攻击。不料在任务完成返航时，日军轰炸机8架和战斗机12架利用云层掩护，尾随我机群，于12点40分突然出现在我第四大队基地——梁平机场上空，对我机场实施轰炸。由于我方毫无准备，停在机场的15架P-40N战斗机全被炸毁。此次损失是自1942年底中国空军在美国帮助下重建后，又一次重大的损失。

在敌机的狂轰滥炸中，诞生了中国空军抗战后期的一位杰出英雄——周志开。是役，第四大队第二十三中队队长周志开来不及携带保险伞，即冒着敌机的轰炸，单机强行起飞，与敌大战，并击落敌轰炸机三架。为此，周志开被蒋介石授予青天白日勋章。

是日，美国第十四航空队亦出动飞机，对宜都、宜昌方面之敌进行轰炸、扫射，并与企图拦截之敌机发生空战。战斗中，美第十四航空队飞行员克拉克中尉所驾飞机被敌击伤，迫降于荆门附近敌后。克拉克中尉在当地民众援助下，经四天的昼伏夜行，于10日脱离敌控制区，返回我军阵地。13日，克拉克中尉抵巴东，受到我国军民的热烈欢迎。鄂省慰劳团赠锦旗一面、慰劳金2000元。

15 日，克拉克中尉由巴东抵恩施。16 日上午，中国陆军第六战区司令长官陈诚接见克拉克，对他的英勇行动大加称赞，将此前省会各界祝捷大会献给自己的一面锦旗转赠给克拉克，并赠慰劳金 5000 元。

6 月 15 日，各地日军纷纷夺路而逃，我军奋起追击，终于恢复 5 月 5 日前之态势，取得鄂西大会战的胜利。

鄂西战役的大捷，是与中、美空军的参战分不开的。这也是中美空军首次在抗日战争中大规模地协同地面陆军作战并取得胜利的典范。在鄂西会战中，中、美空军共出动 53 次，战斗机 326 架次、轰炸机 82 架次，击落敌机 41 架，炸毁敌机 6 架，炸沉炸伤敌舰船 23 艘，击毙敌官兵 157 人，击伤 238 人，击毙敌军马 207 匹，击伤 74 匹。

鄂西大捷表明，中国的天空随日机横行的时代已经结束了。

1943 年 6 月鄂西会战结束后，日本侵略军深感中、美空军的威胁，并判断随着中、美空军力量的增强，将扩大作战区域，对台湾及日本本土发动攻击。

为了阻止中、美空军轰炸日本本土，日本大本营于 6 月 7 日以大陆命第 798 号命令分别从关东军抽调战斗机一个战队（飞行第八十五战队），从南方军抽调重型轰炸机两个战队（第八飞行团——缺飞行第三十三战队），由侵华日军总司令指挥，使在华日本空军战力增至战斗机三个战队，轻、重轰炸机各两个战队。侵华日军总司令部拟订计划，准备实施夏季作战，其最低目标为"消灭进入包括桂林在内以东地区的美空军"。然而，具体执行作战任务的日本第三飞行师团则认为"此举未必容易，且并无充分把握"。

此时，美国第十四航空队对兵力进行了重新部署。从 6 月下旬起，陈纳德为了从空中游击战转向进攻作战，并与日本空军一决雌雄，除将一个战斗机中队及第三〇八轰炸机大队留守昆明外，把主力调往桂林、零陵与衡阳一带，使这三个基地的美国空军力量具备了相当大的规模。

7 月 7 日，美国第十四航空队开始袭击广州。8 日，轰炸海防。9 日，第三〇八轰炸机大队对东京湾里的日军船只进行攻击。面对 7 月中上旬美机的频繁活动，日本空军为了保住交通线，从 7 月 23 日开始了反扑，在以湖南为中心的华南上空，与美国空军展开了激烈的制空权争夺战。

7月23日，日军从武汉、广州两地，出动轰炸机和战斗机150架，分四批同时袭击衡阳、零陵和桂林等地。

24日，日军出动轰炸机、战斗机100余架，集中轰炸零陵机场。

25日，日机72架，分五批袭击衡阳、邵阳、芷江和湘潭等地。同日，美国空军也出动飞机袭击了日军在岳阳附近的白螺矶机场。

26日，获得增援的中、美空军开始反击。是日，美国空军轰炸了敌汉口机场、广州和香港等地，并与敌机展开激烈的空战。

27日，美空军再次轰炸汉口，并远征香港和海南岛。

29日，敌机61架，分四批袭击衡阳。同日，美国空军再次袭击香港。

30日，敌机50余架，再次轰炸衡阳，与我空军展开空战。

在华南上空的制空权争夺战中，日本空军明显感觉到其空中优势逐渐被削弱，为了解除自身所受的威胁，加强自身的防御地位，日军企图集中优势兵力，寻找美国空军主力决战，并歼灭之。其空军以大编队，分批同时袭击我方在华南的各空军基地。此外，日本空军采用以战斗机诱使美国空军出击，然后以轰炸机攻击我机场的战术，使我空军飞机无法随时降落，变成与他们一样，处于与空军根据地远距离的情况下作战。

然而，无论日本空军采用了什么样的伎俩，在空战中，美国空军均以饱满的斗志和高超的技术，与数倍于己的敌空军展开搏斗，同时，还不断主动出击，反攻日方空军基地。华南制空权争夺战最后以日本空军的彻底失败而告终。

8月2日，陈纳德将军在美国国家广播公司主持的纪念美国陆军节日时发表演说，宣称过去8日以来，日本空军对华东美国空军前方根据地采取攻击行动，在攻势的最初数日中，来袭敌机多批。其后，我方人员决定采取攻势，奇袭汉口、香港、海南岛和日方其他重要根据地。8日终战成果：敌军飞机损失66架，另46架可能被毁；我方损失八架，然而仅有三人（美方二人、中方一人）在作战中阵亡。

面对驻华美国空军的顽强作战，日军亦不得不承认其果敢。驻上海的日军公开对其记者称："美、日空军的决战，已日趋激烈。目下美驻华空军质量都好，驾驶员的素质，且较南方战线的美空军优秀。他们已由空中游击战，转向进攻作战，将空军主力向前推进，完成与驻华日空军一决雌雄的姿态，并企图空袭日本本土，切断东海方面日本对南方的补给航线。所以日本航空部队已与在华美国空军的旺盛战意，发生正面冲突，其作战的激烈，毫不逊于南方所罗门及新几内亚方面空中决战。"

经数周休整，日本空军再次集结力量，从汉口、广州和香港的机场起飞，袭击在华美军基地。此次，日本空军动用了改良之新型零式战斗机——三菱A6M5战斗机。该机装有两门20毫米机炮，时速可达564公里。美空军亦获得一批时速达700公里的P-51野马式战斗机的增援。双方再次展开中国战场上的制空权争夺战。

10月8日，日本空军结束了其所谓的"夏季作战"。日方担任作战任务的第三飞行团在战后无可奈何地承认："由于敌预警机的加强和战斗机的优势，使我方一直采用的战斗机、轰炸机联合进攻受到阻碍，不易成功。飞行师团只得依靠战斗机单独进攻、各种奇袭和以优秀轰炸机在夜间、黎明、傍晚出击，并实行与此战法相适应的训练。"而中、美空军愈战愈勇，并逐渐将飞行基地向东推进至遂川、赣州、南雄等地区。

九、中美空军组成混合团作战

1943年10月8日，中美空军混合团（China American Combined Wing 简称 CACW）成立。司令部设在重庆的白市驿机场，前线指挥部设在桂林。

11月2日，日军第一一六师团和第六十八师团首先向我驻军发动进攻，从而拉开了常德会战的序幕。

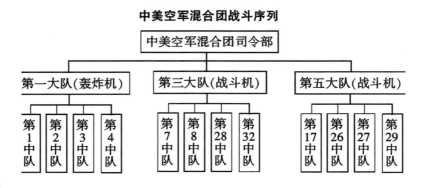

中美空军混合团战斗序列

中美空军混合团司令部

第一大队（轰炸机）：第1中队、第2中队、第3中队、第4中队

第三大队（战斗机）：第7中队、第8中队、第28中队、第32中队

第五大队（战斗机）：第17中队、第26中队、第27中队、第29中队

4日，新成立的中美空军混合团首次出动，由中国空军第一大队第二中队队长谭德鑫和飞行员高锦细各驾 B-25 轰炸机一架，在美国第十四航空队第十一中队的一架 B-25 轰炸机率领下，在福建厦门附近海面炸沉日本油船、炮舰各一艘，在汕头机场炸毁停在机场跑道上的三架战斗机、一架轰炸机。

11月21日上午7点左右，日军战斗机29架、轰炸机9架，在一架侦察机引导下，袭击我军在湖北的恩施机场。驻防该地的中国空军得到警报后，立即派第四大队的三架 P-40 战斗机、一架 P-43 战斗机和第十一大队的四架 P-66 战斗机升空布阵。7点零4分，日战斗机21架首次进入我空军布防区域，与我战斗机发生空战，当即被击落一架。六分钟后，日轰炸机九架在其战斗机掩护下自北向南通过机场，又与我第十一大队的 P-66 战斗机发生空战。是役，我空军共击落敌战斗机三架、轰炸机一架，自己损失三架。第十一大队第四十一中队副队长颜泽光和飞行员张传伟、周福心阵亡。25日，我 P-40 战斗机两架在支援我常德守军的战斗中，将正在指挥的敌步兵第六联队中烟联队长击毙。

11月25日，美机发动了对日军新竹机场的袭击。美国第十四航空队第三〇八轰炸机大队大队长文森特亲自率领 12 架 B-25 轰炸机，各自携带 20 磅炸弹 72 枚、100 磅炸弹 7 枚，在第二十三战斗机大队大队长希尔率领的 8 架 P-38 战斗机和 7 架 P-51 战斗机掩护下，自桂林机场起飞，在江西新建的遂川机场加油后，低空飞越台湾海峡，避开敌雷达的侦察，飞临新竹机场上空。首由 P-38 战斗机对停在地面上的日机进行低空扫射，继由 B-25 轰炸机进行低空投弹，最后由 P-51 战斗机进行低空扫射。是役，共炸毁敌机 31 架，在空中击落敌机六架、轰炸机六架、运输机两架，我方仅有一架轰炸机被敌高射炮火击中受伤。我机群在达成任务后全部安全返回基地。参加这次联合行动的还有部分中国空军人员，他们分别是在第 270、第 268、第 135、第 389、第 369、第 266 号飞机上担任副驾驶的张天民、梁寅和、李衍路、吴超尘、罗绍荫、温凯，和在第 268、第 135、第 136、第 266 号飞机上担任领航任务的周鸣鹤、张树成、傅维善、李颂平。

美国空军对新竹机场成功的袭击，引起了日本朝野的极度恐慌。侵华日军立即将参与常德战场上空作战的第三飞行团之一部，转向攻击我遂川、南雄等机场。11月29日，日本大本营以服部卓四郎（第二课课长）名义，就"扼杀遂川附近敌空军计划"照会侵华日军总司令部，并为了加强在华空军作战实力，于当日发出命令，急调关东军的第十二飞行团（缺飞行第一战队）南下参加对中、美空军作战。同时令南方军协助侵华日军进行航空作战。美国空军袭击台湾新竹机场事件，后来成为侵华日军在1944年发动企图打通中国大陆交通线、占领中国东部空军基地的湘桂战役的导火线。

11月29日，中国空军第四大队第二十一中队队长高又新由湖北恩施机场率P-43战斗机四架，掩护P-40M机一架飞往常德前线，向我守军空投弹药，并侦察常德及洞庭湖之间的日军动态。在途中曾遭遇敌机四批，激战中，我空军击落敌机四架，而第二十一中队飞行员杨枢在空战中失踪。同日，中美空军混合团出击中国东南海面上航行之敌运输船队，炸沉敌大型船只四艘，并袭击了厦门敌无线电台、电力厂和汕头敌仓库和机场。

12月1日，美国第十四航空队和中美空军混合团出动B-25轰炸机13架、P-51战斗机8架、P-40战斗机24架，共45架飞机，于上午11点55分从桂林二塘机场起飞，袭击香港。参加这次联合作战行动的中方人员有第一大队大队长李学炎，副大队长吴超尘，以及梁寅和、萧振昆、罗绍荫、杨训伟等六人驾驶的六架轰炸机，和第三大队中方飞行员驾驶的八架战斗机。据情报称，日军从海上运来战斗机40架已抵香港九龙，尚未卸船，如不及时炸毁，则将对我华南战场造成巨大威胁。故中、美空军联合出动了近几年来最大的空中力量。我机群于当日下午1点57分抵达九龙码头及红磡船坞，当即投弹轰炸。后经地面情况证实，这次行动共炸沉敌大型货船一艘，炸伤待修敌船一艘，炸毁船厂工房多座、重型起重机两台，码头多处起火。我机群在香港上空未遇敌机抵抗，仅有地面猛烈之高射炮火射击。在返航至中山县上空时，才遭遇日军新型零式战斗机10架阻击，空战中，我空军击落敌机两架，自己损失一架P-51战斗机，受伤一架，其余飞机于3点40分安全返回基地。

在常德会战中，常德曾于12月3日一度陷于敌手，但得到增援的中国陆军部队很快在空军的支援下，发动反攻，并包围了敌军，于9日收复常德。

12月23日，日军败退，常德会战以日军的惨败而告终。

中、美空军在11月10日至12月16日常德会战期间，共出动216批飞机，1747架次，其中战斗机1467架次，轰炸机280架次，直接支援地面陆军作战，并以轰炸、扫射在常德、藕池口、石首、华容等地的日军阵地为多。中、美空军在空中共击落敌机25架、击伤10架，击毁地面敌机12架。常德会战中，中、美空军主动出击多于防守，还以大编队深入广州、香港、台湾、海南岛等地，日军沿中国东南海岸线的运输线，遭到自发动侵华战争以来的首次沉重打击。日军在后方的空军基地、日军阵地和海上运输线不再安全。常德会战说明，中国战场上的制空权经一年来的争夺，其主动权已逐渐被中、美空军夺回。

12月14日，抗战中著名的空军英雄，中国空军第四大队第二十三中队少校队长周志开，单独驾驶P-40N战斗机一架，由湖北恩施起飞，前往澧县、石首、华容、安乡一带敌军阵地侦察，不幸遭遇敌机群围攻，坠于长阳县境内，为国捐躯。

12月16日，我B-25轰炸机一架在完成打击敌南海运输线后掉队，当飞经大亚湾上空时遇敌98式轰炸机一架，我机立即追击，将其击落于广九路横沥、平湖间。

12月20日，中美空军混合团第三大队第二十八中队队长郑松亭率张济民、程敦荣、田景祥等驾驶七架P-40战斗机，与美第十四航空队的16架P-40战斗机一道，掩护第一大队的五架B-25轰炸机和美第十四航空队的六架B-25轰炸机，共34架飞机联合袭击岳阳敌军火车站仓库、兵站及运输设施。我机群于12点35分抵达目标上空，投弹直接命中目标，摧毁了岳阳车站及铁路线后，安全返回。

12月22日正午，日本轰炸机18架，在25架战斗机护航下，从越南起飞空袭昆明。美第十四航空队得知敌机来犯的情况后，当即以30架P-40战斗机、一架P-38战斗机升空备战。12点14分，日机飞临机场投弹，并与美机发生空战。是役，美空军击落敌机九架，自己在空中被击落三架。然而地面上损失甚大，停放在地面之B-25轰炸机15架被击中，三架P-40战斗机、七架C-47运输机、一架C-87运输机，以及中国航空公司的三架C-47运输机被炸毁。此役是美国驻华空军自成立以来损失最惨重的一次。

12月24日,中美空军混合团第一大队的林济洋、丁毅严分别驾驶一架B-25轰炸机,从桂林机场起飞,于10点45分左右,在福州至厦门的海面上发现敌运输船队,当即发起攻击,在炸毁其中一艘敌船后返回基地。

同日,美国第十四航空队和中美空军混合团联合出动P-51战斗机六架、P-40战斗机24架(其中五架由中方第三十二中队副队长洪奇伟以及飞行员董斐成、陈本濂、黄继杰、黄胜余等驾驶),共30架飞机,从桂林起飞,掩护美第十四航空队第三〇八轰炸机大队的28架B-24重型轰炸机,组成58架飞机的大型编队,大举袭击广州日军天河机场。下午3点20分,我机群在广州北部上空遭遇敌零式战斗机10架自高空向下的袭击。是役,担负掩护任务的中国空军人员作战相当英勇,很快扭转了被动局面。洪奇伟在对敌攻击中首开纪录,击落敌机一架,陈本濂亦从敌机后下方击落敌机一架。是役,我共击落敌机三架,自己损失两架战斗机和一架轰炸机。中国空军飞行员黄胜余阵亡,黄继杰失踪。美空军轰炸机在广州天河机场的攻击中,炸毁敌机六架,完成任务后安全返回基地。

十、中美空军1944年联合作战

1944年初,中、美空军乘胜追击,大举袭击日军东南沿海的交通运输线。1—3月,共击沉敌250吨以上的船只16艘,毁伤其他船只20余艘。

3月10日,陈纳德将军在云南某空军基地,邀请中外人士数百人聚会,庆祝美国空军第十四航空队成立一周年纪念日。陈纳德将军发表热情洋溢的演说,对中国的抗战必胜充满信心:

1944年3月10日是十四航空队的周年纪念,我们将永远纪念这个日子,因为它是走向最后胜利途中的一块重要的里程碑。十四航空队在美国各大航空队中,算是很小的,但我们所获的成就,即使是比我们更大的航空队也应当引以为荣。让我将过去一年中的纪录告诉你们吧:

过去一年中,我们几乎在整个广泛的中国战区,抵抗数量远超过我们的敌人。每当敌机来犯的时候，我们都让他们尝试那6或7或8，甚至9比1的损失的滋味。

同时，我们也抱着极大的决心，累次出击敌人，获得极大的成功。在扬子江上，在香港、在广州、在汕头、在台湾、在越南各个日本占领下的港口和基地，在泰国和缅甸，他们都听见了我们的机声，吃了我们的炸弹。

虽然我们过去的力量很小，现在仍然不大，但我们的力量都充分地用在最能损害敌人的地方。日本占领岛和日本帝国的海上通路，乃是日本军事系统的命脉，我们累累不厌地刺伤日军的命脉。自从1943年3月10日以来，我们已炸沉了敌船274939吨，可能炸沉或炸伤有282350吨。我敢大胆的预言，总有一天，我们会割断日本的命脉，使它灭亡。

3月10日，中国航空建设委员会主任周至柔发来贺电，赞誉美国空军第十四航空队的战绩"冠绝于世"，称许该队为"世界最光荣之空军番号"。

1944年，日军发动了打通大陆交通线的"1号作战"。为了迎接即将爆发的大战，中、美空军亦进行了紧急调动和布置，分别以梁山、恩施、安康、南郑、重庆、成都等为基地，布置了战斗机十个中队，共120架飞机，轰炸机三个中队，共36架飞机（其中B-24、B-25、B-29轰炸机各12架），用于支援陆军对敌作战；美陆军第十四航空队的主力，则用于保护成都的B-29超级空中堡垒基地和用于缅甸战场。驻重庆白市驿地区的空军行动，由中国空军第一路司令张廷孟指挥；驻成都、安康、南郑地区的空军行动，由第三路司令王叔铭指挥；中美空军混合团的行动，则由驻梁山之副司令蒋翼辅与美国缪斯上校共同协商指挥。

3月28日，驻华美空军詹姆斯·C·阿威克中校率领第三〇八轰炸机队的27架B-24轰炸机，在第二十三战斗机队的10架P-51战斗机护卫下，由桂林起飞，经信阳上空轰炸黄河铁桥，然后安全返回成都基地。

5月1日，驻汉口的日军飞行第二十五战队进袭我汉中机场，事先得到情报的中国空军早已将飞机疏散，使敌扑了一个空。下午，中国空军的三架P-40战斗机袭击了日军在河南的主要空军基地——新郑机场，正在着陆的一架敌机被我空军飞机击中起火。

5月6日，中、美空军出击B-25轰炸机14架，在19架P-40战斗机、12架P-38战斗机、9架P-51战斗机掩护下，袭击了汉口日军机场，并在空中与日机发生激烈空战，击落敌机20余架。

5月7日，鄂中洪湖地区的新四军在沔沙湖营救出跳伞后的美国飞行员白莱德中尉，随后又救出另一名美国飞行员。

5月11日下午，中国空军出动11架P-40战斗机，掩护五架B-25轰炸机攻击洛阳西面的日军阵地，并在返航途中与敌飞行第九战队的飞机遭遇，发生激烈空战。

5月12日，中国空军分批出动，支援正在洛阳与日军浴血奋战的中国陆军部队。是日，中国空军第四大队第二十一中队队长高又新率P-40战斗机七架出击河南洛阳、伊川一带日军。当机群抵达洛阳城西附近上空时，发现日军坦克群，立即发动攻击，炸毁敌坦克十余辆、运输车二十余辆，杀伤大批敌军。是役，中国空军第四大队分队长白熙珍座机在对敌俯冲攻击时不幸被敌炮火击中，白跳伞后被俘殉难。同日，中国空军第四大队的刘尊率五架P-40战斗机，在卢氏、渑池至洛阳一带炸毁日军车多辆，在临汝至龙门间又炸毁敌军车七八辆。

5月30日，日空军由汉口基地起飞，夜袭我梁山机场。

5月31日，日空军出动第十六战队飞机九架、第九十战队飞机七架，于22点43—50分之间，夜袭我安康机场。同日，敌机四架于21时50分至23时38分之间，夜袭我老河口机场。

6月2日，中美空军混合团第三大队第七中队六架P-40战斗机、第八中队五架P-40战斗机，自安康出击郑州敌火车站及附近敌军。到达目的地上空后，我空军以部分飞机在空中掩护，部分飞机俯冲轰炸，共击毁敌机车一辆、火车四列、卡车八辆和停在地面的轰炸机一架。是役，敌零式战斗机四架、东条式战斗机六架赶来拦截。经20分钟激战，我空军击落敌机六架。其中，臧锡兰击落零式和东条式战斗机各一架，王延周击落零式战斗机一架，贺哲生击落东条式战斗机一架；另，美国飞行员击落零式战斗机两架。我第七中队分队长张乐民在激战中迫降商南后失踪。

6月5日，中美空军混合团第三大队八架P-40战斗机自西安起飞，出击河南陕县及灵宝等地日军，炸毁日军坦克、卡车多辆。飞行员刘业祖座机被敌高射炮火击中，迫降于潼关附近殉职。是日夜，日军第一飞行团出动第十六战队的12架轰炸机、第九十战队的四架轰炸机于23时20分至零时31分之间，袭击我西安机场。在进攻途中受我空军阻截，第九十战队轰炸机一架被我空军击落。6日零时至零时18分，日军飞行第九十战队的三架飞机袭击了我汉中机场。

6月6日，中国空军第四大队出动两架P-40战斗机，攻击山西平陆至河南陕县一带日军阵地，炸毁日军坦克多辆。第二十一中队飞行员李霖章座机在俯冲攻击时不幸被日军炮火击中，坠于河南灵宝境内阵亡。

6月9日，中美空军混合团第三大队第二十八中队队长郑松亭率P-40战斗机八架，自湖北恩施起飞，在中国空军第四大队九架P-40战斗机的掩护下，对宜昌两岸日军阵地进行低空轰炸、扫射。此时，突有敌零式战斗机12架前来拦截，与我机发生空战。是役，我空军击落敌机五架，击伤两架，我方损失两架，飞行员张永彰阵亡。

6月10日，中美空军混合团第三大队出动P-40战斗机六架，中国空军第十一大队出动P-40战斗机一架，自西安起飞，攻击河南灵宝县虢略镇日军，飞行员刘国栋在攻击时被敌高射炮火击中阵亡。

6月中旬，河南省大部分地区沦于敌手，平汉铁路已被日军打通，河南战役暂告结束。

在整个战役过程中，中国空军飞机出动119批，中美空军混合团飞机出动181批，美国陆军第十四航空队飞机出动12批，共312批、1916架次。其中战斗机出动1646架次，轰炸机出动270架次。中美空军共击落敌机87架、炸毁敌机79架，炸毁敌桥梁16座、机车22辆、车厢141节、仓库和油库22座、营房1座、各种车辆1931辆、舰船26艘。

长衡会战爆发后，中国军队集结了空军第四大队、第十一大队、中美空军混合团、美国第十四航空队，共计战斗机113架、轰炸机68架参加作战。中、美空军的主要任务是动摇敌军地面作战和打击敌军的后防补给线。

6月8日，敌第四十师团在渡过洞庭湖向沅江方向进攻时，其载有辎重和野战医院等设施的120艘船被中、美空军炸沉90余艘。

6月10日，日军由24艘汽艇组成的部队，在长沙以北的丁字湾向白沙洲偷渡时，正好被路过此处的中、美空军发现，旋即发动攻击，炸沉23艘。

6月17日，驻芷江机场的中美空军混合团第五大队出动P-40战斗机12架，掩护四架轰炸机支援长沙守军，攻击外围敌炮兵阵地。在长沙上空我机与敌零式战斗机相遇，发生空战，敌机被击落三架。我一受伤飞机在返航途中坠落于长沙以西的安化县境内的丛山中，飞行员戴荣钜不幸牺牲。

6月18日，日空军出动30多架飞机轮番轰炸和扫射我长沙守军阵地。在坦克和强大的地面炮火支援下，日军攻入长沙。

日军攻占长沙后，继续沿湘江南下。23日，日军开始进攻衡阳。25日夜，日军以1000余名敢死队员潜入衡阳机场附近高地，于次日拂晓发动突然袭击，攻占了美国空军在湖南的重要基地之一——衡阳机场。

6月26日，中美空军混合团第五大队从芷江基地起飞11架P-40战斗机，袭击益阳沿江一带日军运输船只，并与其空军发生空战，击落敌机三架。我第二十九中队队长林耀在空战中阵亡于湘乡县仙女乡。

28日，日军第六十八师团在南面，第一一六师团在西南，同时向衡阳城发动总攻，企图一举攻克该城。守卫该城的中国军队为第十军，军长方先觉。该军自抗战以来，转战大江南北，屡建功绩，特别是在三次长沙会战中均担任过守城任务。该军在数万日军的包围中顽强抵抗，为中国军队的集结和最后胜利赢得了时间。

29日，中国空军第四大队出动21架P-40战斗机，分四批自芷江机场起飞，轰炸衡阳敌军阵地，以支援守城的陆军作战。是役，分队长陶友槐在低空扫射敌军阵地时，被敌地面炮火击中阵亡。

7月2日，日军在付出巨大伤亡后，暂停了对衡阳的第一次攻击。

7月6日，中国空军第四大队和中美空军混合团第五大队联合出动P-40战斗机11架，由芷江机场起飞，出击湘乡附近的日军浮桥及司令部，并与敌机发生空战。我飞行员何国瑞在空战中阵亡。

7月7日，中国的抗战迎来了艰难历程的第七个年头。面对日军在中国大陆发动的全线进攻，美国陆军第十四航空队司令陈纳德将军特发表文章，对中国军民表示，坚信中国的抗战一定能够取得胜利。全文如下：

今天是日本对你们祖国开始侵略行动的七周年。我们知道联合国的海、陆、空军正一步一步地拉紧了勒在轴心国颈项上的圈套。

自去年"七七"以来，我们已有很大的收获，现在我们已进入了可以直接攻击日本心脏的地区。在过去的七年中，我们的中国同志勇敢奋斗，能在未获得充分的帮助，以驱逐及歼灭敌人之前，使日本人不得逞其征服之野心。

现在时期已经到了。美国已开始进攻欧洲，德国正作困兽之斗。德国一旦被迫无条件投降，盟国便可以全力对付东条英机和他的心腹。然而我们并不要等到那个时候，我们随时遇见敌人，都要予以重大打击。

因为这是激烈的战斗，因为在这斗争中，我们时常感到很大的困难，而我们中间有一些在中国的人，我说你们不但不忠，而且极其无知愚蠢。时期已将到，也许尚不要十二个月的工夫，我们便可能把敌人赶出中国国土以外，使我们两国共享康乐与和平。

所有美国空军人员与我个人，在此共祝我们在前线作战的同志们胜利。愿明年"七七"，敌人已永远被驱逐出你们国土之外。

陈纳德将军的预言"也许尚不要十二个月的工夫，我们便可能把敌人赶出中国国土以外"终将实现。

7月29日，美国第十四航空队在另一次出击岳阳火车站敌军时，飞行员纽尔上尉被敌炮火击中牺牲。

8月2日，美国驻华大使高思致函朱德总司令，感谢八路军在北岳区正太路沿线营救美国飞行员一事。

8月3日，日本第五航空军临时飞行队的第六战队、第八飞行团第十六战队和飞行第四十四战队，出动大批飞机，从午夜至次日拂晓，对衡阳市区及西南高地进行了轮番轰炸。飞机轰炸刚停，日军从城外四周又万炮齐鸣，炮弹向中国衡阳守军阵地倾来。日军第五十八师团从北门，第四十师团从西北角，第一一六师团从西门，第六十八师团、第十三师团从南门，第十三师团从东门分别向我驻军发动了第三次大规模的进攻。

同日，中美空军混合团第一大队奉命出击，轰炸黄河铁桥，切断敌军运输线。飞行员张建功在执行任务中被敌高射炮火击中牺牲。

8月6日，日军第五十八师团终于从北门攻进衡阳城，与我守军展开激烈巷战。8月8日，经48天血战，在敌军付出伤亡12187人的重大代价后，衡阳终于陷落。

衡阳失守后，中、美空军经短暂休整和补充，又开始了更大规模的出击。中美空军混合团第三大队，分别于10日和17日两次成功地奇袭了敌太原机场，炸毁敌机40架，在空中击落敌机三架。

8月19日，日本天皇在京都主持召开了日本第八次最高战争指导会议。会议结束后，日方判断："重庆（中国）将竭力抗战，并力图维持华南方面航空基地，阻止我进攻内地。同时，继续顽强实施打通印中路线之作战。以后随同战力恢复与加强，将实行反攻。""美中空军将继续增加，对日本本土、朝鲜和满洲、华北等要域的空袭及破坏海上交通的企图将更加强。"

20日，日军在"卜号"（即长衡会战）期间战况第8号中作了如下记载："敌空军（指中美空军）出击架次，除调查遗漏外，日平均最少也有115架次，仍以主力向战场，尤其是向我后方补给线猛烈出击。最近我汽车损失日平均达到52辆之多。同时对长江及华东、华南中国沿海我方船舶的攻击正再度激化。"

日军虽然占领了衡阳城，但衡阳上空的制空权却仍然掌握在中、美空军的手中，日空军亦不得不承认："只有黎明和傍晚的仅仅20分钟的时间，可以勉强利用。"

24日，中美空军混合团第一大队出动三架B-25轰炸机，以200米的超低空飞行，将日军以高射炮火网保护的黄河铁桥炸成四段。

28日，中美空军混合团第五大队出动11架P-40战斗机，在韦现科率领下，与美国第十四航空队的13架战斗机汇合后，袭击白螺矶日军机场。13点左右，我编队飞机在石首上空先后与敌30架飞机遭遇，发生激烈空战。结果，中国飞行员张昌国一人击落敌机两架，苏英海、张亚岗各击落敌机一架，美飞行员击落敌机四架。中国飞行员徐滚和另外三架美机在空战中失踪。

长衡会战（5月27日至9月6日）中，中国空军飞机出动349批，美国第十四航空队飞机出动202批，共计551批、4532架次。其中战斗机出动3978架次，轰炸机出动554架次。击落敌机90架，击伤17架，炸毁地面敌机52架。炸毁敌火车站13个、铁路桥梁5座、公路桥梁20座、坦克及各种车辆1858辆，炸沉大小舰船2519艘。袭击敌指挥部16次、机场20次、敌军工事38处，炸死炸伤日军约7000人、军用马匹920匹。

长衡会战后，中、美空军对兵力进行了重新部署：

一、在陕西的西安、安康、汉中及四川各机场加强实力，其主要任务是保卫成都机场，切断同蒲、陇海、津浦及平绥各铁路线。

二、对在汉口西北与西南的老河口、芷江两个华中机场进行扩充和加强，由中美空军混合团驻守此地。其主要任务是：首先破坏黄河桥梁及平汉铁路两侧之日军设备；其次对南京、上海地区的东方区域进行攻击。

三、将美国第十四航空队第六十八联队分为两个部分：总队与两个中队驻昆明以东50公里的一系列新机场，主要任务为支援粤汉路沿线的中国军队，切断敌在中国南部与东南亚的交通线；另外两个中队则朝日军侵占的地区以东转移，进驻赣州和南雄机场，建立起华东航空机动部队，攻击长江上的敌船只，并对上海、南京进行攻击。

中、美空军再次联合，以参加长衡会战的原有兵力与指挥机构，参加了桂（林）柳（州）会战。

9月10日，日军第十一军和第二十三军同时发动进攻。13日，日军占领了广西全州。

9月16日，中美空军混合团第五大队出动16架P-40战斗机，自湖南芷江机场起飞，轰炸长沙北面许家洲敌机场，在途中曾与敌12架零式战斗机在湘潭上空发生空战，击落敌机五架。

9月17日，日军第一飞行团团长小林孝知大佐令第二十二、第二十五两战队联合袭击我芷江机场。日机起飞不久，两战队的领队长机因机械故障中途返航，而飞行第二十五战队队长和僚机却在这次行动后再也未能回到原基地。

9月21日，中美空军混合团第五大队以15架P-40战斗机袭击新市一带地面敌军，与敌零式战斗机十余架发生激战，中国飞行员梁同生、张亚岗、杨少华、林雨生、张云祥各击落敌机一架，美国飞行员击落五架。中国飞行员曲大奇座机在空战中受伤，返航至芷江机场10公里处失事牺牲。

同日，已接到回国命令的日军飞行第二十二战队（使用日本最新研制的四式战斗机），为了给天皇带去一份厚礼，会同第九战队攻击西安我空军基地。结果，日军飞行第二十二战队队长岩桥少佐被中国空军击毙，再也无法回到日本。

9月22日21点15分，美国第十四航空队出动十余架轰炸机夜袭日军汉口、武昌占领区，并炸中敌武昌中央弹药库，引起剧烈爆炸，持续数小时，日军损失了武汉弹药储备量的20%，汽油的15%。为此，日本侵华军总参谋长和第三十四军参谋长受到其侵华军总部的行政处分。

9月24日，中美空军混合团出动14架P-40战斗机，分三批袭击衡阳以北地区。25日，再次分10批共67架次袭击衡阳以北地区。我空军在德庆附近炸中日军运输船队的指挥船"舞子号"，将指挥官小仓外吉大佐炸死。

9月底，敌第六方面军司令官冈村宁次大将赴广州巡视其第二十三军作战时，由于失去空中保护，不得不先绕道飞往台湾，然后飞广州。他前往前线指挥部时，原只需半天的航程，由于制空权被中、美空军掌握着，冈村宁次及其随员五人，不得不分乘三架侦察机，在六架战斗机的护送下，利用早晚短暂时间飞行。陆路乘车也只有利用黄昏，这段路程最后竟花了三天时间。冈村宁次事后十分感慨地称："在空战方面敌人一旦居于优势，我空路交通顿时受阻，只能于早晚进行短暂飞行。此种情况，本年4月在河南作战时我已有所体验。但目前制空权竟已全被敌人掌握，对日军机的猖獗活动几乎束手无策，我方空路交通处境极为艰难。"

9月底至10月初，日本为了与美国海军在菲律宾群岛展开最后的大决战，9月20日以大陆指第2174号命令，令飞行第二十二战队于9月底返回日本；10月9日以大陆指第2216号命令，令飞行第六十战队（重型轰炸机）于10月上旬迅速复归原所属部队；10月13日以大陆指第2221号命令，令飞行第二十九战队（战斗机）于10月中旬返回台湾。于是，日本飞行第二十二战队在 9 月 27 日，飞行第六十战队在 10 月 11 日，飞行第二十九战队在 10 月 14 日分别脱离侵华日军序列，撤离中国。此后，日本空军再也无法与中、美空军较量，而日本陆军则完全暴露在我空军的打击之下。

10 月 15 日，美国第十四航空队轰炸了日军已占领的衡阳机场，炸毁敌战斗机 30 架、轰炸机 12 架。

10 月 27 日，中美空军混合团第五大队出动 16 架 P-40 战斗机，扫射汉口至蒲圻之间的铁路运输线，当返航至荆门敌机场上空时，发现日机正在降落，当即发起攻击，击落日军百合花型战斗机五架、东条机一架，并击毁地面敌机四架。是役，中国空军王光复上尉一人独自击落敌机三架，我方有两架战斗机受重伤，但人员无恙。

11 月 7 日，中国空军出动八架 P-40 战斗机，为六架 B-25 轰炸机护航，空袭山西运城和临汾。

11 月 8 日，日本陆军同时向桂林和柳州发起总攻。11 日，两城同时失陷。17 日，日军突破宜山防线。27 日，日军进抵距贵州边境仅 30 公里的南丹镇。

此时，蒋介石急令第六战区的第八十七、第九十四两军，从鄂西火速赶往贵州黄平、镇远，向西进之敌侧击。同时，又令第一战区第九十八、第九、第五十七、第二十九、第十三等五个军，火速赶往贵阳、马场坪、都匀、独山等地布防。

12 月 1 日，日军第十三师团突破贵州边境防线，向独山猛进。3 日占领独山。5 日，中国军队对孤军突进的敌第三、第十三两个师团展开反攻。中、美空军亦大举出动，协同陆军作战。8 日，中国军队收复独山，并把日军驱逐出贵州境内。

在桂柳会战期间（1944 年 8 月 22 日至 11 月 9 日），中国空军飞机共出动 1386 架次（未包括美国第十四航空队），其中战斗机 1246 架次，轰炸机 140 架次。在空战中，共击落敌机 34 架，可能另击落 14 架，击伤 10 架，炸毁地面敌机 6 架，击毁日军车辆 400 辆，毙敌 4550 名、军马 258 匹，毁敌大小木船 578 艘，破坏敌人阵地、车站、厂房、司令部等 50 处，桥梁 11 座。

豫、湘、桂战役共历时八个月。当时，中国陆军的战力仍然远低于日军，故在这些战役中虽然进行了英勇抵抗（特别是衡阳保卫战，第十军官兵坚守孤城 47 昼夜），但节节败退。中、美空军则英勇顽强，取得辉煌战绩。中、美空军越战越勇，从 1944 年 5 月起，飞机航迹已遍及中国的敌后战场。东北、华北、华中、华南各大城市的敌机场、工厂、矿山、兵营、铁路、车站、桥梁等，均遭到中、美空军的袭击。在出击轰炸中，中、美空军专以日军军事设施为目标，避免误伤人民和建筑物。故每当中、美空军的飞机出现时，老百姓不但不隐蔽，反而登高而望，拍手称快。日本海军驻华报道部部长松岛也不得不丧气地说："一般市民的行动（指中、美空军轰炸时），或驻足乡间，翘首仰望，或登高远眺"，颇表遗憾。日伪《新中国报》于 1944 年 10 月 12 日发表文章，伤感地说"美机的来袭，给予沪市民以颇大激动，大家对美机的幻想更大了"。在敌后，中国军民为了抢救和保护失事的盟机飞行员，无不奋勇向前，甚至献出生命。仅在 1944 年下半年，我国军民就先后营救出包括美国伏赛尔少校等在内的 37 名飞行员。

十一、美国 B-29 型超级空中堡垒进驻成都，轰炸日本

为配合太平洋战场对日作战，早在 1943 年 11 月，罗斯福总统即批准要对日本本土进行轰炸，由第二十航空队，使用最新型超级空中堡垒 B-29 型轰炸机，攻击日本各地重工业区。美国选定印度加尔各答和中国四川成都作 B-29 型轰炸机群的基地。罗斯福请丘吉尔在加尔各答地区建四个飞机场，请蒋介石于 1944 年 3 月前筑成成都地区五处飞机场，美国在租借法案下拨付费用，中国供给劳力和本地物资。

中国从 12 月开始，在成都地区，动员了 29 个县的民工四五十万，用人力和简单的工具，建筑了四个轰炸机飞机场和五个驱逐机机场。不到五个月的时间内，机场的跑道和停机坪，都用鹅卵石槌碎铺成。从新津到眉山，岷江西岸的鹅卵石几乎全部掘取完了，再到东岸掘取。民工用锄头、畚箕、扁担等手工工具，胼手胝足，奋力完成。美国哥伦比亚广播公司驻重庆特派员司徒华评论说，B-29 型飞机起飞降落之机场，全凭手工劳作建成，修筑空军基地所用

人力之多，为二千年前修筑长城以来所仅见。

中国民工为修复在华美国空军基地做了许多工作。美国空军第十四航空队在中国对日作战时，日机经常轰炸破坏美国空军机场。中国民工很快就修好。一次桂林机场遭日机空袭，炸了45个大洞，中国民工在两小时内即填好。陈纳德说：中国人筑好了B-29型超级空中堡垒机场，又替美国第十四航空队遍筑飞机场，从而使航空队能从西藏边境附近出发，深入到华北、华东的日军阵地上空。中国民工为美国空军作战做出了最有效的贡献。

对于B-29型轰炸机攻击轰炸日本作战的指挥，美国将领内部互相争持不下。史迪威企图控制指挥权，不让陈纳德有可能调动这些飞机到桂林或华东基地。英国东南亚战区司令蒙巴顿也要插手。美国最后同意，使用B-29型轰炸机的是美国第二十航空队，由美国参谋团直接指挥，但因基地设在印度和中国，机队行动事先必须获得东南亚战区统帅、英国蒙巴顿勋爵和中国战区统帅蒋介石的同意。中国基地B-29型机队的活动直接由美国陆军航空总部指挥。美国陆军航空兵司令阿诺德将军直接指挥第二十轰炸航空兵团。美国中印缅战区司令史迪威，根据美国参谋团会议的指示，指挥第二十航空队的作战，具体分工为：从印度起飞向东南亚及中国出动时，由美国远东空军司令斯特拉特梅耶指挥；从中国基地出动作战，则由陈纳德和第二十航空队司令乌尔夫商量后，向史迪威建议。

1944年6月16日，美国B-29型空中堡垒机群，由乌尔夫准将带领，从新建的机场飞往日本，轰炸了日本八幡钢铁厂。这是盟国第一次从中国基地出动轰炸日本，也是距离最长的远程轰炸。

此次从成都起飞68架B-29超级空中堡垒远程重型轰炸机远袭日本，美机群中共有47架于23点38分抵达日本的八幡上空，当即向其钢铁厂（其产量占全日本钢铁产量的百分之二十四）投下了500多吨炸弹，使其生产陷于瘫痪。此次远征，是美国空军利用中国大陆空军基地，首次以大编队机群远征日本。从成都飞往日本单程四小时，往返八小时。事先做好准备，如果遇日本飞机纠缠，还要增加航行时间，故备足了汽油。是役，包括返航途中，美国空军损失了飞机七架。未飞抵日本目的地的21架飞机中，有13架参加了对中国的日军占领区的轰炸行动。

7月29日，美国第二十轰炸航空兵团72架B-29空中堡垒，从成都起飞，远袭被日军占领达13年之久的中国东三省，为饱受蹂躏之苦的东三省同胞带去了获得自由和解放的曙光。30日，《新华日报》就美国空军首次轰炸东三省之敌占区特加以报道。报道说：

昨天，美第二十轰炸机队超级空中堡垒B-29轰炸了辽宁省的鞍山和大连，使敌重工业受到打击。

鞍山是我国境内日本军需工业的中心之一。该地生产的铁，居日本生铁产量的第二位，其钢产量，则列第三位，且出化学副产品，如硫酸、蒸木油和氢气等，都是制造军火的必需品。据估计，当地若干设备，遭这次轰炸后，非一年无法修复。按空中堡垒这次行动，是摧毁日本本土和其占领区基本军需生产中心的第四次，也是战争爆发以来东三省的第一次。

这次美机出动，还轰炸了天津、塘沽、郑州。这是历史上最长时间的一次长途轰炸，飞行共12小时之久，大部分时间，都在我国沦陷区。在途中，敌战斗机两架被击落，或有五架被击损。我方损失超级空中堡垒两架。

9月8日，驻成都的美国第二十轰炸航空兵团出动108架B-29超级空中堡垒轰炸机，在李梅少将的率领下，再次袭击了日占区鞍山昭和钢铁厂。日军飞行第九战队零式Ⅱ型战斗机九架和零式战斗机一架，曾于12点零8分至40分，在开封附近截击美军机群，但无法阻止美机的前进。日空军又令第九、第二十二战队飞机在石门与新乡一线布阵截击返航的美机群，未获成功。是日，日军第五航空军司令琢磨下山中将令其第八飞行团，以运城机场为基地，搜索刚返回成都附近的B-29超级空中堡垒轰炸机并进行攻击。入夜，日军第八飞行团团长青木乔少将以飞行第十六、第九十及第六十战队的轻型轰炸机五架，重型轰炸机8架，组成袭击队攻击成都。日军攻击队从23点30分开始，每隔二三分钟出发一批，利用月光，分别攻击了成都附近的我军机场群。

9月26日，美国第二十轰炸航空兵团第三次出动上百架B-29超级空中堡垒轰炸机远袭敌占区东三省。日本空军分别派第九战队、第二十五战队、第一一〇教育飞行团的战斗机在美机群往返的路上（开封、新乡、彰德）拦截。

是日，日军第十六战队的 10 架轻型轰炸机于 19 点 40 分，从荆门机场起飞，于 22 点 46 分至 57 分，分三次夜袭美空军 B-29 重型轰炸机基地——成都新津机场，致使在地面停放的五架 B-29 重型轰炸机受损。

10 月 14 日，美国第二十轰炸航空兵团出动 104 架 B-29 超级空中堡垒轰炸机，在台湾的冈山投下 650 吨炸弹。美机群中曾有五机攻击了汕头，六机攻击了其他临时目标。此役，美机有 12 架迫降，一架坠落。

10 月 16 日，美国第二十轰炸航空兵团再次轰炸了日本占领的台湾冈山和屏东。

10 月 25 日，美国第二十轰炸航空兵团出动 78 架 B-29 超级空中堡垒轰炸机从成都基地出发远征日本，轰炸了设在大村的飞机制造基地。

12 月 18 日，美国第二十轰炸航空兵团从成都出发，以 77 架 B-29 超级空中堡垒轰炸机，分七批轰炸了汉口敌机场，予敌以重创。

由成都出发的美国空中堡垒 B-29 型轰炸机群，从 6 月 16 日至年底，对日本本土和日本占领地，共投下了 3623 吨炸弹。一说，至 1945 年 1 月 6 日止，共袭击 10 次。B-29 型轰炸机群袭击日本，对日本打击甚大。但据分析，这样的远程轰炸日本，没能阻止日本发动"1 号作战"。美军在战争结束后检讨，如将 B-29 型飞机所用汽油和炸弹拨给第十四航空队攻击日本的船舰，会更有利。

十二、中美空军最后阶段胜利作战

1944 年底，中、美空军完全掌握了中国战场上空的制空权。连续数载饱受敌机空袭之害的大后方人民，终于解除了空袭之苦。1945 年，中、美空军开始更大规模地打击日本侵略者的行动，抗日战争的胜利已为期不远了。

到了 1944 年 12 月，魏德迈（10 月，他接替史迪威任在华美军最高司令）很重视陈纳德半年来摧毁汉口日本在华军事中心的努力，决定由陈负责，第二十航空兵团（司令已由李梅接替了乌尔夫）参与，共同执行轰炸与战斗任务。

根据陈纳德的建议，李梅派 B-29 带足集束燃烧弹（今称凝固汽油弹），像五年前日本对重庆的大轰炸那样，烧毁汉口的日军。

12月18日，第十四航空队和第二十航空兵团，出动77架B-29和123架B-24、B-25、P-51和P-40机，对汉口日本飞机库、兵营、油罐发动37批轮番轰炸。

这一次不仅击落了64架敌机，而且在中国第一次使用了集束燃烧弹，其杀伤效力给李梅留下极深的印象。因此，在三个月后的3月9日，由李梅指挥的、从马里亚纳群岛起飞的轰炸东京的314架B-29，带着1700多吨凝固汽油燃烧弹，给东京予以毁灭性的打击。此后几个月，对日本大小城市均如法炮制。

1944年10月，由于第十四航空队和第二十轰炸机兵团，多次联合对日本本土和占领区予以沉重打击，日本加强了对成都各机场的夜间攻击。因此，与日本针锋相对，10月5日，装备了27架"夜战之王"的P-61B型飞机的美陆军航空兵第四二六夜战中队，进驻成都的新津机场，并由第十四航空队指挥。

这种全黑双机身的飞机，有两台2000马力（1470千瓦）的发动机，最大速度约每小时600公里，机头内装有最先进的雷达，它升限高（10100米），航程长（5300公里），火力足（四门炮加四机枪，还可带三吨炸弹），诨名"黑寡妇"，是使日军闻风丧胆的克星。

10月29日，"黑寡妇"在中国首战告捷，美国的特级飞行员R·斯科特和雷达员R·菲利浦领导了此战。此后日机不敢再来成都，而"黑寡妇"不断扩大战区，在整个西南和华中地区，搜索打击敌人目标。此后第四十七夜战中队也调至成都，第十四航空队作战任务进一步转为连续不断、无声无息地穿梭于敌占区的夜空，袭击日军的铁路、公路、机场……使日军防不胜防。这种袭击，直至1945年8月日本投降。总之，P-61B在中国战场取得了辉煌战绩。二战后，喷气机出现，P-61B型退出历史舞台。如今，全球只剩两架：一架在美国空军博物馆；一架在北京航空博物馆。

1944年底，大量的日本空军，已在太平洋上被美军消灭殆尽。美军从太平洋各占领岛屿起飞的重轰炸机，对日本本土无休止的大轰炸开场了。中美军队在滇西和缅北打的胜仗越来越大，从印度向东打的中美联军（驻印军）攻下密支那后，继续向东，和从云南向西向缅甸打的中国远征军最终在芒友会师了。

在国内湘桂战场上，陆军还在艰难地抵抗日军，但中美空军已完全掌握了空中战场的制空权。

此时，陈纳德的战略，就是无休止地日夜轰炸敌军的阵地、补给线。1945年1月5、6、11日，对武汉的最后三次大轰炸，使日军上万吨军用物资报废。同时，共击落日机71架，击伤57架。武汉日本空军主力严重受挫。

最后两次对广州的出击，P-51野马式飞机分别击落38架和13架日机。此后几个月，没有一架日机敢到广州来驻守。

此外，1945年1月16日袭击上海也值得一叙。那天由王牌飞行员奥尔德率领的16架P-51型高速战机，从南昌起飞，以60米左右的低飞，进入上海上空，对麻木的三个日军机场进行了几轮攻击，共炸毁敌人70架飞机，还打下正从台湾飞来的三架轰炸机，自身无一损失。两天后，再袭上海时，日军已有准备，但仍然击落日机25架，自身被击落四架。所幸，四位美国飞行员被军统女情报员何若梅救起。何被日军逮捕用刑。1945年8月16日，在华美军军事长官魏德迈和空军指挥官斯特拉特迈耶，会同戴笠等一同到医院看望过她。

1945年1月份，第十四航空队共出动驱逐机2822架次，轰炸机918架次；2月份，共出动驱逐机1833架次，轰炸机465架次；3月份共出动驱逐机3266架次，轰炸机1072架次。

进入3月，在华的日本空军，仅有300架飞机了，而美国第十四航空队拥有700多架飞机，敌我力量对比发生了根本性的变化。

在2500架日本自杀式飞机对进攻冲绳的几百艘美国战舰进行攻击无效之后，冲绳岛上的日本居民全部武装，小学生也上战场，仍然无效。在22万日军抵抗无效之后，54万名美国海军陆战队队员，带着新式武器，占领了冲绳全岛。在此前后，日本本土的六大城市和42个小城被炸得一片狼藉。

就在4月10日，中国调集了精锐部队王敬久、李玉堂、胡琏、汤恩伯、王耀武等几个师团，由何应钦指挥，对准备夺取芷江机场的日军四个师团，实施了抗日战争中最后一个战役——湘西会战（亦称雪峰山会战）。此役中国军队大胜！取胜的原因之一，是中美空军共出动了1131架次。计：B-25轰炸机171架次（开战之前，先对敌人轮番轰炸），P-40、P-51型驱逐机961架次。

它们的战绩是歼敌 6024 人，炸毁敌车 304 辆、大小船只 1600 多艘、敌炮兵阵地 37 处、阵地多处。这次战斗中空军第一次在华使用了更先进的凝固汽油弹，这种炸弹会将 100 公尺半径内的人烧成灰烬。

此后，正如陈纳德所说："从 5 月 15 日至 7 月 1 日，十四航空队深入敌占区，从东北到越南，没有发现半架敌机的消息，可以说在中国上空，敌机已全消灭了。"

8 月 14 日，中美空军混合团护送 C-47 运输机群，至敌后山谷中一个秘密机场。同日，还有一次气象侦察，这是空军在抗战中执行的最后一次军事任务。

十三、中美空军的"驼峰"运输

中国抗日战争初期，因日本封锁中国海岸，只有四条从海外补充物资的运输线：一是从香港至广州，二是从印度支那到广西，三是从苏联进入中国西北地区，四是从缅甸海口到中国云南的滇缅路。随着中日战局和世界战局的发展，前三条物资补给线均已丧失或衰减。而 1942 年缅甸失陷后，滇缅路的运输也丧失。从此，中国的海外补给线，不得不采用空运方式。美国罗斯福总统指示：美军中缅印战区要开辟和维持一条通向中国的空中航线。为了避免日军的袭击，只好依赖中缅印边境地区越过喜马拉雅山支脉群峰的空运。这条航线飞越海拔奇高之巅连山峰，如骆驼之峰，故这条运输航线被称为"驼峰运输"。

太平洋战争爆发半月前，中美合营的中国民航公司试飞喜马拉雅山成功。中国航空公司和美国军队的运输机，开辟了这条漫长而危险的航线。1942 年 3 月 20 日，罗斯福总统命令成立阿萨姆—缅甸—中国转运司令部，美军第十航空队保卫驼峰运输。5 月，美方正式成立航空运输司令部。6 月，驼峰航线定期飞行。10 月，美国空军运输队参加这条航线运输。12 月 1 日，美国陆军运输队参与运输物资。

战时，海运空运连运，成为从美国通往中国国内的唯一补给运输线。这条补给线长达二万公里。先由运输船在军舰的保护下，渡过大西洋，绕过非洲南端，到达印度西部的喀拉奇，航程约两个月。物资到达喀拉奇后，利用铁路或公路，横穿印度全境，到达东部的加尔各答。再从加尔各答运至印度东北阿萨姆邦，陆路距离长达五千公里，又耗时约一个半月。从阿萨姆开始飞越驼峰，到达中国昆明。从昆明经曲靖，用卡车运输，还要经过贵州独山、广西柳州、湖南衡阳等地，要耗费许多汽油或酒精等燃料，才能运到中国军队前线或美军基地。这是距离极长、费时极多的运输线。中国的抗战就是在这样的情况下艰难坚持的。

据统计，每向上海投掷一枚炸弹，需要从美国运输18吨物资到印度港口。向中国国内每运输一加仑汽油，就耗费一加仑汽油；送往前线机场每运二加仑汽油，需消耗三加仑汽油。B-24轰炸机群飞越驼峰来回三次，才能运到一次战斗所需的汽油。

驼峰运输困难重重：要飞越险峻的群山，遭遇喜怒无常的天气，飞行员和飞机不足，供飞行的天气预报和导航设施条件缺乏，飞行员往往要靠罗盘和时钟判断自己所处的位置。

中美两国开辟的"驼峰"运输线，跨横断山脉之野人山、高黎贡山、怒山等崇山峻岭，山高多在四五千米，最高的玉龙山高达5914米。山峰起伏连绵，许多山峰终年积雪，自然条件极其恶劣。据载，在这个世界屋脊地区航行，航线一侧群山高度达23000英尺，而仪表最低高度为17000英尺（最低安全高度为18000英尺）。飞行员难以靠仪表掌握高度，需穿越山口飞行，要靠直觉驾驶。运输机升高有限度，载重时更不能高飞，飞机驾驶员只能凭经验穿行于山谷和山峰之间的低凹处飞行。为免遇到敌机拦截，运输机一般只能冒险穿行这条驼峰航线。这条航线是世界上飞行条件最艰难最危险的空中运输线，有"死亡运输线"之称。

春夏雨季水气充足，暴风雷雨频繁。云层低，浓雾笼罩，能见度差。上下气流温差大，风力强劲，方向多变，形成空气湍流。高空水气积冰，也成为飞行难题。高空严重的冰冻，有时飞机全被冰层包住。风、湍流、雨、积冰，是空运最危险的四种天气现象，在驼峰运输中俱全。1942年9月23日，一架从昆明飞往查布亚的C-47运输机由于机体结冰而坠毁，机组人员丧生。这是驼峰恶劣天气造成的首次坠机事件。

为保证增加驼峰航线的运输量，因美国战时飞行员短缺，有时只能从民间招募各种背景的飞行员。空运指挥官将飞行员经验不足列为导致死亡事故过高的首要原因。1943 年 7 月、8 月，印中空运大队的死亡人数占到整个航空运输部总死亡人数的 1/3。飞行事故中，1/3 是飞行经验不足的新手造成的。1943 年 6 月至 12 月 155 次严重飞行事故中，55 起是因飞行员操作失误造成的。而是年春夏两季的飞行事故中，缺乏飞行经验的新飞行员发生的事故占到75%。飞行员每月平均飞行时间超过了 100 小时。而从健康情况调查分析，飞行员飞行时间最高限额是 75 小时。空勤人员与飞机的比例远不能满足驼峰运力增长的需要。在准战斗状态下，许多驼峰飞行员患上飞行疲劳症或飞行焦虑症、航空性耳炎。

运输机数量也不足，有些只能以轰炸机改装充任。满负荷重载，迫使发动机高转速运转，导致机械故障不断，减低了其使用寿命。有的飞机没有供乘客使用的供氧系统。因飞机设计缺陷和驾驶员操作不当，1943 年 3 月后五个月内，C-46 运输机被派往中缅印战区，损失的飞机达 20%。零配件短缺，又使飞机维修发生困难。有一段时间，32 架飞机中有 12 架因没有替换的零配件无法飞行。1943 年 9 月，54 架飞机中有 19 架也因同样原因被困在地面。投入驼峰运输的运输机增加，还要扩建机场。

日军竭力破坏阻止中美驼峰空运，对空运航机进行攻击。日军以密支那为前进基地，派出数十架战斗机截击美国运输机。美军轰炸机报复日军。1943年 8 月 9 日，一架 C-87 运输机被击落。日军 1943 年对运输机停降的印度和中国机场实施攻击，是年发起 30 次攻击，仅 12 月就进行了 9 次。

中国航空公司只有 23 架飞机。开始，美国陆军运输队每月运送物资只有几百吨，后来逐步增加，1942 年 12 月达 1227 吨。按照史迪威训练军队每月需要 2000 吨，陈纳德每月需要 4700 吨，每月就需要约 7000 吨。蒋介石提出的空运总吨位也是 7000 吨。1943 年 5 月英美首脑华盛顿会议（亦称三叉戟会议）期间，联合参谋长会议同意 7 月 1 日空运总吨位提高到 7000 吨，9 月 1 日实现 1 万吨。但届时目标并未实现。1943 年 8 月起，美国陆军运输队每天平均有 100 架飞机在驼峰上空飞行。运输量，10 月 7240 吨，11 月降至 6491 吨，但 12 月至圣诞节达到 1 万吨，月底创 12590 吨最高纪录。1944 年 12 月空运达到 31000 吨。1944 年 8 月至 10 月，驼峰空运达到 587688 吨。不过国民政府只得到 19542 吨，仅占 3%。

1944 年 4 月 3 日起八天里，驼峰空运物资到达中国云南，曾返回运送中国士兵 17518 名到印度阿萨姆邦苏克瑞汀，随即投入向缅甸北部的反攻。驼峰运输还为第二十航空队承担实施"马特洪恩计划"的任务，从加尔各答运送炸弹、航油、物资到成都，以 B-29 轰炸机进行对日本的长途轰炸袭击。7 月、8 月、9 月共进行七次对日轰炸，投下 813 吨炸弹。驼峰空运运送了 12000 吨燃油、炸弹。

1944 年，日军"一号作战"攻入广西、贵州。为保卫昆明，展开"阿尔发计划"，12 月 4 日，航空运输部从西安空运 18000 名士兵到云南沾益。第二天，又从萨尔温江地区将第六军运回国内。12 月 13 日，从密支那向沾益运送 12000 名士兵。军队运输司令部和战斗物资运输中队共运送了 14000 名士兵和近 1600 匹马。

1944 年年底，从印度雷多到缅甸八莫之间的公路修成，在此连接滇缅公路。蒋介石称之为"史迪威公路"。这项工程完工后，运输机全投入空运。印中空运拥有 230 架飞机。12 月，驼峰航线东段共飞行 3155 架次，平均每天 100 架次。

1945 年 2 月，驼峰空运曾将美国一批医疗物资以国际红十字会名义送到中共根据地延安。

1945 年 8 月 1 日，为美国陆军航空队成立纪念日。至 8 月 1 日晚 24 时，一天内驼峰空运 5327 吨物资。到 1945 年达到每月 78000 吨（一说 71000 吨）。

从 1944 年春天至战争结束，为准备在中国东部海岸向日本发起进攻，驼峰空运的战略重点，转为给太平洋舰队运输后勤物资。

驼峰航线上的损失牺牲是异常巨大的。自 1942 年至 1945 年，这三年中共运送物资 74 万吨，为此付出了极其沉重的代价。据统计：1943 年 5-12 月，发生重大飞行事故 155 次，死亡 168 人。据载：几年中，总共损失飞机 594 架，空勤人员死亡 910 人。（一说：坠机 561 架，失踪 107 架，牺牲机组人员 1500 多人）另据美国《时代》周刊估计，抗日战争期间在驼峰上失踪坠毁的飞机多达3000架以上。坠落飞机的残骸遗留在山谷中，在阳光下闪闪发光，见证了驼峰运输的艰苦和牺牲，也证明了中美两国共同抗击日本侵略战争的历史友谊。

驼峰空运，关涉到美军的作战指导方针和不同主张。美英采取了先欧后亚、欧洲第一的指导方针。美国军方注意力主要集中在欧洲战场和太平洋战场对日逐岛反攻战略。对于援助中国抗战，美国政府内部意见不一。罗斯福从扶助中国在战后亚洲发挥作用这一长远战略着眼，重视空中运输支持中国抗战。美国陆军航空队司令阿诺德仍然视欧洲为关注重点，认为无论夺回缅甸，还是遏制日本近海航运线，都不可能使盟国获得战争胜利。在中国的美军将领史迪威与陈纳德也主张不一。陈纳德主张加强空军以战胜日本，先夺取中国战场的制空权，继而对日本运输线实施轰炸，最后以重型轰炸机对日本本岛轰炸。史迪威主张训练和装备中国军队120个师，向日本军队发动攻击，将其赶出中国大陆。

美国驼峰空运运输到中国的物资，主要供应陈纳德第十四航空队、史迪威（继而魏德迈）训练中国军队师和美国驻在中国基地上赴日本轰炸的B-29远程战略轰炸机中队，只有5%的物资被送到国民政府手中。美国就以此表示对中国抗战的支持。不过从1943年1月至1945年10月，驼峰空运物资占到了中国获取外援物资总量的80%，远远超过从史迪威公路和与之平行铺设的输油管道输送的物资和油料的总和。此外，从雷多驶往昆明的卡车战后都留在了中国，弥补了中国不能生产卡车的缺陷。

十四、中国民众对美国空军的救护

1942年4月18日，美国海军大黄蜂号航空母舰上起飞16架B-25中程轰炸机，由杜立特中校率领，奔袭日本东京、神户、名古屋等地。这是日本发动侵华战争以来，其本土首次遭到的空袭。杜立特等机队人员完成轰炸任务后，除一架飞至苏联海参崴，着陆后人和飞机被扣留一年多外，其余15架飞机，飞至中国江浙沿海一带迫降，有的坠毁。82名机组人员中有70人获得当地中国百姓和军队的救助，后转送至重庆。

对于美国空军飞行员支援中国抗战，打击敌人，中国政府和人民对他们非常关怀爱护。在美国飞行员的背上都印上字，有两句话："来华助战洋人，军民一体救护。"每当美国飞行员迫降，或跳伞落到地面，中国的老百姓一看到背上这几个字，就会像看到中国军队的士兵一样，热情地关照、招待他们，问寒问暖，供水供饭，治病疗伤。美国飞行员像在自己的国家一样，感到安全、惬意。这时，有文化、懂英文的老师和学生，自然担当起翻译来。乡民们对这些帮助中国打日本鬼子，而意外地落到本地的外国人，从一开始有点生疏、好奇，很快就从尊敬、感激，转向亲热、好客，渐渐不觉得陌生了。这些美国飞行员虽然听不懂中国乡民的话，但从其表情，可以看出他们的真诚、好客，到处是友善、温暖。这是共同经历的战争时代产生的似乎转眼就熟的情谊。

有过这种经历的美国飞行员们感到，他们背上的两句中文，比日本兵的"千人缝"、护身符要灵验。那虚无的神会帮助侵入别的国家的野蛮士兵吗？而被侵略国的人民，是会想尽一切办法来救那些援助本国抵抗外来侵略的战士的。

有时，中国百姓为救助美国飞行员，要冒着很大的危险，甚至是生命的危险。当美国飞行员落在沦陷区时，中国民众迅速地救助他们，将他们藏匿起来，避免被敌人发现。但是，有时也难免会被敌人搜索发现。这时，中国老百姓会不约而同地设法引领美国飞行员从敌人的缝隙中转移。然而，日军会追查搜捕帮助过、掩护过美国飞行员的中国人，甚至任意杀害父老乡亲。为了避免更多人的牺牲，这时，或者救助过美国飞行员的，或者当过他们翻译的人，会站出来，承担责任。而野兽般的日军会随心所欲地将这样义肝侠胆的中国人杀害。他们卑劣地用这种办法来破坏和阻止中国人救助美国飞行员。日军的这种卑劣行径，反而增进了美国空军战士与中国人民的感情。

十五、陈纳德的遗憾和荣耀

1991 年 10 月和 1994 年 11 月，当过"飞虎队"队员的台山华侨在台山市建立了飞虎队纪念亭和纪念牌楼。纪念亭的碑石上镌刻："第二次世界大战期间在对日作战中，美国空军飞虎队在陈（纳德）将军的指挥下，英勇善战，击败了侵华的日本空军，取得了辉煌的胜利。在1941年至1945年之间，飞虎队得到的战斗补给通过缅甸走廊往印度飞越喜马拉雅山到昆明。美国第十四航空队的力量从来没有超过500架飞机，却摧毁了上千架敌机，赢得了最后胜利。"中国人民对于"飞虎队"支援中国抗战，英勇打击日本侵略军的功绩，是铭记不忘的。近年，中国各地，如昆明、芷江、成都等地，都已经建成或正在修建陈纳德和"飞虎队"的纪念碑或纪念馆。

但作为"飞虎队"司令的陈纳德，无论在当年援华作战期间，还是当他离开中国的时候，他的心情是不太愉快，而深抱遗憾的。

陈纳德在华期间，在空军作战方针上，与史迪威、毕塞尔存有严重分歧，意见常发生矛盾。陈纳德有积极进行空战的主张，而史迪威由于专断和陈腐，却认为："特遣队只需保护驼峰空运线已足。"因此陈纳德积极进行空军进攻作战的愿望，一再受到掣肘。

美国空军驻华特遣队和原志愿队一样，受史迪威的控制，在器材物资供应上得不到满足。1942年，陈纳德指挥的志愿航空队靠史迪威、毕塞尔批准的1986吨物资维持，但经过史迪威部下的克扣只剩1000吨，而最终送到陈纳德志愿队的只有625吨。

在指挥系统上，陈纳德指挥的"驻华特遣队"和后来的"第十四航空队"，均处于美国中缅印战区司令史迪威的控制之下。1943年3月，史迪威又建议任命一名军官，担任中缅印战区的航空司令。6月下旬，美国派斯特拉特梅耶至中缅印战区，原拟令其负责指挥第十、第十四航空队，显为削弱陈纳德的指挥权力。因蒋介石的反对，后斯特拉特梅耶仅任印缅战区美国陆军航空队司令，具体管辖驻新德里之第十航空队，而对驻华之第十四航空队仅能以顾问名义督导。蒋介石建议任命陈纳德为中国战区空军参谋长。但由于史迪威背后反对，美国只同意任命陈纳德为中国空军参谋长。

第十四航空队成立后，它只获得同级部队军用补给品的四分之一。史迪威还对陈纳德指挥的航空队的补给掣肘，美国空军整个驻华期间补给物资的吨位数，比美国第八航空队空袭德国一次战斗投弹的重量还少。陈纳德指挥的航空队，所需弹药得不到应有的补充，往往只好从低空投几枚炸弹。

1944年，日本发动打通大陆交通线的"一号作战"。陈纳德要求增加对第十四航空队的物资供给。史迪威集中力量于缅北、滇西反攻，对陈纳德要求增加物资供给概不答应。至10月中旬，甚至将第十四航空队的供给量削减25％。这造成了豫湘桂战役期间，驻华美国空军一些部队缺乏汽油，不能出击，其配合中国地面部队作战受到影响。直至史迪威被美国召回，魏德迈接任中国战区参谋长后，第十四航空队的处境才有所改善。

1945年初，在史迪威的密友、美国陆军部长马歇尔的策划下，魏德迈与斯特拉特梅耶拟订了驻华美国空军改组计划，成立中国战区陆军航空队司令部，并将本来擅长进行战术攻击的第十四航空队，改编成为战略性部队，驻黄河与成都间，负责轰炸任务。调第十航空队编成战术性部队（后未调）。陈纳德坚决反对，他认为，这是有人有意通过斯特拉特梅耶，借改组而排挤他。

1945年7月8日，在马歇尔的策划下，陈纳德被迫辞去第十四航空队职务，这一天正是他来华服务的八周年。他同时呈文中国军事统帅蒋介石，请辞中国空军参谋长职务。其辞职信写道：

职以时不我与，特呈请准予辞去中国空军参谋长一职，并略申惜别之忱。职自追随钧座参与抗战，倏经八载。忝蒙极端信任，至为荣耀。回顾最艰巨之时代，钧座以坚定信念昭告所属，正义自得最后之胜利，理所固然。职此次离别，自不敢或忘中国深刻之情感及钧座历年之领导。所惜者，胜利尚未来临前，即行分袂为憾耳。

陈纳德友爱中国之热情，及其始终不渝之信念，自然流露于字里行间。蒋介石阅后至为感动，当即恳切复书，对其自领导志愿队协助中国抗战以来所表现之伟大精神与成就，备致感慨之忱，并以格于当前情势无法予以挽留，引为重大之遗憾。

1945年8月初，在抗日战争胜利前夕，陈纳德在重庆、成都、桂林等六城市，参加了中国人为他举行的、盛大的（陈香梅估计有200万人参加）、空前绝后的告别游行会后，带着各地民众自发赠送的一大堆礼物，腰缠着他的患难兄弟、第九战区司令薛岳（薛岳绰号"小老虎"，陈纳德绰号"大老虎"）赠送的腰带，佩戴着中国政府赠予他的青天白日勋章，离开了第十四航空队，离开了中国，飞返美国，不免满怀遗憾和惆怅。

陈纳德退役时，军衔是少将。据载，马歇尔曾对陈纳德说："在我有生之日，我就不让你再晋级！"直到 1958 年 7 月 8 日，陈纳德才晋升为中将。这是当时美国总统艾森豪威尔特别批准的。据陈香梅回忆，白宫为此致电祝贺，其中云："这第三颗星（标志少将晋升为中将）十年前就当属于您的。"但十天之后，陈纳德就因病辞世了。

1957 年美国空军创立五十周年金庆时，这位以"飞虎队"的功勋而扬名的陈纳德将军，被列为美国十大空军领袖人物之一。1990 年，美国进行了一次民意测验：谁是美国人心目中二战期间的欧洲及亚洲英雄？结果，艾森豪威尔元帅和陈纳德将军分享了这项荣誉。今天，他的雕像已屹立于他的家乡、中国台北和中国大陆各地，受到人们永远的敬仰。

第六章　华侨对中国空军抗战的贡献

人们常称华侨为"海外赤子"。这是说广大华侨虽然身居国外，但他们对祖国一往情深，始终把祖国当作自己的母亲，怀有热爱祖国的赤子心肠。广大爱国华侨与祖国同命运，共荣辱。特别是在祖国有难的时候，他们当成自己的父母和亲人有难，倾心倾力相助，为救援祖国贡献自己的一切。从日本发动九一八事变，侵占我国东北开始，海外爱国华侨就发起了支援祖国人民抗日斗争的活动，踊跃捐款捐物，有些华侨把自己的子女送回国内，参军参战。其中，有许多华侨青年参加空军，在蓝天与日军空战，为抗日战争做出了重要贡献。

一、海外赤子踊跃捐款购机

九一八事变和一·二八淞沪抗战后，为中国兴办航空事业，华侨踊跃捐款，做出了突出贡献。这里只举菲律宾华侨踊跃捐款的情形为例。

1932 年 11 月 11 日，菲律宾华侨领袖李清泉发起成立"中国航空建设协会马尼拉分会"，捐款购置飞机一队（15 架）。这个分会的宣言说："今本分会以建设空防为目的，以全体侨胞为主体，召集大众之能力，造大家的事业，具毁家救国之心，免国破家亡之惨祸。所有一切，专为建设空防，决不移作他用。所有购造飞机、装备，对外参战，决不参加内讧，更不受任何人利用。"该会成立后，数日间即有四千人登记为会员。马尼拉分会主席李清泉慨然捐献战斗侦察机一架，约值菲币 25000 元。印尼华侨、中兴银行大股东黄奕住当时正在菲律宾，也慨捐五万金，购机以赠。至 1933 年 1 月初，菲律宾各地建立航空建设分会 35 处，捐得购机款国币 300 万元。由于菲侨捐款规模浩大，中国航空建设会总会在中央银行二楼专设驻菲办事处。这次共捐购飞机 15 架，命名为"菲律宾华侨飞机队"。

抗日战争期间，全球华侨大力捐献，支援祖国抗战，其中有一部分捐款用于购买飞机和航空器材，支援祖国空军抗日作战。

抗日战争时期全球华侨捐款数

1937 年	16696740 元	1938 年	41672186 元	1939 年	65368147 元
1940 年	123804874 元	1941 年	106481499 元	1942 年	69677147 元
1943 年	102266536 元	1944 年	212374205 元	1945 年	584251321 元

总计：1322592656 元

从上述捐款数，可以看出旅居海外华侨对祖国抗战的倾心支援。

抗日战争时期，华侨继续踊跃捐献，购机支援祖国抗战的例子举不胜举。这里说一个斐济华侨捐献的事例。旅居斐济的爱国侨胞方作标，原籍广东省中山县，少年时就前往斐济，先当苦工，逐步攒钱经商，成为斐济的一名富商，富甲一方，在斐侨中拥有举足轻重的地位。他乐善好施，热心社会公益，资助办理侨民教育，深得侨界和当地人士的敬仰。抗日战争爆发后，为支援祖国抗战，他独自捐献一架飞机。他的义举，对斐济华侨影响很大。许多华侨也集资捐献一架飞机。其时斐济华侨总共只有 3000 人左右，能捐出两架飞机，亦表明了侨胞的爱国热情。

二、美国华侨募捐办航校和飞机工厂

华侨热心支援祖国抗日战争的事情是说不完的，这里只说美国华侨支援祖国空军抗战的事迹。

美国俄勒冈州波特兰大市的华侨，筹集资金，创办了一所华侨航空学校，专门训练华侨子弟学习航空技术，学习成功后就送回祖国参加抗战。在这个航空学校毕业后归国的飞行员中，有陈瑞钿、黄泮扬、翁雁荡、苏英祥等一大批杰出的人才，他们为祖国抗战做出了重大贡献。

此外，华侨办的航空学校还有：旧金山旅美中华航空学校，芝加哥市华侨飞行学校，纽约华侨救国会办的航空学校。

华侨学员在航空学校毕业时，当地华侨把学成航空技术的飞行员和捐款购买的飞机一同送回祖国（由这些年轻的新飞行员驾机回国），拯救危难中的祖国。

筹募大笔款项开办航空学校，购买飞机，也不是容易的事。华侨们想了不少办法。其中有一种活动比较吸引人，就是举行航空特技表演募捐活动。飞行员进行航空技术表演，驾驶飞机做一些特技动作，比较惊险，观众喜欢看。比如在飞机飞行时，一人攀附于机翼上，在空中作一些表演，动作很惊险。

在美国有位女侨胞李霞卿，为了募捐，她特地学会了驾机表演。纽约全美援华联合会派李霞卿到南美洲作飞行表演。她在秘鲁做航空表演时，秘鲁航空部长也去观看了，赞叹不已。他赠给李霞卿一枚金质航空奖章。李霞卿表演飞行技术一个小时，就募集到捐款四万元。

华侨飞行员黄光锐，后来当了广东空军司令、笕桥中央航空学校的校长。他当初也在檀香山街头，凌空作过特技表演。

旅美华侨为了支援祖国的空军建设，抵御日寇的侵略，创办航空学校，募款购买飞机，真是费尽了心血。广大华侨慷慨解囊，踊跃捐献，也表现了他们对支援祖国抗日的一片赤诚之心。

波特兰大航校培养了许多空军优秀人才，回国担任空军大队长的有四人，其中黄泮扬和陈瑞钿二人，被誉为"空军虎将"。黄泮扬一人击落日机八架。杨仲安升任少将，曾任通讯学校校长。雷炎均晋升上将，曾任空军副总司令。波特兰大当时有华侨二千余人，除办航校外，还购买飞机献给祖国，向波音公司购教练机三架，取三民主义之义，命名为"民族"、"民权"、"民生"，先作在美培训航空学员之用，用毕运返祖国，1945年2月12日在机场举行献机典礼。

波特兰大华侨于1942年酝酿组织美洲华侨航空救国义勇团，后改为由各埠组织青年，进入美国航空学校学习，待其学成后，资助他们回到国内，投入空军，参加抗战。

美国华侨还捐资开办飞机工厂，生产飞机机件支援祖国抗战。旧金山商会会长邝炳舜捐资 10 万美元，又发动华侨捐资 15 万美元，开办"中国飞机厂"。1943 年，留美学生、航空工程专家胡声求（江苏人）与洛杉矶航空工程专家周树容，在旧金山开办"中国飞机制造厂"。该厂于 1944 年开始生产，约一年，共生产 1000 架轰炸机机身的后部，献给祖国。广东新会、台山、开平、恩平和鹤山五县的华侨在国内开办飞机制造厂。台山华侨梅龙安任厂长八年，共生产"羊城"号飞机 27 架，"复兴"号飞机 42 架。

三、华侨飞行员踊跃回国参战

全国抗战爆发后，许多爱国华侨回国参军参战。回国参战的华侨，很多都是抗战的急需人才。其中有：经验丰富的医生和护理人员；经过专门训练的航空飞行和机修人员；技术熟练的汽车司机和汽车修理技工；擅长采访的新闻记者等。广东籍华侨回国参战的就有四万多人。而回国参加抗战的华侨青年飞行员，是中国抗日战争中最急需的人才。

美国华侨飞行员回国参战者非常踊跃。据载，美国华侨青年学习航空技术返国参战者，人数很多，难以统计，回国参战的至少有 600 多人，其中多数为航空技术人员。战争一爆发，他们就回国参战了。

华侨空军飞行员，是抗日战争时期在空中抗击侵略者、保卫祖国领空的重要力量。在有作战能力的驱逐机飞行员中，华侨飞行员约占四分之三。1937 年 8 月，在纽约罗斯福机场练习航空技术的几个华侨青年，变卖了个人财产，驾机回国杀敌。9 月 23 日，旧金山有 10 名华侨青年飞行员回国参战。

1938 年，旧金山华侨组织飞鹏学会，向旅美华侨救国义捐总会提议，成立旅美中华航空学校培育航空人才，返国效力。后得总会筹办。美洲中华航空学校第一批 20 人，第二批 13 人，毕业后被派遣回国，再进昆明中央航空学校华侨特别班训练，然后编入空军作战队伍。此两批航空生，在参加抗日作战中，有陈锡廷、林联青、黄长进等人殉职，谭国材失踪。随队返国之张益民在蚌埠空战中阵亡。

第三期由中华总会接办，聘美国空军飞行员布朗少尉任教官班主任，并请飞行、机械、天文、气象等方面专业人才做教练。国内中央航空委员会派林文奎中尉赴美指导。1938年12月选派成绩优异者12人返国，再进中央空军学校受训。前后三批毕业生85人，先后回国，带回华侨捐款购买的10架新式战斗机。美国中华航空学校的毕业生和有维修飞机技术的人员90多人回国。这一批华侨飞行员和航空技术人员回国后，在与日本空战中发挥了重大作用。

一些华侨青年回国参战，纯然为了解救祖国危难，抛妻别子，甚为受人尊敬。新几内亚有一位华侨子弟，名叫甄锦荣，祖籍广东省台山县，他是居留新几内亚的第二代华侨。抗日战争爆发后，新几内亚华裔青年掀起了回国参战的热潮。甄锦荣这时已经结婚成家，并且有了儿子。但为了救助受难的祖国，他毅然辞别父母，抛妻别子，和其他青年一起走上返国参战的征途。回国后，甄锦荣接受空军训练。后来登机驰骋在祖国领空，与日本航空队作战，非常勇敢，重创敌机。一次因座机受重伤，跳伞降落。类似这样远离亲人，回国参战的华侨飞行员很多。

四、华侨飞将战长空

黄泮扬长空歼敌寇

黄泮扬，广东台山人，在美学习飞行。1932年返国参加空军，历任队长、大队长。1937年抗战初期，率机在京沪一带迎战日机，后转战黄河、长江流域各省，并担任后方都市空防，曾有击落敌机三架及与友机配合击落敌机三架之纪录。

1937年8月15日，日本大批"九六式"轰炸机窜入我国江苏省南部句容县（那里有中国空军机场）的上空。中国空军第三大队的飞机升空，给予敌机迎头痛击，一下子击落了敌机六架。黄泮扬是这个飞行大队的中队长，在这一次空战中，他和另一个华侨飞行员陈瑞钿，各击落了一架敌机。后黄泮扬连续作战，顽强拼搏，陆续击落敌机三架。

在多次空战中，华侨飞行员作战非常出色。据统计，在抗日战争期间，华侨飞行员一共击落敌机30多架。黄泮扬特别突出，他一人就击落敌机七架。

黄泮扬抗战胜利后在美国定居。

陈其光勇战"驱逐之王"

同年9月19日，日军号称"驱逐之王"的三轮宽率轰炸机九架、驱逐机六架，入侵太原空袭。华侨飞行队长陈其光率机四架迎击，陈紧紧咬住三轮宽驾驶的飞机，最后将其击落，不可一世的"驱逐之王"被击毙。

1940年秋进行的运城空袭战，以华侨飞行员为主。两架僚机由华侨驾驶，与主机满载杀伤弹、烧夷弹，密切配合，一举成功，击毁敌机35架。敌将级指挥官因此被撤职。

吕天龙与日机拼战

祖籍广西陆川县的华侨吕天龙，1910年出生于印尼邦加岛，1931年回国，进入广西航空学校，为第一期的优秀学生，被保送到日本深造。他回国后任广西空军驱逐机队主任教官。广西空军编入中央空军后，他成为空军第三大队第七中队队长。抗日战争期间，他转战各地战场。台儿庄战役时，他参加轰炸枣庄日军司令部和日军的坦克，在归德上空与日本航空队激战。武汉空战中他和原广西空军队的战友共同与日机拼战，击落击伤日机多架，受到航空委员会的嘉奖。

陈瑞钿被誉为"中华战鹰"

陈瑞钿，原籍广东台山，其母为秘鲁人，父亲是中国人。他出生在美国亚特兰大市，在美学习飞行。受爱国热情的驱使，1932年他返国参加中国空军，投身到抗日杀敌的战场。

抗日战争时期，陈瑞钿任空军队长、副大队长。1937年8月14日，日机轰炸南京、杭州，中国空军还击。陈瑞钿追击一架敌机至太湖上空，将其击落。他空中作战技术高超，转战京（南京）沪（上海）及长江、珠江各地，有击落敌机五架及与友机击落一架日机之纪录。1939年秋擢升为第三大队少校队长。

1940年12月27日，在广西南宁上空"激烈空战"中，陈瑞钿与韦一表、陈业新击落日机三架，韦氏阵亡，而陈瑞钿跳伞逃生，身受重伤。原来，空战中敌人的机枪子弹打中了他的座机，他的身上也着火了。为了防止飞机爆炸，他立刻跳出了机座，但是火借风势，越烧越旺，当他拉开降落伞，徐徐降落到地面时，火苗已经把他严重烧伤。后来，他被送至医院治疗痊愈。

他在空战中英勇负伤三次，跳伞获救三次。他受到人们的称誉，被称作"中华战鹰"。他的事迹被编入青少年课外读物。美国俄勒冈州代顿市空军总部航空博物馆珍藏有他的战事记录。战后他返美侨居。

五、华侨飞行员为国英勇捐躯

抗日战争时期华侨空军飞行员为国捐躯、英勇牺牲者，难以计数。广东省台山华侨参加航空事业的有200多人，在抗日战争中血染沙场者逾50人。他们的英勇报国精神，将永远活在中国人民和华侨同胞的心里。

第一位华侨空军烈士黄毓铨

在回国参战的华侨中，飞行员参战最早。1932年一·二八淞沪抗战时，广东空军派遣一个混合中队赴沪作战，其中有数名华侨飞行员。2月的一天，中央航空第六中队与敌机遭遇，队员朱达光单机同日机作战，人、机均中弹负伤，朱达光驾机返回虹桥机场。

黄毓铨，旅美华侨飞行员，曾在美国Heath飞机场任事，是黄毓沛的胞弟，兄弟二人于 1926 年 1 月回国报效空军。曾任广东航空学校教官。

一·二八淞沪抗战时任中央航空第六大队分队长的黄毓铨，婚假届满，刚返回部队，目睹朱达光负伤着陆，行装未换，即穿上飞行衣，登上朱达光那架弹痕累累的飞机，升空迎敌。由于该机操纵系统已受创伤，在上空急转弯时突然失灵，造成机毁人亡。黄毓铨是华侨飞行员第一位为抗击日本侵略而牺牲的烈士，牺牲时他才 28 岁。他的家乡台山为他建立了烈士纪念碑，供后人瞻仰。

苏英祥血染长空

华侨飞行员回国参加抗日战斗，特别是他们英勇杀敌的精神，赢得了全国人民的尊敬，这是不消说的。不过，因为语言方面的原因，也曾经发生的一些误会。

一次，华侨飞行员苏英祥在空战中跳伞，落在一块农田里。当地老百姓见到了，问他是什么人。他用中国话回答，当地老百姓听不懂。于是，他改用英语说，老百姓就更加听不懂了。当地老百姓以为他是个外国人，尤其是看他个子不高，甚至还怀疑是日本人。有人要把他捆起来。后来，他连连用手比画，一个字一个字地说，并且说上几遍："我—是—中—国—人。"当地老百姓这才听懂了。

原来，许多华侨讲的是广东话，或者福建话，江浙人和其他地方人听不懂，所以误会了。等到老百姓知道他是华侨飞行员之后，就特别热情款待，亲如家人。

1937 年 10 月，日本侵略军进攻山西，中国军队在忻口（太原的北面）与日军展开了血战。中国空军一部分从南方抽调到北方，参加忻口战役对日作战。10 月 19 日，苏英祥和一个从日本归国的华侨战士同驾一机参加战斗。他们冲向敌机开火，打落了一架敌机。但不幸，他们的飞机也被敌机击中，飞机突然坠落，苏英祥和那位华侨飞行员为祖国献出了宝贵的生命。

梁添成为国捐躯

印尼华侨梁添成，祖籍福建南安。为支援祖国对日抗战，梁添成慨然回国。他报考了中央航空军校第六期，毕业后分配在空军第四大队第二十二队当飞行员，后调至第二十三队任分队长，授中尉衔。他参加过河南封丘、山东峄县、枣庄、汉口和重庆等地空战，勇敢机智，屡立战功。

1939 年 6 月 11 日，日军出动 27 架飞机袭击重庆。当时，担任重庆上空警戒任务的，是空军第四大队的 15 架战机。这一天，梁添成正好休假。但看到日机在重庆上空肆虐，他气愤异常，乃主动放弃休假，奔赴机场，登机升空，与日机展开激烈的搏斗。就在这次空战中，他英勇殉国，年仅 26 岁。

梁添成牺牲后，印尼各界华侨为他开追悼会。他的遗骨被安葬在南京空军烈士公墓。

林日尊空中挂彩追歼敌机

林日尊是马来亚华侨，在"航空救国"声中，回国报考广东航空学校。毕业后，他参加了广东空军。全面抗战爆发后，从"八一三"淞沪抗战，他就驾机迎敌，后转战各个抗日战场，参加数十次空战，建立了赫赫战功。在石家庄轰炸敌阵地时，他驾驶的战机被敌高射炮击中油箱，他腿部负伤，机智跳伞，国民政府航空委员会特授予一等宣威勋章。

1940 年 5 月 18 日，敌机空袭成都，林日尊白天空战，晚 11 时又起飞应战。他与战友们同 27 架敌机激战。紧接着，又与敌第二批 27 架飞机展开了一场恶战。由于连续作战，艰苦异常，他在猛烈的战斗中，左腿和右腕都受了伤，已不能作战。

由于正值黑夜，无法跳伞，林日尊以最后的力量追击敌机，击毁敌机三架。这时，他气力已尽，飞机坠下，壮烈牺牲。

为了悼念林日尊，马来亚华侨举行了隆重的追悼大会，他们以有这样的英雄而骄傲。

战功卓著的大队长黄新瑞

美国华侨黄新瑞，广东台山县长乐村人，在美学习飞行。"九一八"事变后，他愤恨于日本对祖国的侵略，1932 年回国参加空军，在广东航校军官班第一期毕业。抗日战争中，他转战南京、上海及长江、珠江各地，有击落日本飞机八架半（有一架敌机是与友机共同击落的）之纪录。他几次负伤，伤势稍痊愈，又参加战斗。他因积功擢升至空军第五大队少校三级大队长。

1941 年 3 月 14 日，日机 12 架袭击四川。他参加成都空战，任总指挥，率空军第三大队、第五大队 31 架战机迎战。空战异常激烈，击落日机六架。但因中国战机性能不如日机，牺牲很大，第十五大队副大队长岑泽鎏等八位空军战士英勇捐躯。黄新瑞头部中弹，迫降苏波桥码头。黄新瑞因伤重，延至16 日不治殉职，年仅 27 岁。生前因功授六星星序奖章，追赠中校。

萧德清勇战殉国

萧德清是马来亚归国华侨，福建泉州德化人。他早在 1933 年即考入中央航空学校学习，毕业后任上尉飞行师。抗日战争期间，他参加空战，与日机拼战。1942 年 5 月 4 日，萧德清在云南省武定县上空与日机激战，不幸被日机击中，机身着火，因而坠机。萧德清光荣牺牲，年仅 27 岁。他牺牲后，其遗骨安葬在武定县空军公墓。

许启兴兄妹三人以身许国

印度尼西亚华侨许启兴，于卢沟桥事变后，放弃了自己的职业和优裕的生活，自备飞机，驾机回国，被聘为空军教练员，为国家培养抗战急需的航空技术人才。后在一次航空飞行训练中，因飞机失事不幸牺牲。

他的弟弟许启新、妹妹许庆娘决心继承哥哥的遗志，先后在雅加达报考航空学校，获得航空合格证书后，驾机回国参战。在战斗中，英勇杀敌，为哥哥报仇。他们先后都为中华民族解放事业献出了宝贵的生命。

陈老汉的亲生骨肉献身祖国

爱国华侨为了祖国抗日，一切都不吝惜。马来亚一位姓陈的华侨，抗战前就把自己的两个儿子都送回国内，参加了空军。抗日战争爆发后，他的两个儿子参加了数十次空战，奋勇杀敌，多次立功。

1940 年，他的大儿子陈桂林在保卫成都的一次空战中牺牲了。他把儿媳妇和孙子接到马来亚，同时叮嘱小儿子英勇杀敌，为哥哥报仇。小儿子陈桂文作战很英勇，但不幸在昆明上空的一次空战中也牺牲了。这位华侨又把他小儿子的寡妻和小孙子也接到国外去。这位华侨为祖国抗战做出了多么重大的牺牲呀！

海外广大爱国华侨就是这样，为了祖国默默地奉献着自己的一切，连同自己亲生骨肉的生命！他们的爱国情操真是辉照天地，彪炳日月！

六、华侨飞行员抗战的特殊事迹

陈籍康为游击队投送物资

陈籍康，世居加拿大温哥华，幼时曾回广州读书。1919 年他在国内学成后返温哥华。

九一八事变后，陈籍康立志救国，回国进入中央航空学校第七期学习，毕业后分配至空军第三大队，任飞行员。抗日战争爆发后，他驾机深入敌后为游击队投送物资，曾多次飞往崇明岛、青岛等地。为躲避敌机拦截，他往返均采取低空飞行，或选择恶劣天气执行任务。珍珠港事变后，陈籍康奉派赴美，协助训练中国飞行员。途经印度时，被当时设于纳合的我国空军军官学校留下任飞行教官。抗日战争胜利后，空军军官学校迁回杭州笕桥复校，陈籍康担任机群的领航。陈籍康飞过空军各种型号的飞机，飞行时间超过一万小时。

赵啸天为盟军收集情报

赵啸天，原籍广东，侨居越南。父亲赵桃之是越南堤岸地区的侨领，拥有巨大的房地产业，还有航行于金边与西贡两地的轮船公司，以及一万余亩的橡胶园。孙中山先生奔走革命时，曾多次住在他家中。他曾慨捐巨款，资助革命。孙中山任临时大总统时，曾派专人携函前往宣慰。

赵啸天于越南法国航空学校学习飞行。抗战爆发后，他回国参加空军，被编入军官学校第十期接受战斗训练，然后留校当教官。后调第五大队第二十七中队任飞行员，驾驶老式的霍克-3和伊尔-5战斗机，与日本的零式机战斗，因飞机性能相差过分悬殊，多次被敌机击中，都因技术过硬而化险为夷。

太平洋战争爆发后，盟军广征精通法语和越南语的人员担任情报工作。赵啸天被调往情报部门接受短期训练，旋即化装进入越南，收集情报，并部署情报网，提供准确的情报资料，深受当时美国第十四航空队司令陈纳德将军的重视。战争结束后获颁陆海空奖章一座。

刘国梁为收复菲律宾建功

在第二次世界大战中，华侨飞行员刘国梁曾驾机轰炸日本。他是宾夕法尼亚州范顿美国空军第五航空队第三八〇轰炸队飞行员，经常驾机轰击日军后勤供应线，一度使五万日军被围困。支援麦克阿瑟将军部队，收复菲律宾，建立战功。1944年3月5日，他奉命轰炸日军后方供应线，被敌人炮火击中，全机人员殉国。

刘国梁牺牲后，纽约华人在勿街、窝扶街、东百老汇街及包厘街交界处，设立一个"刘国梁广场"，举行刘国梁中尉纪念会，纪念他在第二次世界大战中的作战贡献和牺牲精神。

黎廷勋押送日本洽降飞机

黎廷勋十几岁时随祖父赴美定居，后进加利福尼亚大学伯克利分校学习土木建筑工程。他课余时间喜好开飞机，能独立驾机飞行。

抗日战争爆发后，他于1939年冬与另外两位旅美华侨青年一同回国，经简单培训即被派到中美混合大队。他驾驶美制"战鹰"号战斗机，作为大队长李庠的僚机，穿云破雾，出生入死，一直战斗到1945年9月，前后将近六年，参加大小战斗80多次，被战友誉为红牌老官。他多次负伤，并先后打下敌机三架。

一次，他接到命令去轰炸日军的军火库。飞临目的地后，他和战友反复俯冲，将所载四枚炸弹全部倾泻下去。他的飞机俯冲飞得过低，被地面上日军的高射机枪击中。他的左大腿血流如注。他咬紧牙关，顽强地驾驶着飞机准备返回基地。此时，飞机不听使唤了，抖动得很厉害，压力表指针迅速倒退，直至指向零。他驾机顽强滑翔，终于翻过一座山头，迫降在云南蒙自机场。而这时他已昏迷，不省人事。待他醒来时，发觉自己已经躺在美军医院里。他因重伤，住院六周方康复。又重返中美空军混合大队，继续参加作战。

又有一次，黎廷勋在执行任务中，与另外两架飞机不幸均被击中，眼看就要着火了，他果断跳伞，落入越南境内。他的头部、胸部和腿上都负了伤。他连滚带爬，顽强地坚持移步，终于越过边境来到蒙自。他奇迹般地又一次生还，伤愈后又回到空中抗日战场。

由于日本飞机较轻，容易爬高，这对中美混合大队作战非常不利。中美混合大队研究，发觉可以利用自身飞机机头重的特点，一开始爬得高些，占领制高点的有利位置，当发现敌机后，可迅速俯冲下来，如猛虎下山，给敌机一个突然袭击。这种办法果然奏效。他在越南、双流和长沙三地上空曾击落敌机三架。

1945年8月15日，日本无条件投降。日本侵华军司令部派代表到芷江机场洽降。监护洽降日机的任务交给了黎廷勋和另外三位战友。黎廷勋等四架飞机准时到达衡阳上空。洽降日机两翼上各绑一条红、绿带子，尾部绑一条白带，由一架驱逐机护航。日机见黎廷勋等四架飞机飞来，其护航之驱逐机自动返航离去。日军洽降人员的座机由黎廷勋等人的飞机监护。黎廷勋在日本洽降飞机前导航，另三架飞机爬高，居高临下，押送日机直奔芷江机场。中国陆军总司令部副参谋长冷欣等在此候受降。

黎廷勋屡次参加与日机空战，既建立功勋，又光荣负伤。而现在日本投降了，这次飞行，他是押着日军投降的使节，他的内心充满无比的自豪和喜悦。

七、华侨参与美国空军抗日活动

华侨飞行员参加美国援华空军作战

广东新会、台山、开平、恩平和鹤山五县的华侨青年中有许多人参加了美国空军第十四航空队的作战，他们在昆明地区的防空战、鄂西会战、常德会战、豫湘桂会战和"驼峰运输"、远程轰炸日本本土诸役中，都立下战功。1944年2月，年仅24岁的华人刘国英，任少尉飞行员，他先后飞行6000多小时，历经多次战役，荣获飞行十字奖章、勋章八九种，1979年以少将军阶升任加州麦卡兰空军基地沙加缅度空军后勤中心（美五个空军后勤中心之一）司令。台山人叶松晃，担任重型轰炸机"空中堡垒"的领航员，在缅甸空战中与战友合力击落日机多架，被美国空军总部誉为空中战斗英雄。李天相在"飞虎队"中任中尉工程师，曾负责组织10万工人修建广西秧塘等多个飞机场。

华侨飞行员也参加飞越"驼峰"的运输。广东新会、台山、开平、恩平和鹤山五县的华侨飞行员在这条"死亡运输线"上不怕牺牲，立下巨大功劳。马俭达1940年初夏驾机接送九位飞虎队队员，由缅甸飞返云南，因遇敌机拦截迫降，双臂骨折致残。张泽溥、马国廉1944年飞越"驼峰"时失事牺牲。陈卓林、关荣、陈文宽、冯星航、卢传铭等人都在这条航线上执行过飞行任务。冯星航不幸撞山殉职。卢传铭两次遭敌机袭击受伤。

陈纳德第十四航空队第十四服务队有1300名华侨青年，分别负责地勤维修、军粮供应、电讯、军械等的运输工作。1944 年底，他们陆续回到祖国，在西南、西北和华中等地参加抗日战争。

余氏七兄弟参加美国空勤大队

太平洋战争爆发后，美国华侨子弟参加美国空军服务的人很多。其中有一余氏宗族，祖籍为广东台山，共有七人陆续加入美国空军第十四空勤大队。这七人是：余新贤、余廷参、余荣富、余广一、余厚义、余新伦和余新振。

先是，陈纳德建立中国空军美国志愿队（又称"飞虎队"），后改编为美国空军正式部队，再后成立第十四航空大队。陈纳德要招募一批能讲流利英语又懂华语的华裔美国青年，好派往中缅印战区。余新贤带领 20 名华裔美国青年受训，担任无线电通讯，受雇于美国空军第五航空队司令部，在俄亥俄州帕特逊机场服务。当时，被招加入美国空军的有 1600 多人，而其中 95％是华裔青年。余新贤受任为空勤大队司令，上尉。

参加美国空军工作的余氏兄弟中，年龄最小的是余新振，1942 年 12 月 21 日入伍，当时才 18 岁。余新振与余新贤、余新伦三人一同加入美国空勤大队。

美国第十四空勤大队中有一支队伍称第一一五七通讯支队，1944 年 1 月 14 日被派往国外。这个支队从美国弗吉尼亚州新港出发，先抵达南非的开普敦，再转至印度的孟买。到孟买后，他们乘运兵火车到加尔各答。至 1945 年 6 月，这个支队由飞机载运，飞越喜马拉雅山，抵达中国云南省的昆明。

因工作需要，余新振随支队先后到达昆明、桂林、贵阳、成都、重庆、西安、兰州、汉中、芷江等地，从事空军后勤事务。当时交通不便，物资缺乏，为了达成空军补给，完成运输和通讯等任务，工作非常艰辛。直到 1945 年 8 月，战争结束，第十四空勤大队才返回美国。

这个余氏家族参加美空军第十四空勤大队的人，除余新贤病故外，其他同宗兄弟每两年还聚会一次，追怀在第二次世界大战期间服务于空勤工作的往事，感慨良多。抗日战争胜利五十周年之际，他们团聚时，发起在台北建立了一座"飞虎队纪念亭"和"飞虎队纪念门"，以纪念反抗日本侵略战争最后达到胜利的历程。

澳大利亚混血华侨兄妹为空军抗日服务

澳大利亚有一位广东省中山籍的阮姓华侨，住在澳大利亚西部珀思，与从英国来的移民女士结合，育有子女六人。他们的女儿阮伦妮和儿子阮布鲁士兄妹二人，都在援华美国空军部队服务，为抗日战争效劳。

1931年，阮伦妮与阮布鲁士返回祖国学习中文，后来住在香港。1941年12月15日，香港沦陷前，阮伦妮参加了义勇救护队。1942年1月1日，她同姐姐莎蒂化装成难民，到达桂林。莎蒂后经印度返回澳大利亚，阮伦妮则在桂林负责战地通讯服务。

后来，她随部队转赴昆明。由美国空军新闻处推荐，她转到美国空军部队（驻昆明）司令部任秘书，从事抗日工作。她的成绩突出，受到嘉奖。1945年3月23日，美国第十四航空队颁发命令："查阮伦妮从1942年1月起，在美国驻华空军总部（昆明）担任秘书，忠于职守，勇于任事，充分表现其敏捷才华及超卓智慧，对本部贡献良多，特此褒奖，并授美国空军徽章。"直到1947年，阮伦妮才返回澳大利亚生活。

阮布鲁士在香港也参加了义勇队，投入保卫香港的战斗，不幸被日军俘虏。后乘假释之机，他偷渡到澳门，再游水潜逃，被中国军民救起，转送抗日游击队。后来，阮布鲁士经桂林英国办事处，调赴昆明美国空军站，在空军基地担任机械修理师，亦为中国抗日战争做出贡献。

华侨中的航空女杰

广东新会、台山、开平、恩平和鹤山五县的华侨中，有些妇女青年成为航空女杰，总共有女飞行员23人，其中有美国的华侨12人。恩平籍女杰张瑞芬、李霞卿，台山籍女杰李月英、黄桂燕、李凤麟，都很有名。张瑞芬是第一个领取联邦飞行执照的华裔飞行员。卢沟桥事变发生后，她驾机飞遍美国华人聚居的城市，宣传抗日救国。旧金山台山华侨捐得7000美元，购买莱恩教练机一架，送她回国办航校之用。因学员试飞失事，她未能回国。但她仍在美国宣传救国，在航校担任领航、气象教学工作，为抗日救国做贡献。

美国空军中有华侨妇女飞行员，如黄桂英、李月英、李凤麟、朱美娇（朱玛吉）等。李月英号称美军第一名华人妇女飞行员。她是美洲航校第二期学员，全心全意想回国参战。可惜当时没有妇女兵，只让她当一名打字员。但因涉嫌间谍，愤然离国。她在美国勃特兰航空公司当驾驶员。太平洋战争爆发后，美国成立陆军航空运输队妇女辅助队。这是世界上第一支妇女飞行队，负责运送物资往英伦，多次飞越大西洋。1944年，她晋升为中尉驾驶员。同年11月14日，她奉命执行飞行任务，起飞不久因飞机相撞失事，重伤牺牲。

余论

一、"太阳之子"是狂人

六十年前结束的那场大战，对中国人来说，意义非同小可。因为此前的100多年，中国总是被侵略，还总是得向侵略者赔不是，割地赔款。而这次战争，虽然对手极其强大——它有几百万军队，有年产上千架飞机加年产几十艘大军舰和年产300万吨炸药的生产能力。而当时的中国，几乎完全没有工业，但我们的先辈——中国的军士，在粗茶淡饭、衣衫单薄、装备简陋的情况下，为了保卫自己的国家，用血肉之躯和敌人死拼，出现了不可胜数的惊天地、泣鬼神的动人事迹，并最终取得了胜利，赢得了国际上的尊敬，也使中国变成了世界的大国。

外敌一入侵，中国的各方面、各阶层、各党派都团结在一起，这是敌人始料所不及的。当时外国一位高明的评论家见此，就断言了日本必败。确实，"兄弟同心，其利断金"，中国各方的领袖在对日的战略上，看法大致相同。文言叫"持久战"，俗语叫"拖"。在拖的过程中，一有机会就给它狠狠一击。而且中国是一面打，一面搞建设，当时叫"抗战建国"。那时的日本政府，对此极为忌恨。于是出现了对重庆的无休止的狂轰滥炸（当然，其他大后方的城市包括延安，也绝不放过），但这并不能使重庆人民屈服。重庆因此和挨炸的伦敦，同被选定为英雄城市。

事实是这样的，中国战前虽然重视空军的建设，怎奈自己没有航空工业（也几乎造不了汽车，更别说军舰和坦克），那时花了很多钱，买了300多架飞机，开战后从苏联又购得了900多架。虽然我空军将士和援华的苏军飞行员，都打得极其英勇。而且请注意：他们还总是打胜仗，总是以少胜多（每战击落的敌机，几乎总是多于自己的损失），但由于飞机无法补充，所以到1939年后，中国空军的"好日子"几乎就结束了。从1939年到1941年底，由于飞机太少，无法应战，日机来轰炸时，多半只能用高射炮应战。加以日本间谍，在后方主要城市，活动猖獗（笔者当年在成都，多次亲见日机来时，常有汉奸打出彩色信号弹，指示轰炸目标）。那两三年，中国被炸得很惨。

所幸"强权就是真理"还不是所有国家的最高信条。中国独立支撑了四年多的艰苦抗战，在世界上，还是赢得了一些国家的同情。而日本却越打越顺手，也越打越困难，越打越疯狂。

西方的谚语说"上帝要人灭亡，先要让他疯狂"。日本这群自称是"太阳之子"的狂人，干脆和另外两个疯子结盟。

今天在纸面上称他们为疯子和狂人，都是读书人的理性评价。实际上，在这一疯一狂这些字眼的后面，是几千万白骨累累、血流成河，是一双双被活埋同胞临终的绝望眼神，是活生生的同类的生命在焚尸炉内化为青烟。

这群掌握着战争机器的狂人，又打起了美国的主意：偷袭珍珠港。于是中国立即提议，中、美、英、苏、荷、澳、新组成七国同盟，迅速得到26个国家的响应。此前在1941年5月，美国就秘密地以志愿队的形式，用250人和100架飞机从空军方面支援我国。由于愈战愈勇，愈战愈强，到抗战结束时，这支空军，净增至20多万人和1000多架飞机。本书就是简要介绍，中国空军前前后后艰苦动人、曲折取胜的历史。

"强中更有强中手"，中美空军联合作战以后，虽然也困难曲折，但总的来说，的确是越打越顺手（这些史实请看本书），给了日本极大的打击，日本吃的苦头也越来越大，几至亡国灭种。这真是"善有善报，恶有恶报"。据战后统计：东京挨的炸弹，是轰炸重庆炸弹的23倍；东京死的人数，也是重庆的20倍左右。

二、中国空军热

"天"、"天子"、"天命"对中国百姓来说是了不起的，是神圣的。因此，那时对能在天上飘来飘去，还能打枪的飞将军，则是怀着极大的崇敬。所以，中国的天空，一旦出现空战，最初，大家不是去躲，而是去看。不论是在上海、武汉，还是在重庆、成都，一概如此！这也是人的本性——好奇（它是创造之源）心使然。

当然，只要空军一打胜仗，报童只要一喊，报纸就一抢而空。空军的书籍、杂志也卖得最快。这叫空军热。

政府也在武汉街头，挂出了巨幅宣传画：一位受伤的妇女，靠在日寇空袭后的废墟，奋力高喊："空军需要你！"热血青年在大街小巷的报名榜前看到：

"抗战已近一年，中国空军的战绩使世界震惊。全国有志的青年们！你们不是志切报国吗？你们不是主张坚决抗战吗？你们不是报国有心而请缨无路吗？来！大家来投身空军，大家到天上去！那是我们的出路！现在航校正在招生，青年们！快去！……"

当时的青年——我们的前辈——不少人就这样放弃学业或职业，有的甚至瞒着父母和女友，不远百里、千里，报考航校，投身空军……这，这是空军热！

早期，各种不同名目的慰劳队，更是机场的常客，除学生、剧团外，还有"僧侣救国团"……

航空委员会秘书长宋美龄，更以飞将军为己任，每一次大空战前后，她总是亲临机场，尤其是打了恶仗、苦仗、败仗之后，她总是带着市场上少见的面点、水果、糖烟，去看望战士，她每次来都穿深色紧身旗袍，既威严又高贵，她喜欢她的这个职务，她对这个军种非常崇敬，作为这个军种的首长，她尽职尽责。

空军打胜仗后，1938 年 5 月，还举办了展览，各界人士纷纷赋诗题词（郭沫若题了"横绝太空"），这是空军热。

空军热，当然，有恰到好处的，有热过头的。热的表现五花八门，继妇女电烫"飞机头"之后，男人们也吹起了"飞机头"，这种发式，一直流行至解放。飞行员一走到街上，一旦被认出，就被包围着问长问短，神气得很！

其实，空军是最苦的，一仗下来，总有牺牲的。大家送花圈时，署名都是"后死者×××"。真的，空军军人，迟早多半是死，即便打下敌人十架飞机，难道死神总不召唤你！？所以每人身上都带着一份遗嘱。你想想，活生生的同伴，几小时前还在一起玩笑，几小时后，就要对他"脱帽，三鞠躬"。

随着战事的深入，人们才逐渐对空军的荣耀和艰辛，有了正确的认识。下面是空军的另一面：

1938年2月21日，武汉各家报纸报道：公祭空军烈士——蒋委员长率属僚痛悼国殇。

李桂丹、吕基淳浩气长存。

大会台上烈士遗照两旁有蒋委员长和蒋夫人的挽联：

武汉踞天下之中，歼敌太空，百万军民仰战绩；

滂沱挥同胞之泪，丧我良士，九霄风雨招英魂。

蒋委员长主祭之后，巴清正烈士家属致了答词。

同日的《新华日报》，载文并送挽联：

为五千年祖国英勇牺牲，功名不朽；

有四百兆同胞艰辛奋斗，胜利可期。

毛泽东、朱德、邓颖超各送一个花圈。

三、苏联空军的援华和撤退

抗战初期的国际关系是十分复杂和多变的，战前，由于中国与德、意之间，政府的体制和思想十分类似，所以关系十分密切。中国聘有大量的德国军事顾问，引入德国军事装备和制造技术办军事工厂。德国还帮助中国建造了亚洲最大（世界第三）的两个国家广播电台。直至1938年2月，希特勒正式承认伪"满洲国"；4月，戈林下令停止了尚在进行的对华交运武器；6月，德国撤走所有的军事顾问，两国的关系才渐渐终止。

1936年后，国民政府的反共政策有所收敛。抗战开始以后，国民政府内部对外交的取向,即能从哪里获得最大实际援助: 是德意? 是美英? 还是苏联? 三派意见争论不休。但事态的发展,使这种争论很快休止。很显然,当时德日逐渐靠拢,德意靠不住了; 美英对日本侵华实施绥靖政策,企图以此保住自己的在华利益。中国这时希望得到美国的帮助,但很失望,此时中美关系处于黯淡和冷漠的气氛当中,中国只能求助于苏联的援助。

在抗战初期,为什么唯有苏联愿给中国军事援助呢? 苏联亦出于自身利益的考虑。

早在20世纪初,日、俄就为争夺我国的东三省交恶,为此,1904-1905年发生了日、俄陆海大战,结果以俄军惨败而告终。此后,日本仍一直视对方为首要敌人。苏俄革命后,曾多次向日本示意友善,但均遭日本拒绝。以日本陆军为主的"北进"扩张派,始终主张对苏发动全面进攻战。特别是1936年日德明目张胆地订立了反苏的"日德防共协定",使苏联感受到来自远东的直接威胁。在这样的战略态势下,苏中两国政府最终同意了,于1937年8月21日签订《中苏互不侵犯条约》,中国开始得到了苏联的经济贷款和军事援助。10月下旬,第一批苏联志愿航空队,由254名飞行员和机械师组成,由马琴率领的21架SB轻轰炸机队和库尔丘莫夫率领的23架伊尔-16型驱逐机队来到中国,此后两年,轮流来华助战的共达2000多人。

与此同时,苏联总共给了中国三次贷款,以购买飞机、大炮,实用金额总计一亿七千万美元(作为偿还部分贷款,苏联从中国得到: 钨3117吨,锡13162吨,锑10892吨。这些资源的部分连同自己的能源,后来转供给了德国,这种供货直至1941年6月中,即德国突袭苏联的前几天才停止)。苏联还向中国提供了924架飞机,其中轰炸机318架,驱逐机562架,教练机44架,以及其他军事物资。当然苏联的援华,以不超过日本所能容忍的限度为准。中国多次希望订购的可轰炸日本的重轰炸机DB型100架(每架价格24万美元,比SB型轻轰炸机价格11万美元贵一倍多),苏联最终只给了六架。

苏联这些援助对中国的早期抗战,的确有很大的帮助,但在援助中,苏联的强权意志和无视中国的主权和利益的态度,则时有表露(1938年1月,苏联不经中国邀请,自派苏军第八团进驻哈密,"使之不被日本侵占",就是

362

一例）。这些，对过去与它长期处于敌对状态的中国政府来说，当然会增加戒心。1938 年元旦，中国正处于南京失陷后的危急时刻，亟待苏联提供援助，蒋介石在这天的日记中写道："国之祸患，有隐有急，倭祸急而易防，俄患隐而叵测。"

俄罗斯军事专家维克多·加里洛夫上校撰文称："1938 年 4 月，日本政府通过外交渠道，请求斯大林召回在华对日本作战的苏联飞行员，苏联领导层不得不逐步履行这一请求。"尤其是当苏联判断和德国站在一起有利时，即在 1939 年 8 月 23 日苏德签约后，苏联就几乎完全停止对中国的供货。再到 1941 年 4 月 13 日，苏联和日本订立《苏日中立条约》后，它不仅毁弃了对中国的贷款合约，完全停止卖给军火，而且还公开侵犯中国主权，向日本"保证尊重满洲国边界完整不可侵犯"。

苏联对此的解释是："将帝国主义的战火引出苏联。"但战后获得的德日秘密资料表明，《苏日中立条约》是日本"一石三鸟"的诡计：

第一，此条约帮助德国进一步迷惑苏联。因为此时的苏联，已和德国联合行动瓜分了波兰，并正商量进一步订立"德意日苏四国联盟条约"，即表面上是苏德蜜月状态。实际上，德国暗自认为苏联要价太高，已内定 1941 年 6 月进攻苏联。这一点，早在 4 月初，苏方原则上告诉了来访的日本外长松冈洋右（德国外长里宾特罗甫对松冈洋右说："德国无论如何也得干掉苏联"）。他心中有底后，再去苏联订立《苏日中立条约》。

第二，此条约是对中国政府和军队的沉重一击。

第三，此条约更可使日本腾出手来准备南进，夺取美英荷等所掌握的太平洋中的大片资源和基地。

尽管如此，总的来说，从 1937 年 12 月来华至 1938 年中随同军火而援华的苏联各级顾问和军人，还是和中国军人携手并肩，共同抗击日本的。但是自 1938 年夏天以后，苏联国策改变。1939 年 8 月 23 日，苏德签订互不侵犯条约。德国进攻波兰后，1939 年秋，苏日因"满""蒙"间边界冲突发生了战争，演出了历史上的首次大空战。双方于 9 月 15 日达成和解。次日，苏军也进攻波兰，两日后与德军会师，然后双方按事先的约定，瓜分了波兰。

上述苏日战争，由日本首先发起，日本首先提出休战。这次不大不小的战争，起因和收场的真正原因，外人并不清楚。我们关心的空军战况，据二战后英国军史专家考证：日本实际损失飞机 162 架（苏方说是 320 架），苏联损失 400 架（日本声称击落 1260 架）。

至 1939 年初，在华的苏联航空志愿队，从此按兵不动，原定此时到货的飞机伊尔 –15 也扣下不给中国了。

对于苏联志愿队的撤退，当时的苏联人和后来的许多论著都这样解释：当时欧洲战事紧张，苏联为了加强自身的国防，不得不这样做。

民族利益当然是高于一切的。然而，苏联这样做真的是为了加强国防吗？

到 1940 年底，苏德正讨论德、日、意、苏四国联盟条约，苏德正处在蜜月时期，苏联在自己的西部边境已经集结了重兵，准备和德国一道参加瓜分欧洲的盛宴。当时，那儿的飞机总数达一万架以上。而全部在华的志愿队兵力只不过百余架，这百余架飞机即使全部可以作战，也不过为西线增加了百分之一的力量，微不足道。

从 1940 年底，苏联航空志愿队开始分批撤回国内。到 1941 年初，已全部撤退回国。苏联人的撤退，实际上是一种姿态，是完全履行 1938 年 4 月的某种许诺。是为了 1941 年 4 月 13 日，苏联同日本签订《苏日中立条约》。苏联航空志愿队的援华活动就此画上了句号。为了眼下要同日本人签订盟约，握手言欢，就不能有一架飞机，再帮助中国人打日本。

国际关系上没有永恒的朋友，也没有永恒的敌人，只有民族利益是至高无上的。一个民族要想自保，争取外援是重要的，但根本上要自强自立。否则，即使同大国订有军事同盟，当形势发生变化时，大国会毫不犹豫地收起保护伞，坐视你遭受宰割。这样的事例不胜枚举。

波兰与英国，于 1939 年 8 月 25 日，也就是德苏签订"互不侵犯条约"后的第三天，也签订了《英波互助同盟条约》，规定如果缔约一方受到侵略时，另一方应保证予以支持。然而，当一个星期之后波兰遭到德军全面进攻的时候，英国和法国（按照英法同盟，法国也有义务支持波兰）除了象征性地对德国宣战之外，囤积在法德边界的英法重兵却安然不动，坐视德国从容地消灭波兰。

英法的背信弃义被后人讥笑为"西线静坐战"，成为历史的笑柄。

此刻，中国人也被抛弃了，但中国人不是波兰人。几千年以来，中华民族就一直是以自强不息的精神，傲然立于世界民族之林的。到此时，中国人已经抗战了四年，以后还要顽强不屈地抗战下去。

苏联人走了，但素来宽厚的中国人从来没有在这件事上责备过他们。多年以来，无论国民党，还是共产党执政，中国的各种有关论著文章都一直在赞颂苏联航空志愿队的英雄事迹和"国际主义精神"。

就像永远不会忘记白求恩和柯棣华大夫一样，中国人也永远不会忘记那些为中国人民的自由而血洒长空的苏联志愿队烈士。在汉口、南京、重庆、万县以及其他许多地方，中国人民为这些来自苏联的国际主义战士建立了一座座纪念碑和陵园。在这些纪念碑上，镌刻着烈士们金光闪闪的名字：

D·A·库里申科（轰炸机大队长，1939 年 10 月 14 牺牲于四川万县）

A·C·拉赫曼诺夫（驱逐机大队长，1939 年 10 月 9 日牺牲于湖南衡阳）

H·A·布戴齐耶夫（驱逐机大队长，1939 年 6 月 18 日牺牲于重庆）

C·H·利先科（驱逐机中队长，1938 年 12 月 30 日牺牲于广西柳州）

A·A·克卢拜（驱逐机驾驶员，1938 年 5 月 31 日牺牲于湖北武汉）

……

中国抗战时期，总共有 263 名苏联志愿航空队员为中国人民的抗日战争献出了宝贵生命。

四、科技在战争中的作用

战争是敌对双方的全方位较量，其中生产力、资源、储备的较量则是最根本的。

生产力最主要的内容，就是生产中的科技水平、技术设备和社会组织能力，而科技的应用水平，又是其中最根本的因素。

二战开战之初，日本已具备年产近千架飞机加几十条军舰的生产能力，总共已保有几百条军舰和两千多架飞机。1939 年前日本生产的军用飞机，已经不次于当时美英苏德的产品。1940 年 8 月投入使用的"零式"飞机（时速530 公里），在战场上曾领先于对手的飞机近一年的时间，也大大领先于苏联的"伊尔 –16"（时速 420 公里）。海军方面在二战中，日本总共有 800 多艘军舰，其中 60 多艘是万吨以上的战列舰和航母。最大的"大和号"已达45000 吨。在亚太地域，除美国外，无人能望其项背。另外，日本也是善于组织的国家。那时，它凭借着这些，就敢用武力夺取亚太，并向美国开战。

但是日本有其致命的弱点：没有资源、没有纵深。日本的当局者并非不知，但他们的如意算盘是：吞下中国不成问题（不是已经吃下中国东北和半个华北了吗？！）。再以亚洲的"皇道乐土"和"大东亚共荣圈"为号召，蒙住十来个亚洲国家跟它跑。最后它以血腥的武力，向马来半岛一开战，英国两艘战列舰"威尔斯亲王号"和"却敌号"就被击沉，不到一两个月，整个南洋就被它搞定了。在开战的前期，日本确实大大的顺利。

日本还认为，美国自由散漫，意见不一，商人贪财。然而，就是这个美国，居然为了自己的利益，竟敢制裁日本在中国和南洋的"解放"行动，所以，从1933 年起，日本就内定"迟早要与美国决战"，现在，此其时也。

但历史证明，日本是从根本上错了，如果说中国战胜日本，靠的是团结一致，靠的是血肉长城和广大幅员，美国则主要是靠越来越显著的科技优势和实力优势（1940 年，它声称是各国反法西斯的兵工厂，后来它一年可以造几万架军用飞机，等等），这表现在：

一、在空军方面，美国在 1941 年生产的 P–40 型飞机，就能与日本的王牌"零式"战机，旗鼓相当；后来又生产了野马 P–51（这两种飞机在二战中各生产了一万多到二万架）型飞机（时速每小时 765 公里）。此时，日本的两千多架速度为每小时 530 公里的"零式"战机，只能降格为自杀飞机了。美国后期专为轰炸日本而生产的两千多架 B–29 型飞机，其航程（一次加油飞 6500 公里）、飞行高度（一万米）、载弹量（最大 10 吨）都是日本不敢想象的产品。这样的实力，加以美国又出现了一批对空军的作用有锐敏预见能力的"空中优势论者"，如麦克阿瑟、李梅、陈纳德，他们在历史上第一次把空军推到了战争舞台的中心。

二、美英最先发明了雷达，其设备和效率都极为先进，在太平洋海战中，在 1944 年后的美空军夜间战斗和白天盲战中发挥了重要作用。此外，在后期装载于炸弹弹头上的"寻的器"，使盟军几乎百发百中。

三、制造出了比日本燃烧温度更高的凝固汽油弹，和能拐弯的喷火枪炮，在战争后期给了日本极大的打击。

此外，在软科学上，盟国的进展也极为明显：

在破译密码的数学研究，和截获电讯及信号加密与解码的电子技术工程上，同盟国的成绩远远优于日本。1941 年 12 月初，中美截获并破译了日本偷袭珍珠港的密电。其实美国于 1941 年 11 月 26 日日美谈判快破裂时，即电令夏威夷驻军加强戒备，并在警告中命令："美国勿先动手，先让日本动手！"表明美国已经大致明白当时事态，并告知了前方。还有：

a. 是美国首先破译了日本 JN25B 密码，解读出"AF"代码就是中途岛，完全掌握了日军动态。

b. 是美国和中国破译了日本偷袭所罗门群岛的密电。

c. 1943 年 4 月 16 日中美破译了日本海军头目山本五十六大将在南太平洋行踪的密电，告知前方，致使其于次日被美国空军伏击身亡。日本全国举哀治丧。

d. ……

另外，美国在组织战时生产时，动员女性脱掉高跟鞋，从事军工生产（组装炸弹和军用器械），参加通讯、救护和密码破译以及原子弹方面的研究，也绝不落后于日本（日本的小学生去当钳工，女学生天天演习救火）。

最后，形成对比的是，当日本的飞机和军舰，在消耗战中快要打完之时，美国却保有上百条大型军舰和十来艘航空母舰，以及几千架飞机。加之又研制成功原子弹，所以日本狂人想"一亿玉碎"都办不到了，只有投降。

章文灿

2005 年 8 月 15 日

附录

附录一
国民政府空军建设大事记

1928 年

11 月，国民政府成立航空署，军事航空与民航统一。首任署长为熊斌。

是年，东北边防军长官张学良兼任东北边防军航空司令，以张焕相代司令。

1929 年

4 月，国民政府召开全国航空军议。

4 月，国民政府航空署署长熊斌辞职，由副署长张静愚代理。8 月，张惠长任署长，黄秉衡副。

春，上海航空工厂造出第一架飞机"成功一号"，嗣后仿造爱佛罗、牛波尔式机六架。

10 月，国民政府接收武昌南湖工厂，1934 年改称第三航空修理工厂。

是年，国民政府整编各航空队，成立中央军校航空大队司令部，建立航空站 18 所。

是年，在南京建立航空测候所，又在笕桥（后迁南昌）建第二测候所，在江西南城建第三测候所（后迁武汉）。

1930 年

4 月，国民政府航空署署长张惠长离职，毛邦初代理署长。5 月，黄秉衡接任署长，曹宝清为副署长。

8月，航空署在南京明故宫机场增建飞机修理工厂，1933年称首都航空工厂。

是年，在南昌设立空军指挥部，以毛邦初为指挥官。

1931年

3月，中央军官学校的航空班改组为军政部航空学校。6月，军政部任命毛邦初为航空学校校长。航空学校于7月正式成立。

4月，国民政府第二次召开全国航空会议。

9月18日，日本关东军攻占沈阳，东北空军262架飞机全部沦于敌手。

1932年

2月起，中国空军参加一·二八淞沪抗战之役对日作战。中央空军第二大队队长石邦藩率领第六队、第七队队员赴上海参战，沈德燮指挥。广东空军机队（丁纪徐为队长），北上赴援。此役，石邦藩、吴汝鎏负伤，赵甫明殉国。美国飞行员罗伯特·肖特（Robert Short）参加作战，不幸牺牲。

7月，国民政府航空署署长黄秉衡出国考察，曹宝清代理署政。10月，黄秉衡辞职，葛敬恩继任署长。

8月，军事委员会指示军政部航空署迁至杭州。航空署属军政部（至1933年8月正式脱离），但实际上归军事委员会直辖。

9月1日，中央航空学校成立。蒋介石兼任校长，毛邦初任副校长。蒋介石聘请美国人约翰·裘维特（John H Jouett）、罗兰德、史怀慈等为顾问。

1933年

2月起，航空建设会发动开展全国捐款购机活动。至1935年9月底止，共收到捐款2966278元。

夏，由洛蒂（Roberto Lordi）率领的意大利空军顾问团应国民政府聘请来华。

是年，航空队编为七个队，在南昌设立空军教导总队。

1934年

2月2日，中央航空学校第一批学员毕业，蒋介石参加毕业典礼。航校发给空军军官每人一把"中正剑"，上面镌刻："国土未复，军人之耻"。

3 月，军事委员会委员长蒋介石驻赣，迁航空署于南昌。

4 月，广东省政府与美国寇蒂斯·莱特飞机公司合作，在韶关建飞机修理工厂，自行研制飞机。1936 年，航空委员会接收后，改名为韶关飞机制造厂。

5 月，航空署改组为航空委员会，蒋介石自兼委员长。设办公厅，陈庆云为主任。

是年，设立首都防空处。1935 年，首都防空处改为防空委员会。1936 年，防空委员会又改为防空处，仍隶属军事委员会。

是年，在杭州成立防空学校（后迁南京），黄镇球任校长。

是年起，航空委员会与美国寇蒂斯、道格拉斯公司合办中央杭州笕桥飞机制造厂，至1938 年，制造飞机135 架，装配52 架，修理111 架。抗日战争爆发后，该厂迁武汉，再迁昆明。

是年，航空委员会创设航空保险伞制造所。抗日战争开始后，航空降落伞厂从杭州迁长沙，后迁四川乐山。

1935 年

1 月，创办南昌飞机制造厂。1936 年开始修造飞机。

6 月，航空委员会建立中央航空学校洛阳分校。

10 月，航空委员会接收湖南航空处。

是年，设立南京、上海、南昌、洛阳四个空军总站。

1936 年

1 月，国民政府航空委员会迁回南京。

3 月，在南昌设立空军机械学校。

5 月 1 日，航空委员会改组。蒋介石仍兼任航空委员会委员长，周至柔、黄秉衡、陈庆云、黄光锐、毛邦初为委员，宋美龄为秘书长。办公厅主任陈庆云调任中央航空学校校长，周至柔任航委会办公厅主任。

5 月，航空委员会划定全国六个空军区。

是年，以庆祝蒋介石五十寿辰名义，全国发起为空军建设捐款的"献机祝寿"活动。捐款每交齐10 万元，即代购飞机一架，由捐款人或团体指定命名。这次活动共收到捐款655 万余元，共购买飞机100 余架。海外华侨也踊跃捐款，南洋华侨成立"南洋购机寿蒋会"。

全国献机祝寿活动所募钱款，大部分用于在贵州省大定县羊肠坝建设飞机发动机厂。

是年，"两广事变"结束后，航空委员会接收广东空军部队，成立广州空军总站及广州属境各飞行站场。

是年，中央航空学校接收广州航空学校，改为中央航空学校广州分校。另成立航空机械学校。

是年，航空委员会在重庆建设飞机修理所。

1937 年

1 月，航空委员会决定开办航空器材制造厂，先在上海成立筹备处。

5 月，划分全国各空军区。先在南昌成立第三军区司令部，以毛邦初为司令官。

军事委员会设立空军前敌总指挥部，以周至柔为总指挥，毛邦初副之。至 1938 年，前敌指挥部撤销。

6 月初，美国空军退役军官陈纳德抵华。陈被中国聘为空军总教官、总顾问。

6 月，筹设南昌航空发动机修造厂。

8 月初，中央航空学校西迁；10 月，迁到昆明开办。洛阳、广州分校迁到柳州，与柳州广西航空学校合并为柳州分校，后迁云南。

8 月，撤销空军第三军区司令部，在南京设立第一军区司令部，旋迁兰州，以沈德燮为司令官，石邦藩为参谋长。

11 月，航空委员会迁汉口。

12 月，在成都创办空军军士学校。

是年，中央防空学校设军队防空训练班，召集部队军官受训，设人民防空研究班，招公务人员受训。

是年，航空委员会与德国容克斯厂在江西萍乡合办中国航空器材制造厂股份有限公司，生产航空器材。在汉口设立第六修理工厂，装修各式轰炸机。

是年，在南京设立中央防空情报所，构建全国防空情报监视网。

1938 年

3 月，航空委员会改组。委员长仍由军事委员会委员长蒋介石兼任，宋子文、孔祥熙、陈诚、贺耀祖、徐永昌、宋美龄、钱大钧、周至柔为委员。钱大钧为主任，周至柔为主任参事（继由陈庆云担任）。原设三厅改为四厅：军令厅，毛邦初任厅长，张有谷副；技术厅，黄光锐任厅长，钱昌祚副；总务厅，黄秉衡任厅长，陈卓林副；防空厅，黄镇球任厅长，王鹗副。设人事处，主任钱大钧兼任处长。总政训处改为政治部，蒋坚忍任主任，不久改由简朴任主任。

空军作战，设第一、第二、第三三路司令部指挥，张廷孟、刘芳秀、田曦等任司令官。设空军轰炸、驱逐两总队，积极训练作战部队，邢剷非、郭汉庭分任总队长。

7 月，航空委员会所属各校，由蒋介石兼任校长，设教育长一职，主持校务。中央航空学校更名空军军官学校，以周至柔任教育长。

航空机械学校，改名为空军机械学校，以王士倬任教育长。是年，武汉会战期间，航空委员会由汉口迁至衡阳，后由衡阳迁贵阳。

是年，苏联空军志愿队协助中国抗日作战。

1939 年

是年，在四川灌县创办空军幼年学校。

1940 年

12 月，在成都创办空军参谋学校。

1941 年

8 月 1 日，中国空军美籍志愿大队正式成立，陈纳德上校为指挥官兼大队长。

美国航空志愿队前来亚洲，编为空军美国志愿大队，协助中国空军抗日作战。初在缅甸东瓜英空军机场训练，继移仰光明格拉顿机场。

12 月 17-19 日，陈纳德奉命，令第一、第二中队迁驻昆明，第三中队仍留仰光，协助英军作战。至次年 6 月，美空军志愿大队全部内迁，驻湘、桂各地。

1942 年

7 月 4 日，中国空军美籍志愿大队撤销，脱离中国空军建制，编入美国陆军第十航空队第二十三战斗机大队①，又称美国援华航空特遣队。

1943 年

3月10日，美国空军驻华特遣队编为美国陆军第十四航空队。

10月1日，由中国空军与美国航空队联合编组成中美空军混合团，受美国陆军第十四航空队指挥（陈纳德任司令）。以美国人摩斯为司令，先在印度卡拉奇训练。

1944 年

1月，中美空军混合团进驻广西柳州，开始对日作战。4月1日，迁四川梁山。中国委任蒋翼辅中校为中美空军混合团副团长。7月15日，团部迁驻白市驿。

6月起，美国陆军第二十航空队（即B-29型重轰炸机部队），进驻中国，远程轰炸日本，直至1945年2月止。该航空队驻华作战，但不属中国空军编制。

是年，在成都创办空军通讯学校。

1945 年

1月，中美空军混合团副团长蒋翼辅调任航空委员会参谋处处长。遗职由徐焕升接任，2月1日就职。3月，摩斯司令返国，遗职由第三大队美籍大队长班乃德升任。

8月，抗日战争胜利。空军军官学校迁回杭州笕桥原址。

（曾景忠编）

附录二
抗战时期中国空军指挥序列

战前中国空军编制

中国空军部队分工：第一、第二、第八大队为轰炸大队，第三、第四、第五大队为驱逐大队，第六、第七大队为侦察大队，第九大队为攻击大队。

一大队大队长　邢剷非　二大队大队长　张廷孟　三大队大队长　王星垣

四大队大队长　高志航　五大队大队长　丁继徐　六大队大队长　张有岳

---

① 《1941-1942年中国空军美志愿大队战史纪要》，1943年，《抗日战争正面战场》下册，第2800页。

七大队大队长　陶左德　八大队大队长　谢莽　　九大队大队长　刘超然

1937 年

航空委员会改组，实行委员制，设委员长、秘书长、常务委员、顾问室、参事室等。

航空委员会委员长　蒋介石兼任

秘书长　宋美龄

常务委员　周至柔（主任委员）　黄秉衡　黄光锐

空军前敌总指挥部总指挥　周至柔

第一军区指挥部（8 月，设于南京，不久迁至兰州）

司令官　沈德燮

第三军区指挥部（设于南昌，同年撤销）

司令官　毛邦初

第一路司令官　张廷孟

第二路司令官　刘芳秀

第三路司令官　田曦

空军兵站监部（11 月，成立于汉口）

兵站监　石邦藩

第一大队（轰炸机）大队长　黄泮扬

第二大队（轰炸机）大队长　张廷孟（兼）

第三大队（驱逐机）大队长　蒋其炎

（后）李凌云

第四大队（驱逐机）大队长　高志航（11 月 21 日在周家口机场遭突袭，因座机故障，未及起飞，被炸殉职）

（后）王常立

第五大队（驱逐机）大队长　丁纪徐

（后）宁明阶

第六大队（驱逐机、轰炸机混合）大队长　陈栖霞

（后）张毓珩

第七大队（侦察机，10 月撤销）大队长　陶佐德

第九大队（攻击机 9 月撤销）大队长　刘超然

航空学校暂编大队（轰炸机、驱逐机混合，9 月撤销）

1938 年

是年，航空委员会改组。

航空委员会委员长　蒋介石兼任

委　员　宋子文　孔祥熙　何应钦　白崇禧　陈　诚　贺耀祖

　　　　徐永昌　宋美龄　钱大钧　周至柔

秘书长　宋美龄

主任　钱大钧

空军前敌总指挥部总指挥（3 月撤销）

总指挥　周至柔

第一军区指挥部司令官　沈德燮

第一路司令官　张廷孟

第二路司令官　杨鹤霄

第三路司令官　陈栖霞（后）田曦

空军兵站监部兵站监　石邦藩

第一大队（轰炸机）大队长　龚颖澄

第二大队（轰炸机）大队长　孙桐岗

第八大队（轰炸机）大队长　谢芥

第三大队（驱逐机）大队长　吴汝鎏

第四大队（驱逐机）大队长　李桂丹（2 月 6 日于武汉空战中阵亡）

（后）郭汉庭　毛瀛初　黄明德

第五大队（驱逐机）大队长　宁明阶

（后）黄泮扬

第六大队（驱逐机、轰炸机混合）大队长　陈栖霞（后）张毓珩

空运大队（运输机）

苏联空军志愿队（协助作战，不属中国空军编制）

1939 年

航空委员会委员长　蒋介石兼任

委　员　宋子文　孔祥熙　何应钦　白崇禧　陈　诚　贺耀祖
　　　　徐永昌　宋美龄　周至柔　唐生智　龙　云

秘书长　宋美龄

主　任　周至柔

第一军区指挥部司令官　沈德燮

第一路司令官　张廷孟

第二路司令官　邢剷非

（后）　杨鹤霄　刘芳秀　丁炎

第三路司令官　田曦

空军兵站监部兵站监　石邦藩

第一大队（轰炸机）大队长　龚颖澄

（后）张之珍

第二大队（轰炸机）大队长　金雯

第八大队（轰炸机）大队长　徐焕升

第三大队（驱逐机）副大队长　陈瑞钿

第四大队（驱逐机）大队长　黄明德

（后）刘志汉

第五大队（驱逐机）大队长　黄泮扬

第六大队（驱逐机、轰炸机混合）

大队长　张毓珩（辞职）　薛辑輖（调离）

（后）黄普伦

空运大队（运输机）

苏联空军志愿队

1940 年

航空委员会委员长　蒋介石兼任

委员　宋子文　孔祥熙　何应钦　白崇禧　陈　诚　贺耀祖
　　　徐永昌　宋美龄　周至柔　唐生智　龙　云

秘书长　宋美龄

主　任　周至柔

第一军区指挥部（8 月撤销，改为空军第四路军司令部）

司令官　沈德燮

第一路司令官　张廷孟

（后）　毛邦初　黄秉衡

第二路司令官　邢剷非　谢　莽

第三路司令官　田　曦　王叔铭

第四路司令官　欧阳璋

空军兵站监部兵站监　石邦藩

第一大队（轰炸机）大队长　张之珍

（后）　陈长庚

第二大队（轰炸机）大队长　金　雯

第八大队（轰炸机）大队长　徐焕升

（后）　陈嘉尚

第三大队（驱逐机）大队长　刘志汉

第四大队（驱逐机）大队长　刘志汉

（后）　郑少愚

第五、六大队（驱逐机）大队长　黄泮扬

第十一大队（驱逐机，12 月成立）

第十二大队（训练机，12 月成立）

空运大队（运输机）

1941 年

航空委员会委员长　蒋介石兼任

委员　宋子文　孔祥熙　何应钦　白崇禧　陈　诚　贺耀祖

　　　徐永昌　宋美龄　周至柔　唐生智　龙　云

秘书长　宋美龄

主　任　周至柔

空军总指挥部总指挥　毛邦初

参谋长　张廷孟

第一路司令官　毛邦初

（后）　张廷孟　刘牧群

第二路司令官　谢　莽

第三路司令官　黄秉衡

（后）　张有谷　杨鹤霄

第四路司令官　欧阳璋

（后）　李瑞彬

空军兵站监部兵站监　石邦藩

第一大队（轰炸机）大队长　顾兆祥

（后）　张之珍

第二大队（轰炸机）大队长　萧　鹏

（后）　王世鎽　金　雯

第八大队（轰炸机）大队长　陈嘉尚

（后）　郑长庚

第三大队（驱逐机）大队长　刘志汉

第四大队（驱逐机）大队长　赖逊岩

第五大队（驱逐机）大队长　黄新瑞（3 月 14 日在成都空战中阵亡）

（后）吕天龙　曾达池

第六大队（驱逐机）大队长　黄普伦　金　雯

第十一大队（驱逐机）大队长　王汉勋

第十二大队（训练机）大队长　范伯超

空运大队（运输机）

中国空军美国志愿大队（协助中国空军作战）

指挥官　陈纳德

1942 年

航空委员会委员长　蒋介石兼任

委　员　宋子文　孔祥熙　何应钦　白崇禧　陈　诚　贺耀祖

　　　　徐永昌　宋美龄　周至柔　唐生智　龙　云

秘书长　宋美龄

主　任　周至柔

空军总指挥部总指挥　毛邦初

参谋长　张廷孟

第一路司令官　丁　炎（3 月 10 日由芷江乘机返程途中在涪陵附近失事）

（后）徐康良　龚颖澄

第二路司令官　谢　莽

第三路司令官　杨鹤霄

第四路司令官　李瑞彬

第五路司令官　毛邦初

（后）　王叔铭

空军兵站监部兵站监　石邦藩

第一大队（轰炸机）大队长　张之珍

第二大队（轰炸机）大队长　金　雯（1 月 16 日驾机由桂林返成都途中，在黎云撞山殉职）

（后）万承烈

第八大队（轰炸机）大队长　郑长庚（11 月 1 日在兰州失事殉职）

（后）蔡锡昌

第三大队（驱逐机）大队长　刘志汉

第四大队（驱逐机）大队长　赖逊岩

（后）郑少愚（7月驾机失事殉职）　李向阳

第五大队（驱逐机）大队长　曾达池

第六大队（驱逐机）大队长　黄普伦

第十一大队（驱逐机）大队长　王汉勋

（后）　胡庄如

第十二大队（训练机）大队长　范伯超

空运大队（运输机）

中国空军美国志愿大队（协助中国空军作战），改称美国援华航空特遣队（7月，脱离中国空军建制，编入美国陆军第十航空队第二十三战斗机大队）

指挥官　陈纳德

1943年

航空委员会委员长　蒋介石兼任

委　员　宋子文　孔祥熙　何应钦　白崇禧　陈　诚　贺耀祖
　　　　徐永昌　宋美龄　周至柔　唐生智　龙　云

秘书长　宋美龄

主　任　周至柔

空军总指挥部总指挥　毛邦初

参谋长　张廷孟

第一路司令官　杨鹤霄

第二路司令官　谢　莽

第三路司令官　王叔铭

第四路司令官　李瑞彬

第五路司令官　毛邦初　王叔铭

空军兵站监部兵站监　石邦藩

第一大队（轰炸机）大队长　姜麒祥

第二大队（轰炸机）大队长　祝鸿信

第八大队（轰炸机）大队长　蔡锡昌

第三大队（驱逐机）大队长　刘志汉

第四大队（驱逐机）大队长　李向阳

第五大队（驱逐机）大队长　曾达池

第六大队（驱逐机）大队长　黄普伦

第十一大队（驱逐机）大队长　王汉勋

（后）　胡庄如

第十二大队（训练机）大队长　范伯超

空运大队（运输机）

美国援华航空特遣队（3月，扩编为第十四航空队）

指挥官　陈纳德

美国第十四航空队（3月，由美国援华航空特遣队扩编，协助中国作战，不属于中国空军编制）

司　令　陈纳德

中美空军混合团（10月，由中国空军与美国航空队编成，受美国第十四航空队指挥）

1944 年

航空委员会委员长　蒋介石兼任

委　员　宋子文　孔祥熙　何应钦　白崇禧　陈　诚　贺耀祖

　　　　徐永昌　宋美龄　周至柔　唐生智　龙　云

秘书长　宋美龄

主　任　周至柔

空军总指挥部总指挥　毛邦初

参谋长　张廷孟

第一路司令官　杨鹤霄

第二路司令官　谢　莽

第三路司令官　王叔铭

第四路司令官　李瑞彬

第五路司令官　毛邦初

空军兵站监部兵站监　石邦藩

第一大队（轰炸机）大队长　李学炎

第二大队（轰炸机）大队长　祝鸿信

第八大队（轰炸机）大队长　蔡锡昌

第三大队（驱逐机）大队长　刘志汉

第四大队（驱逐机）大队长　司徒福

第五大队（驱逐机）大队长　曾达池

第六大队（驱逐机）大队长　黄普伦

第十一大队（驱逐机）大队长　王汉勋　胡庄如

第十二大队（训练机）大队长　范伯超

空运大队（运输机）

中美空军混合团

美国第十四航空队司令　陈纳德

美国陆军第二十航空队（即 B-29 重轰炸机部队，本年 6 月至 1945 年 2 月，
驻华作战，不属中国空军编制）

司令官　沃尔夫

（后）　詹　美

1945 年

航空委员会委员长　蒋介石兼任

委　员　宋子文　孔祥熙　何应钦　白崇禧　陈　诚　贺耀祖

　　　　徐永昌　宋美龄　周至柔　唐生智　龙　云

秘书长　宋美龄

主　任　周至柔

空军总指挥部总指挥　毛邦初

参谋长　张廷孟

第一路司令官　杨鹤霄

第二路司令官　谢　莽

第三路司令官　王叔铭

第四路司令官　李瑞彬

第五路司令官　毛邦初

空军兵站监部兵站监　石邦藩

第一大队（轰炸机）大队长　李学炎

第二大队（轰炸机）大队长　祝鸿信

第八大队（轰炸机）大队长　蔡锡昌

第三大队（驱逐机）大队长　刘志汉

第四大队（驱逐机）大队长　司徒福

第五大队（驱逐机）大队长　曾达池

第六大队（驱逐机）大队长　黄普伦

第十一大队（驱逐机）大队长　王汉勋

（后）　胡庄如

第十二大队（训练机）大队长　范伯超

空运大队（运输机）

中美空军混合团

美国第十四航空队司令　陈纳德

（曾景忠选录自中国第二历史档案馆编《抗日战争正面战场》，下册，
《抗日战争时期中国军队海空军序列表》，第2811-2835页）

参考书目

1. 《抗日战争正面战场》 中国第二历史档案馆编 凤凰出版社 2005

2. 《革命文献》 国民党中央党史委员会编印 1987

3. 《中华民国重要史料初编·抗日战争时期》国民党中央党史委员会编印 1981

4. 《美国与中国的关系》（The China White Paper,Originally United States Relations with China： With Special Reference to the Period 1944−1949 [1][2] 中译本） 1949

5. 《中国抗日战争与第二次世界大战 系年要录·统计荟萃 1931−1945》 刘庭华 海军出版社 1988

6. 《驼峰空运》 （美）约翰·D·普雷廷著 张兵一译 重庆出版社 2013

7. 《历史的记忆》 中国国务院新闻办 五洲传播出版社 2002

8. 《第二次世界大战历史百科全书》 （法）M·博德主编 解放军出版社 1988

9. 《剑桥中华民国史》 （美）费正清著 上海人民出版社 1992

10. 《第二次世界大战回忆录》 （英）邱吉尔著 商务印书馆 1975

11. 《第二次中日战争史》 吴相湘编著 （台）综合月刊社 1973

12. 《中外海战大全》 赵振愚 海潮出版社 1995

13. 《大东亚战争全史1−4册》 （日）服部卓四郎著 商务印书馆 1974

14. 《抗日战争时期中国对外关系》 陶文钊等著 中共党史出版社 1995

15. 《日军侵华八年抗战史》 何应钦著（台） 黎明文化事业公司 1995

16. 《陈纳德与中国空军》 （美）陈纳德著 （台）传记文学出版社 1978

17. 《中国空军史》 唐学锋著 四川大学出版社 2000

18. 《空军抗日战史》 （台）空军总司令部情报署编印

19. 《第三帝国兴亡》 （美）威廉·夏伊勒著 商务印书馆 1975

20. 《宋子文评传》 吴景平著 福建人民出版社 1992

21. 《何应钦传》 熊宗仁著 山西人民出版社 1983

22. 《美国飞虎队 AVG 援华抗战纪实》 鱼佩舟著 西南师范大学出版社 1993

23. 《大海战》 （美）尼米兹 海洋出版社 1987

24. 《中日长江大决战》 孙挺信编著 成都出版社 1991

25. 《我在现场》 （美）威廉·李海著 华夏出版社 1988

26. 《使日十年》 （美）格鲁著 商务印书馆 1983

27. 《国民党空军抗战实录》 林成西等编著 中国档案出版社 1994

28. 《第二次世界大战》 （法）亨利·米歇尔 商务印书馆 1975

29. 《蒋介石与纳粹德国》 （美）柯伟林著 中国青年出版社 1994

30. 《罗斯福与美国对外政策》 （美）R·达烈克 商务印书馆 1984

31. 《日本历史上最长的一天》 （日）太平洋战争研究会 国际文化出版公司 1985

32. 《抗战时期外国对华军事援助》 王正华著 （台）环球书局 1978

33. 《山本五十六》 （日）阿川弘之 解放军出版社 1987

34. 《原国民党将领抗日战争亲历记》 全国政协文史资料委员会编，中国文史出版社 1987

35. 《民国空军的航迹》 高晓星、时平著 海潮出版社 1992

36. 《日军侵华八年抗战史》 何应钦著 （台）黎明文化事业公司 1982

37. 《国民革命战史·抗日御侮》 蒋纬国著 （台）黎明文化事业公司 1978

38. 《蓝天碧血扬国威——中国空军抗战史料》南京市政协文史资料委员会编

著　中国文史出版社　1990

39.《国民党空军抗战实录》　许蓉生、林成西著　中国档案出版社　1994

40.《合作与冲突》　李嘉谷著　广西师范大学出版社　1997

41.《动荡中的同盟》　王真著　广西师范大学出版社　1995

42.《中国航空史》　姚峻主编　大象出版社　1998

43.《华侨与抗日战争论文集》　华侨协会总会编　SD　1999

44.《空军抗战史话》　刘毅夫著　（台）黎明文化事业公司　1994

45.《蒋介石秘录》　（日）古屋奎二著　日本《产经新闻》连载《中央日报》社译印　1978

46.《国闻周报》　国闻周报社编辑出版

47.《民国档案》　中国第二历史档案馆编

48.《国父与空军》　萧强、李德标合著　台北　1987

49.《高志航烈士传》　（台）"国防部"史政编译局编纂出版　1959

50.《铁翼雄风高志航传》　魏伟琪著　台北近代出版社　1982

51.《阎海文烈士传》　（台）"国防部"史政编译局编纂出版　1959

52.《无线谍报》　颜春连著　金城出版社　1995

53.《Witness to History 1929-1959》，C·E·Bohlen，W·W·Norton and Company，Inc.　1973

54.《America，Britain and Russia》，W·H·McNeill，Oxford University Press，London，　1953

55.《McAuther》，L·Blaire，Futura Press Co.，1977

56.《尼米兹》　（美）E·B·波特著　解放军出版社　1987

57.《抗战胜利四十周年论文集》军史编纂委员会编印（台）黎明文化事业公司　1986

58.《成都文史资料》　（总10，总11）成都市政协编　成都出版社　1995

59. The Way of a Fighter（《一个战士的道路—陈纳德回忆录》），G P Putman 出版社　1949　美国国会图书馆藏

60. A Different Kind of War(《另类战争—海军少将梅乐斯回忆录》),Doubleday&

Company 出版社　1949　美国国会图书馆藏

61.《戴笠先生与抗战史料汇编—彩色复印多卷集》（军情战报；忠义救国军；中美合作所成立）　2011-2013　国史馆（台北）

62.《中国抗日战争史》　军事科学院军事历史研究部　军事科学出版社1992

63.《中国近代通史——抗日战争》　王建朗　曾景忠　江苏人民出版社2007

64.《抗日烽火群英》曾景忠　湖北少年儿童出版社　1996

65.《抗日战争胜利五十周年纪念集》　抗日战争研究编辑部　近代史研究杂志社　1995

　　本书对下列机构表示感谢：美国国会图书馆、美国国家档案馆、美国飞虎队有关协会、美国《时代周刊》、二次世界大战数据网、台湾公视传媒公司。

　　由于年代久远，时空阻隔，少量图片未能寻得拍摄者，请您直接与本社联系。

后记

　　七十多年前结束的那场大战，对中国人来说，意义非同小可。因为此前的 100 多年，中国总是被侵略，还总是得向侵略者赔不是，割地赔款。而这次战争，虽然对手极其强大——它有几百万军队，有年产上千架飞机加年产几十艘大军舰和年产 300 万吨炸药的生产能力。而当时的中国，完全没有工业化，但我们的先辈——中国的军士，在粗茶淡饭、衣衫单薄、装备简陋的情况下，为了保卫自己的国家，用血肉之躯和敌人死拼，出现了不可胜数的惊天地、泣鬼神的动人事迹，并最终取得了胜利，赢得了国际上的尊敬，也使中国变成了世界的大国。

　　当时的日军真是骄横不可一世：那时候，哪个中国人敢说声"不"字，轻则杀头，重则屠城。西方有人说他们是"人形野兽"，这是很准确的定位。

　　外敌一入侵，中国的各方面、各阶层、各党派都团结在一起了，这是敌人始料所不及。当时外国一位高明的评论家见此，就断言了日本必败。确实，"兄弟同心，其利断金"，中国各方的领袖在对日的战略上，看法大致相同。文言叫"持久战"，俗语叫"拖"。在拖的过程中，一有机会就给它狠狠一击。而且中国是一面打，一面搞建设，当时叫"抗战建国"。那时的日本政府，对此极为忌恨。于是出现了对重庆的无休止的狂轰滥炸（当然，其他大后方的城市包括延安，也绝不放过），但这并不能使重庆人民屈服。重庆因此和挨炸的伦敦，同被选定为英雄城市。

　　事实是这样的，中国战前虽然重视空军的建设，怎奈自己没有航空工业（也几乎造不了汽车，更别说军舰和坦克），那时花了很多钱，买了300多架飞机，开战后从苏联又购得了900多架。虽然我空军将士和援华的苏军飞行员，都打得极其英勇。而且请注意：他们还总是打胜仗，总是以少胜多（每战击落的敌机，几乎总是多于自己的损失），但由于飞机无法补充，所以到1939年后，中国空军的"好日子"几乎就结束了。从1939年到1941年底，由于飞机太少，无法应战，日机来轰炸时，多半只能用高射炮应战。加以日本间谍，在后方主要城市，活动猖獗（笔者当年在成都，多次亲见日机来时，常有汉奸打出彩色信号弹，指示轰炸目标）。那两三年，中国被炸得很惨。

所幸"强权就是真理"还不是所有国家的最高信条。中国独立支撑了四年多的艰苦抗战，在世界上，还是赢得了一些国家的同情。而日本却越打越顺手，也越打越困难，越打越疯狂。

西方的谚语说"上帝要人灭亡，先要让他疯狂"。日本这群自称是"太阳之子"的狂人，干脆和另外两个疯子结盟。

今天在纸面上称他们为疯子和狂人，都是读书人的理性评价。实际上，在这一疯一狂这些字眼的后面，是几千万白骨累累、血流成河，是一双双被活埋同胞临终的绝望眼神，是活生生的同类的生命在焚尸炉内化为青烟。

这群掌握着战争机器的狂人，又打起了美国的主意：偷袭珍珠港。于是中国立即提议，中、美、英、苏、荷、澳、新组成七国同盟，迅速得到26个国家的响应。此前在1941年5月，美国就秘密地以志愿队的形式，用250人和100架飞机从空军方面支援我国。由于愈战愈勇，愈战愈强。到抗战结束时，这支空军，净增至20多万人和1000多架飞机。本书就是简要介绍，中国空军前前后后艰苦动人、曲折取胜的历史。

"强中更有强中手"，中美空军联盟作战以后，虽然也困难曲折，但总的来说，才的确是越打越顺手（这些史实请看本书），给了日本极大的打击，日本吃的苦头也越来越大，几至亡国灭种。这真是"善有善报，恶有恶报"。据战后统计：东京挨的炸弹，是轰炸重庆炸弹的23倍；东京死的人数，也是重庆的20倍左右。

本书记述力求简明，图片说明力求准确可靠。当然，由于抗击日本的战争，内容太丰富，太复杂，有的史实太曲折，笔者钻研不够，视野不宽，错误和偏颇之处，还望热心的读者赐教。

　　本书文字由曾景忠撰写，唐学锋对第五章增添了大量篇幅（第五章开头和第三节至第七节）。"余论"部分由章文灿撰写。图片的选用和阐释由王东方、章文灿负责。全书最后由章文灿和王东方加工编成。

章文灿

2005 年 8 月 15 日